江山竞绣

易晓燕 著

长江出版传媒

长江文艺出版社

图书在版编目（CIP）数据

江山竞绣 / 易晓燕著. -- 武汉 ：长江文艺出版社，
2025. 3. -- ISBN 978-7-5702-3860-6

Ⅰ. I247.5

中国国家版本馆 CIP 数据核字第 2024ZN5922 号

江山竞绣
JIANGSHAN JING XIU

责任编辑：王乃竹	责任校对：程华清
封面设计：胡冰倩	责任印制：邱　莉　胡丽平

出版：长江出版传媒　长江文艺出版社

地址：武汉市雄楚大街 268 号　　　邮编：430070

发行：长江文艺出版社

http://www.cjlap.com

印刷：湖北新华印务有限公司

开本：880 毫米×1240 毫米　　1/32　　印张：9.125

版次：2025 年 3 月第 1 版　　　2025 年 3 月第 1 次印刷

字数：198 千字

定价：48.00 元

目　录

第一章

满满一缸香汤，里面睡着一条美人鱼。

香气弥漫着，杨静秀净白的身子泡在浴桶内，鲟鱼般欢愉，亮白而水润。

峡江边，张湾村。夜黑，风轻。二○○七年六月初，不冷不热。

木浴桶敞开男人般的胸怀，搂住杨静秀，让劳累一天的女人有片刻舒坦。半人高，一人多长，立在墙角，明晃晃闪着原木的色气，农村手艺活儿扎的，粗笨、实诚。湿漉漉的水汽从窗户涌出去，争先恐后传播着女主人的体香。

翻修老宅时，杨静秀还是个哑巴。那是二○○四年。

她是个怪人，从不开口说话却比谁都聪慧。花容月貌的小模样像从天上走下来的，再难的活计一学就会。模样儿巧，心眼儿好，还怪聪明的，张湾村可没人敢小看她。

翻修老房子时，她指着宫廷剧里贵妃娘娘沐浴的镜头："好不容易装修，建个大水池当浴池呀。"比画到这儿，杨静秀把风头正盛的月季花摘了，朝空中一撒："洗澡时花瓣放进去，就成娘娘了耶。"

大她十岁的丈夫刁段明笑了笑,眼里都是怜爱,他搂着杨静秀说,这是电视剧,哄人的,哪有这大个池子只供一人洗澡的?

"不依!"拽着刁段明,杨静秀清水眸波光粼粼,撒娇,固执地比画,"不管是真是假,我要一个,一定要这么大个池子,娘娘要沐浴呀。"

拗不过娇妻的请求,刁段明让步说,"后院里引一池子水怕不好,你泡在里面被人看见,我不亏大了吗?这样,山上有柏树,我做个大浴桶放浴室里,不浪费水,又不怕你被人看了去,春夏秋冬都可以洗热水澡,行不行?"

露出雪白的牙齿,杨静秀笑了。就这样,木浴桶成了杨静秀的最爱。

蜜橘花儿的香气渗进每一个毛孔里,令人联想起成熟的季节,漫山遍野的橘子像灯盏,金黄金黄的,又温柔又甜蜜。这种联想带给人暖暖的幸福感。空气中隐隐传来青草疯长的信息,江水饱胀的鱼腥味儿一卷一卷拍过来,张湾村有点儿醉了,如同浸泡在大自然制成的清酒中。

全身躲进水里,憋很久才露出头,眼里酸酸的,杨静秀吃力地发出两个音:"谢谢!"而后又躲进水底。

丈夫刁段明的影子如魔幻巨制,印贴在浴室每一个角落。脑海里,憨直老实的丈夫走到浴缸边,温声道:"静秀,出来,水凉了哟!"伸手抱起她,快步向卧室走去。

"刁段明!"一声娇喝,杨静秀从浴缸里冲起来。她撑住木缸边沿,吃力地自言自语:"刁段明,你回来呀!"

走出浴桶,泪水不知不觉爬满双颊。裹了浴巾,赤脚向卧室走去。感到一阵前所未有的乏力,杨静秀心里空荡荡的。

真空一样。晚上七点后，张湾村彻底静下来了，尤其是今天。不对，远处，噢，可能是起风了，远处传来江水拍岸的哗哗声，一忽一忽的。隐隐约约，还有大船正驶来的嗒嗒声。

坐在梳妆台前，镜里出现个天仙似的人儿。湿漉漉的长发自然搭向脑后，水珠儿顺着乌黑的头发流往身体各处，因肤胜白雪，长发愈显墨缎般油光闪亮。水珠儿从脸颊、脖颈滚滚而下。

山村的六月不冷不热，泡澡后的脸蛋白里透出红晕，玉般的眸子清澈动人。不穿衣服就无阶层区别，此时的杨静秀就像上界下凡的精灵，美不可言。

端详着自己，有点儿不真实的感觉。杨静秀索性拿开浴巾，右手下意识用一角遮住小腹以下，再细看，纤腰以上，是微红高耸的双乳，薄薄的双肩削直，端正的鼻梁将秀气的脸一分为二，明眸眨巴了几下，泪珠儿就要出来了。

刁段明像是上天派来完成某种使命的。使命完成后，他也就永久地离开了。

十九岁时，糊里糊涂不知如何就结了婚。大十岁的刁段明带着杨静秀走南闯北十年，生了个聪明机灵的儿子后，鹤启县移民大搬迁也全部结束了。鹤江水电站蓄水投产后，刁段明又将她带回移民新村老家张湾村。三年前，他们用闯荡江湖十年赚来的钱翻修了那栋又矮又破的两层楼，两层楼变成了六层楼，第二天请客喝喜酒、挂牌农家乐时，诡异的事情发生了。记得也是这时候，厨房里飘出了饭菜香，几张大圆桌上都已摆满碗筷，捧场的村民陆陆续续到院子里了，突然，"轰"的一声，一个黑乎乎的东西摔在后院花坛坎上。

刁段明失足而亡了。

从六楼晒台取最后一根绳子时，脚下一滑，整个人像断线的风筝落了下来，殷红的血像魔鬼的影子，慢慢爬往黑夜深处。

那里是杨静秀曾说要修浴池的地方。

刁段明死了，彻彻底底地走了。闻声从厨房跑出的杨静秀只"啊"地大叫一声，便晕死过去。

三年，就像做了一场噩梦。

张湾村的婆娘们都回去了，可能这时也和杨静秀一样，在浴室里洗掉一身臭汗，上床了。

想到这儿，杨静秀将目光投向床头柜。

今天是该纪念的日子。二十年孤独症，专家都说这辈子她不可能开口说话了，但真真实实地，杨静秀发出了第一个音。

健美操比赛让人兴奋，结果更令人满足。金色的奖杯像个帅气的男人立在那儿一动不动。扔掉浴巾，杨静秀快步走了过去，双手抱起奖杯，又仔仔细细看向飘带上的一行字：鹤启县 2007 年女子健美操大赛一等奖。

"谢谢！"杨静秀很自然地发出两个音，她笑了。

搂着奖杯，走到梳妆台前坐下，将奖杯搁在双腿上。这样遮住了胸脯，因坐着，羞处也看不见，整个人就像幅油画样背立直，坐端正，杨静秀向前伸了伸，张开肉嘟嘟的双唇，缓慢而清晰地又发出声音："谢谢！"

我能说话了吗？

啊，太好了！

二十年，母亲过世已二十年。曾如黄鹂鸟儿的杨静秀变得沉默，她再也不说话了，拒绝和任何人交流，一双清水般的眼睛总像夜莺窥探着每个人。

一句话不说的她聪明绝顶。

一九九四年，从小无父无母的刁段明二十九岁，据说他是四川人，为修建水电站，也因为这里有水灵水灵的峡江妹子，不远万里来到鹤江镇，住在张湾村，临时搭建的工棚像天堂。不记得当时是个什么情况，也不知怎的，十九岁高中才毕业的杨静秀就和他住到了一起。

父亲顾不上女儿的婚事，因为他自己很快也有了新家。

杨静秀跟着刁段明走了，一走就是十年。回村时两个人变成了三个人。儿子叫刁子远，是个大个子，已经十岁了。

刁段明去的那一天，杨静秀才发出了第一个音。又过了三年，今天，在县政府礼堂的领奖台上，当主持人问一等奖团队领队有什么感想时，杨静秀愣住了，黑压压一礼堂人都在等自己，她浑身汗如雨下，一张口，"谢谢"两个音发出来了。

字正腔圆，纯正的普通话清晰明亮。张湾村的啦啦队率先鼓掌，随后，整个礼堂响起了经久不息的掌声。

我能说话了！是的！张湾村的杨静秀终于开口说话了！

此时，夜深人静，杨静秀眼里再次闪现白天大礼堂人山人海的场景，以及……那是一双有力的手，还有一双能把人看进骨子里去的眼睛。

哦不！刚一想到那双清澈的眼睛，杨静秀感到浑身燥热。羞得慌，这不行，杨静秀冲到床边，将旧棉衣套在身上，还是觉得不妥，又从衣柜里拿出件粉色外套穿上，扣紧了扣子。这下，心才慢慢平静下来。

"静秀！静秀！"正在这时，楼下响起隐隐约约的叫唤，是个男声。

铁栅门应没锁，儿子刁子远已散学回家了，他在一楼客厅左侧的书房里写作业。若有人进屋，儿子应该知道，他会来叫自己的。

"妈！妈妈！"果然，踢踏踢踏的声音向卧室过来了。

"妈妈，楷叔叔在叫你呢。"刁子远的声音带着重重的鼻音，十三岁，下半年就该上初中了。

"嗯。"杨静秀心中一激灵。

啪嗒啪嗒，倦怠的脚步声远了，杨静秀赶紧穿好一条黑色长裤，着了正装衬衣和外套，扎上还湿着的头发向楼下的大客厅走去。

这是二〇〇七年的夏天，六月十八日，张湾村，杨静秀的家。

经过三年训练，张湾村的女子健美操队在县里拿了一等奖。

第二章

张卜仁很有一套。

额头宽而高，油光闪亮的头皮直往深处去，一大片不毛之地，两撮黑白配的头发缀在耳上，看上去像茅草长在坎边。这个造型让人很容易想到动画片中的小丑。张卜仁表情十分丰富，说话时眼睛并不正视与他对话的人，而是向天上瞪着，骨碌碌直转，仿佛空中才有他要的答案。他嗓门奇大，尤其对村民，任何时候都是理直气壮的样子。

刁子远口中的"楷叔叔"到了，杨静秀立即想到了张卜仁。

张卜仁是村委会主任，他有两个儿子，张小楷是老幺。

快步往外走，转角，下楼梯，脑海里放电影一样回放着今天凌晨出发前的一幕。

准三点，江水还在梦中，兴奋的张湾村娘儿们一个不少，全集合在村委会土泥巴的广场上。杨静秀几乎一夜没合眼。

"我得先给你们泼一瓢冷水啊。咳咳、咳咳！"不知是风吹的，还是故意打官腔，"刚才为大家卜了一卦，卦象嘛……"手电筒往村委会刷白的墙上晃了几晃，欲言又止，一副不忍说却又不得不说的情态，张卜仁大声道，"卦象不太吉利啊，劝你们好自为之啊。静秀闹腾，哦不！不！不！她也是为咱村里好，带动文艺扬名嘛，可！可成天闹哄哄也不弄个正经事儿，好吧！去吧！去吧！张湾村的婆娘们啊，今儿个可看清楚啊，这可是一卦不吉之象，你们自己看吧！"手电光往汤盆大的银皮子上晃了晃，刘三狗家的王凤正想上前去看，被胖大妈一扯，晏秀英大声一咳，唬得大伙儿赶紧站直身体。

"主任啊别说啦，大伙儿得出发啦！"秀英大妈是小队长，抖了抖滚圆的身子，"再不出发，怕到了城里厕屎都排不上队啦！"

"哈哈哈！"一群打扮夸张的妇女笑得前仰后合。

也不等主任再说什么，四十几个身着黑色紧身裤、黄上衣，系红腰带的娘子军成员爬上双排座后车厢，挤了满满的一车人。马达声牛叫般地响起，呜嗡呜嗡，淹没了张卜仁还想发言的念想，车身剧烈抖动几下，便出发了！

那时，紧抓前排铁栏杆的杨静秀手里也捏着一卦：上吉，大喜。

……

想着想着，人就到了客厅。

"子远，开门！"

儿子刁子远像早预备好冲锋的士兵一样，听见让开门的号令便飞向了铁栅门。

"静秀，静秀！"男中音迫不及待往一楼客厅撞，紧跟着见一西装革履的人进入客厅。是个年轻男子，眼眸乌亮乌亮携着太阳的光，浑身都是兴奋与喜悦。

"静秀，恭喜你！"进了门，结结实实的声音中气十足，是张小楷。手中拿个盒子，他亮出来往空中伸，是要递给杨静秀的见面礼。说话间露出整齐雪白的牙齿，茂密乌黑的头发向上竖直，浑身都是青春的气息。

"楷叔叔，我要！"眼疾手快的刁子远一把抢过去，扮个鬼脸嚷着，"你们讲会儿啊，我写作业去了啦。"风似的连人带盒子，刁子远往楼上卧房里去了。

这是张卜仁的小儿子张小楷。没敢直视，杨静秀在心里已看了他多遍，不知怎的，心怦怦乱跳，脸有点儿发烫。

张卜仁有两个儿子。大儿子叫张大楷，读完大学后留在上海，只两年就在城里安了家，成了城市人，成家立业后很少回张湾村。村里人都传，凭张卜仁那德行，怎么会生出这么好的两个儿子呢，这中间肯定有问题。传话人不怀好意，有点儿阴损。有人说他做事跋扈，对人太抠门，为人和他名字一样不太地道，但估计祖上积德，生俩好儿子也不是不可能。小儿子张小楷的书读得更用功，大学毕业后又读研究生，研究生读完据说去支援西部建设，四五年后回到鹤启县，在一家国有企业里当技术指导，这可是个好单位。前段时间听说他和女朋友谈崩了，现在经常回张湾村，还有传言说这小子要辞职，决心回乡创业。为此，张卜仁气得哮喘病发作，到现在说话还咳个不停。

当然，这些都是道听途说，传言作不得数，更与生计没太大关系。茶余饭后在江边垂钓，弄个撮箕在水草丰茂处抓鱼，鱼没抓几条，是非嚼了几大箩筐，权当搞了娱乐节目练习口才罢。

张小楷比杨静秀小三岁，书念得多，见过大世面，人长得壮实帅气。两人老家都在苏河村，穿开裆裤时就在一起，是最要好的玩伴，看起来就像同岁。杨静秀自小喝苏河村泉水长大，鹤江这一带山明水秀空气甜，养得她肌肤胜雪，如画中人儿一般。只是应了"自古红颜多薄命"一说，杨静秀十岁那年母亲覃大兰离世，留下父亲和他们三姐弟；后来父亲又成了家，离开了几个子女。杨静秀既要顾家又要念书，勉强读完高中就回家务农，再后来遇见了比自己大十岁的丈夫刁段明，不明不白糊里糊涂就结婚了。婚后她跟着丈夫走南闯北吃尽苦头。她带着儿子回到张湾村后想，以后再也不出去奔波，就在家乡做点事，人只要勤快、踏实肯干，还是能过上好日子的。

后来，儿子长大了，他们准备房子翻新后开个农家乐。日子刚刚好过点儿，丈夫刁段明却摔死了。

"静秀，县城里广播了，咱张湾村女子健美操队得了一等奖，恭喜你啊！"张小楷大大咧咧地往沙发上一歪，满脸喜色道。

杨静秀不语，陪着张小楷坐下。她坐在另一侧的沙发上，茶几上有刚倒的凉白开，她往张小楷面前推了推杯子。

由于中间隔了一张茶几，两人气息不至于太近。张小楷目光里都是钦佩和欣喜，他惬意地窝在沙发里，手里拨弄着玻璃杯，眼睛却一直看着杨静秀："静秀，你能说话了，对吗？"

问出这句话后，张小楷一下子转到杨静秀面前，双腿微屈蹲下，扶住沙发，定定地看着杨静秀，就像在看一件心仪的玉器。

蹲在面前的张小楷，浑身散发出年轻男子的朝气与活力。如此近距离，杨静秀又嗅到一股成熟男人的气息，她的心一紧，不由自主往后缩了缩，背往后靠了靠，嘴角向上翘起，定定地看着张小楷，羞涩地点了点头。

"别只点头啊！"张小楷干脆双手扶住沙发，身体前倾，整个人以合围之势将杨静秀圈在宽大的沙发里，有点急切地温声道，"说话呀！"

又往后缩了缩身体，杨静秀感觉自己要钻进沙发缝里去了，定定地看着张小楷，指了指他的胸脯，将右手掌竖直，朝前轻推了一下，而后点了点头。

张小楷这才意识到失态了，立即向后退了好几步，往后站住立稳，微笑道："静秀，说一句听听啊。"杨静秀的比画，任何时候张小楷都能懂。

"谢、谢！"杨静秀直起腰，身体前倾，双手互扣放在小腹处，头向左微微颔首，不太流畅地发出了两个音。

"啊！啊！静秀，太棒了！太棒了！"张小楷欢呼着，双手一把拉起杨静秀，仔细地看着她，激动地道，"终于！你终于开口讲话了，太好啦！太好啦！"

有些忘情！张小楷一下子把她抱了起来，口里大声道："苍天啊大地啊，开眼啦！开眼啦！"

是啊，眼前这个女孩，哦不！这位饱经命运折磨的女子，她终于开口说话了，这是上天赐予的厚恩啊！天下人都不知她杨静秀是如何失语的，但他张小楷不可能不知。往事不堪回首，只要她杨静秀今天能开口讲话，一切都是可以重新来的，这就是天地的隆恩啊！

"放、放、下来！"被张小楷举着，杨静秀心里怦怦乱跳，她轻捶着张小楷的肩，又说了四个字。

"多说几句啊！来！多说几句！"听杨静秀又发了几个音，

张小楷猛地转起了圈，完全沉浸在喜悦中。

"楷叔叔，你买的饼干味道不错！"正在这时，二楼廊道探出刁子远圆圆的脑袋，他看了看楼下，大声道，"楷叔叔，心急吃不得热豆腐，我妈能说这几句，已经很不错啦！当心！"

清脆的童声像是突然踩下的刹车，将极度兴奋的张小楷点醒。他停止了转圈，轻轻将杨静秀放下，稳稳扶住，看了看她，又将她牵到沙发处坐下。杨静秀指了指茶几旁的另一个沙发，张小楷会意，也坐下了。这时，杨静秀才松了口气，心还是突突乱跳。

"静秀，不急，不急啊，咱们慢慢来！"坐在沙发上，环视了一眼空荡荡的客厅，张小楷冷静了不少，转过脸对杨静秀道，"终于开口说话了，静秀你真棒啊！终于……真好啊！"他一边说话一边往西服口袋里掏，拿出了一沓文件样的纸页，递给了杨静秀。

标准的宋体字。

仔细浏览纸页上的字，杨静秀看几行后又看看张小楷，又去看页面上的字，直到看完第三页，杨静秀突地站起来，走到张小楷面前半蹲下，双手扶住他的肩，使劲摇了摇头，口里说了个"不"字。

"听我说，静秀！"张小楷站起身，二人面对面，张小楷道，"静秀，你也不支持我吗？我们从小一起长大，一直以来你是最懂我、最信我的，对吗？你不想让我回来吗？"

"不！不！"杨静秀一连说了两个"不"字，后退了几步，将头扭向一边，再也不看张小楷了。

"静秀，现在都什么年代了，你还记着我爸说的那些话？

你放心！我张小楷回村，与你无关！"张小楷上前扶住杨静秀的肩膀，耐心地道，"现在，中国的农村正在发生翻天覆地的变化，时代不一样了，咱们的国家在飞速发展，再也不是从前那样了。经济水平提高后，很多城里人都爱来农村游玩，甚至居住。你说，我还待在城里做什么呢？我学的是农业技术，为何不把技术带回家乡呢？用所学报答家乡，这是你我念书时就有的理想啊！你一向是最懂我、最支持我的呀，对吗？"张小楷就职演说般高声道，"陈年旧事你还记着吗？我早已忘了，我张小楷现在就是要回乡创业，要大干一番。你看我爸一干就是几十年，他早该退了，我要和他公平竞争！"张小楷说得义正词严，一点儿也不像在开玩笑。

听了张小楷一番话，杨静秀将头转过来，定定地看着他，口里吐出两个字："真的？"

"对！真的，是真的！你放心，我已向公司递了辞呈，也许下个月村里就会换届选举，我准备好了，一定要回自己的家乡，我要创业！"张小楷露出一口洁白的牙齿，高兴地道，"今天一回村就来告诉你我的决定，我知道你是最懂我的。这是创业，不是儿女情长，静秀你放心好了，以后你就看我的了！"张小楷说完话，握紧拳头，给了杨静秀一个干劲十足的动作。

"创、创业！"杨静秀将视线从张小楷头上飘过，向大门外看去。雾沉沉的，有点黑，她想看向更远的地方，想寻求关于"创业"二字的真正含义。

"来！坐下，我告诉你，什么叫创业。"张小楷扶了杨静秀一下，二人都落座了，张小楷端起凉水杯，喝了一大口，杨静秀笑了。

"创业就是从无到有。这么说吧，比如，你！"张小楷一指杨静秀，"对，就是你。"杨静秀一愣，张小楷接着说，"女子健美操过去在农村没有，因为这种舞蹈很激情，扭胯、摆臀、踢腿，姿势很开放，农村人没接受过高等教育，怕丑，这个原先张湾村没有，但你通过自学将这种舞蹈带给大家，把美的舞蹈引到咱村里来，受到广大妇女的喜爱。如果你再办成一个学校，教会很多人，而这些人又一个一个去邻村教，收取一定的费用，呃，也就是合乎人们消费水平的劳动报酬，人员慢慢增加，学跳舞的人越来越多。若在咱鹤启县开办一所这样的培训学校，渐渐形成规模化，这就叫创业。明白吗？就是把我们这儿没有的引进来，带动大伙儿，勤劳致富。"张小楷津津有味地讲道。

"办学校？"杨静秀自语着，就在说话的当口，她右手已从外套口袋里捏住了一枚铜钱。

"对呀，不一定是办培训学校。"张小楷耐心地道，"开公司，办合作社，或者苗木基地、蔬菜大棚基地、鲜花养殖基地，很多很多，这些都行啊！"张小楷一边解释，一边暗叹杨静秀开口说话的流畅度。

"等、等我！"正当张小楷还要继续解说创业的含义，只见杨静秀双目放光，说了几个字后站起身，往楼上卧室里去了。

第三章

客厅里凉津津的，张小楷一个人坐着，心里不是滋味，五味杂陈。

时光往前回溯二十年。1993年以前，大家还没大举搬迁，都住在苏河村。

张小楷和杨静秀都还是小孩子。合八字，定娃娃亲，张、杨两家人好得跟什么似的。虽然张小楷比杨静秀小三岁，张卜仁却很满意这门亲事，据说年轻时张卜仁曾与杨静秀的母亲有过一段，后来阴差阳错各成了各的家，都生娃后，约好定个儿女亲家，也算续了上一代人的情缘。鹤江镇的人信"女大三抱金砖"一说，在苏河，这是一门上好的姻亲。

生活不是演戏，完全不按预设的剧本来。

先是静秀妈早死，她爹去远乡当了上门女婿。后来张卜仁的老婆也死了，那时张小楷还在读初三，朦朦胧胧听说娃娃亲媳妇杨静秀已和别人远走他乡，一连串变故让懵懂的他苦闷过很久，暗自发誓这辈子不结婚了。

杨静秀回乡时已是十年后，一切早已物是人非。

尽管如此，儿时的情谊还在，二人处得像亲兄妹一样，从某种意义上讲，杨静秀和张小楷对很多事的观点相同。杨静秀回村后给老房翻新时，张小楷没少帮忙，是他极力说服父亲批了杨静秀家加高加层的手续，他想帮助静秀姐在村里立足，包括刁子远回乡上学的手续，都是他帮忙办的。

刁段明的命比黄连还苦。唉，原本好好的一个家就这样散了。做好的"农家乐"牌子还没挂上，辛辛苦苦翻修装潢的大房子没住一天，就归西了，留下孤单的杨静秀和幼小的孩子。

张小楷辞职后决定回乡，是为了创业，但还有重要的一层。这一层不能对任何人讲，甚至他自己都不愿意承认。

静秀姐，哦不！温柔善良的静秀，她纯朴、好学、上进，从不甘命运的不公，从未间断过学习，哪怕在生命最低谷，心中一直有一盏灯亮着，支撑她的，张小楷懂。

刁段明死后，过度悲伤令她几乎一年没出过家门。但伤心归伤心，杨静秀抬眼正视着现实。自己要生活，儿子要成长，没有男人，自己要靠自己呀！跟着电视机上学健身操，自创了健美舞，设计方阵，编团体健美操队形，每天晚上坚持自学电脑。杨静秀是个灵气十足又聪慧万分的女子，过去她不开口说话，是一而再、再而三的打击让她自闭，她不想开口。如今，特别是今天，健美舞大赛得到了社会各方面的认可，她看到了希望，更热爱着这个世界，当县政府礼堂里人山人海的观众都在期待她发表感言时，她终于开口了。

是活着的希望让她开了口啊！这是多么好的另一个开端啊！

人说三十而立，张小楷却没有。谈了两个女朋友都吹了，他有点儿不想提这个事儿。唉，现在的女孩子不是嫌自己没钱，就是嫌自己在城市里没房没车，跟着有钱人跑了。这样的感情能叫爱情吗？建立在物质上的感情能长久吗？

"小楷，你看！"正当张小楷魂游天外，杨静秀抱着一卷布出来了。

"这是什么？"见杨静秀的脸红扑扑的，张小楷又是欢喜又是疼爱，万千柔情洒了满屋，温声问。

"你看。"杨静秀的发音很清晰，不过每次都只两个字两个字，"绣花！"

橘黄的灯光令房间的气氛更温柔，杨静秀眉梢眼角都漾满了喜悦。慢慢地，杨静秀展开着手里的厚布，一截一截，变魔术一样，布筒缓缓伸展，直到全部打开。

江水清幽，天蓝山翠。天哪！天哪！这是一幅纯手工的绣品，长两米有余，宽足一米，上面绣着个女孩，着花色长裙，江风中秀发半掩，少女浅笑含羞，勾腰浣衣，仿佛正在经历着热恋。长裙以柚子花纯白为底色，以牵牛花大红为主调，以柑橘叶的墨绿为点缀，少女就好像穿着整个春天展现在自己面前一样。洗衣女孩素手纤纤，衣袂飘飘，眼波流转，含情脉脉，一双美足踏在被江水浸润的岩石上，如同一块美玉镶嵌在江水中，画布上所有的花纹都精巧别致，色彩搭配得非常和谐。裙子上的花色就是张湾村现在正盛开的各种花的组合，有说不出的美。

"啊！太美了！太美了！静秀，天哪！你是如何做到的？你是如何做到的呀？给我！让我去城里打样，照这种花色给你做一条长裙，好不好？"张小楷被眼前这幅精美绣品惊呆了，他一连串说出了许多话，夸得杨静秀满脸绯红，她不好意思，却两眼放着光芒，也定定地看着这幅绣品，只是抿着嘴不答话。

"这是十字绣,妈妈在网上看了绣花视频后买了画布和线,哎呀,她呀,从去年绣到今年,总算是完工了。楷叔叔,你在网上选一个底布,让妈妈给你绣件衣服。真的很好看耶!"不知何时,刁子远从楼上往下走来了,他一边走一边大声说话,径直往后间厨房里去了。

"静秀,苦了你了!"听刁子远说为这幅绣品她整整绣了一年,张小楷心里一疼,抱着画布,想上前又忐忑,只好说,"静秀,你拿给我看,是想说什么吗?"

"创业!"杨静秀吐字清楚,只说了两个字。见张小楷有些不解地看着自己,她用手比画着,意思是开车向下走,去鹤江大坝,而后口里又轻声道,"出售!"

聪明的张小楷见杨静秀比画着,意思她家后面有人经常提着篮子,去大坝观光的地方售卖东西,挣得生活费。他明白杨静秀说的那个人是付家大姐。

张湾村的人都叫她付家大姐,其实这个女人名叫付春喜,只因她在家中排行老大,做事又沉稳又妥帖,于是村民都称她为付家大姐。

这位付家大姐的真实年龄只比杨静秀大三四岁,但因她少言寡语,为人老成持重,平时从不参与村里女人们唱歌跳舞,体型腰阔臀圆,外观上看,就像是杨静秀、张小楷的长辈一样,十分显老。不过付家大姐有一样绝活,鹤江镇这一带祖祖辈辈传下来的纳鞋垫绣花儿的功夫,而且只要有时间她就会绣。鹤江大坝竣工蓄水后,张湾村这一带成了旅游胜地,尤其到了夏天,峡江边气温低,凉爽,全国各地的人都来看大坝,乘一乘轮渡,观一观江水风光,因此这里的货物好卖。付家大姐是出售地方小商品的典型代表。农忙时她在田间地头做活，闲下来纳鞋垫，一双鞋垫往往可卖五十元以上，这让她乐此不疲。杨静秀躲在家里暗暗绣十字绣，估计与这位付家大姐的引导有关。

从杨静秀简单的语言和比画中，张小楷明白了杨静秀的全部心思。

丈夫刁段明去世三年，积蓄所剩无几。原本计划房子装修好后办农家乐以谋生计，没想到飞来横祸，刁段明故去，文弱的杨静秀只好一边照顾孩子一边学电脑。设计健美操，教村里的女人们跳舞，这估计是杨静秀创业想法的雏形，她暗暗学习十字绣，已在筹谋着自己挣钱养家了。是啊！现在一个人带着孩子，父亲又有了新家，娘家的两个弟弟都还在读书，她指望不上任何人，只得想办法挣钱养活自己和孩子。

明白了杨静秀的心思，张小楷眼里湿湿的，他强笑着看着杨静秀，伸出大拇指，轻声道："你想绣作品去当商品出售，对吗？可绣一幅作品要一年，多难啊，要不，城里有个果汁厂，我介绍你去那儿上班，旱涝保收，一年也能挣个一万多，行吗？"

"不！"杨静秀摇了摇头，口里发出清晰的声音，而后指了指村委会方向，又指了指屋后，而后又圈了一大圈，说出几个字："办厂，创业。女人多，行！"

"天哪！这是我认识的杨静秀吗？"张小楷被杨静秀一串不太连贯的话和手势震动了。真没想到，外表如此柔弱的杨静秀内心却有这么多的想法，原来她一早就想好了创业，这么说，她和自己又想到一块儿去了？

张小楷心中再次涌动着对杨静秀由衷的欢喜，心里暖暖的：今天简直太神奇了，一个奖杯，竟然能改变这么多。那么，接下来，我张小楷可不能表现得太差，一定要全力支持她。尽管她已结过婚，尽管她有一个儿子，而且父亲总说她是克夫命、扫把星，但我张小楷是现代的年轻人，不信这些，对心仪之人的支持，一点儿也不能少。

想到这些，张小楷道："静秀，你太棒了！"

夸杨静秀一句，张小楷又道："你的意思我明白，你想办刺绣厂，是这样吗？你的意思是把全村的妇女都召集起来，都来学刺绣，办个大大的厂，而后把绣品做成商品批量销出去，对吗？"

"对！"杨静秀脱口而出。

"妈妈！你很棒，今天说了好多话，明天我要告诉姥爷去。"刁子远在一旁听了听，大人的事儿对他来说无趣得很，他表扬了妈妈一句又端着个盘子上楼去了。

"这个，给你！"杨静秀见张小楷目送刁子远上楼，伸出手，有些调皮地对张小楷道。她的右手握着个东西不松开，在张小楷面前晃着。

"这是什么呀？"张小楷问着话，眼睛亮亮地看着杨静秀，就像小时候一样。他乖乖地一只手摊开，从下方接住杨静秀握住的拳头。

杨静秀顶不住张小楷真诚的眼神，将拳头松开。哗啦一声响，是五枚铜钱。

"呵呵！静秀，你这是？"张小楷一头雾水，问。

"卜卦！"杨静秀歪了歪头，顽皮一笑，露出一口小米牙，洁白洁白的。

"嗨！别，静秀，我们年轻人，新时代唯物主义者，可别信这些，知道吗?"张小楷听杨静秀要卜卦，耐心劝着，再仔细看那些铜钱，只见这些铜钱被摩擦得光滑细腻，对！张小楷识得，这正是小时候在苏河村，几个小伙伴经常一起玩的游戏，像大人们遇事不决时常做的一件很重要的事：卜卦！

鹤启县属楚地，古时候这个地方盛行看风水、卜卦，尤其是在紧挨江边的鹤江镇，这是千百年来延续的习俗。所以连小孩子也都存着几枚铜钱，遇事以扔铜钱做决策。

"卜卦，试一试!"杨静秀一字一顿地道。

"好！好！看好了啊！摇一摇，金元宝，富贵跑来了!"张小楷煞有介事地左摇右晃，始终只是一左一右，这样来回数下，猛地双手一摊，五个铜钱，竟然五个都是富贵钱眼。

"好!"杨静秀笑开了花，脱口又是一个"好"字。

"记住！先暂时不要和任何人说起你想办厂的事，好吗?"见杨静秀开心得像个孩子，张小楷叮嘱道，"待我回家和爸爸商量后再告诉你。"张小楷用目光抚摸着眼前这个温柔又刚强的女人，说："时候不早了，静秀，早点休息，记得我们的约定。"

"创业!"杨静秀脱口而出，站起身，将张小楷送出门外。

夜更黑了。

第四章

黑夜像杀手的黑披风，风过之处，将光明全部覆灭了。

擎天的山脊高耸着，令江水看起来有了依靠，十分安静，水在群山间穿梭着，像条银龙吐云吐雾。一大堆胖乎乎的云坐在远处的天边，褐红、暗紫、淡墨，变换着各种颜色，魅惑诡异。愈来愈重的夜将陈平战的心一点一点撕碎，捏紧，抛弃。

凌晨五点出发，此时已夜晚十点了，他还在路上颠簸。一整天，申请拨款，为将移民家园重建后的剩余款项划归陈家村。这是件当务之急的大事。有了钱，与鹤江大坝三产公司签订承包租赁合同，并可用一年的租金再划地重建门面，这些门面就在鹤江大坝坝门外截流园处。有了这些门面，陈家村可完全解决小造纸厂倒闭带来的后患。唉！三十几人的劳力安置，若今年不把这件事妥善解决，陈家村的村民还不得把自己给活剥了吗？

双排座车沉默着前进，想着想着，陈平战叹了口气。

自从当选陈家村的主任后，他前后十年不用国家一分钱，动了许多脑筋，为移民办成了很多事。从苏河村移民到陈家村后，自己家连房子都没建，一心扑在移民身上。他帮助村民找地重建家园，家园全部建好后，搬迁后的移民没有耕地，没有足够的生产资料，村民靠什么生活呢？陈平战在分给自家的宅基地上建了简易房当办公室，成立对外输出的劳务公司，又将陈家村后面的荒山全部种上茶树，开发有机茶叶产业链。十年的奋斗，陈家村村民变得自给自足，日子越过越红火。相比之下，毗邻的张湾村却显得破败、陈旧、贫穷。俗话说得好，有个好当家，一人能敌仨。他陈平战是个能人，是移民大搬迁中的英雄。可今天，为了划拨款项，为失业的三十几个劳力争取再就业，他在县城兜兜转转足足一整天，事情却毫无进展。

黑夜雪上加霜，有点儿落井下石的意思。夜阴沉沉的，在陈平战回家的方向咬牙切齿，要生吞活剥这个自尊心受挫的人一般，风吹得旧车门咔咔作响。陈平战猛地加了加油门，他想快点儿回家。

家，是他那个在宅基地上建成的一层平房，三间房当了劳务公司办公室，后三间，七十岁的母亲住了一间作卧室，一间做了火垄和厨房，另一间是自己那像狗窝的书卧间。陈平战三十六岁了，至今孑然一身，两个妹妹都已出嫁。父亲去世后，他自己管了几千移民的家庭、生活，却独独没管到自己的家，哦不！那不叫家，充其量算一个窝儿。

那回去做什么呢？

二妹。是的，此时的二妹应该已经回家了吧。

小时候在苏河村，四个最要好的伙伴，也就是"发小"，模仿书本里写的故事结拜为异姓兄妹。四人虽无血缘关系，却比有血缘关系的兄妹更亲。二妹是自己的牵挂，她也算是自己的家吧。

二妹就是命比黄连还苦的杨静秀。

这是辆破得不能再破的车。移民后的陈家村最初穷得连自行车也买不起，更何况汽车。一切都要自力更生，想致富的办法、带头走致富路是关键，村委会主任更是关键中的关键。天上总不可能掉馅饼吧？

鹤江大坝的三产公司要成立一个新劳保公司，建劳保公司要用地，需占去陈家村的一角，当时陈平战没别的要求，条件是：劳保公司得招陈家村的二十人进去工作，另外，资助一头牛给陈家村。

三产公司的总经理王参军很奇怪，陈平战这个长得黑乎乎的村主任，看上去人高马大的，该不会脑子进水了吧？他真是个奇葩，谈生意不为自己筹谋，光想着村里那些村民。我们一个央企的后勤保障公司，怎么会有牛？

陈平战嘿嘿一笑，指了指停在厨房后的旧双排座车，王参军无奈，只好将这头旧"牛"赠给了陈家村。

"牛"咆哮着，埋头向鹤江镇的陈家村奔去，载着满腹心事的陈平战。

不知二妹杨静秀怎样了？

哦！对，今天她带着张湾村几十个女人去县城参加健美操比赛，这个二妹，唉！原本陈平战是想，刁段明死后她心里郁结难解，先让她放松一两年，再做打算。忘却那道疤后她会好起来的，待她心理上康复后再让她来劳务公司管财务。二妹稳重，虽不开口说话，可她的聪慧十里八乡是有名的。二妹并不是天生的哑巴，她是受了刺激才不愿开口的，其实她耳聪目明，最是慧敏了，做一做公司的财务没问题。

　　想起杨静秀，陈平战的心骤地有了暖意。

　　按说在县城办事这么晚了，是可以就住在城里的。回家要驱车两个多小时，明天又要早起，仍然要去办这件令人热血沸腾的事。来回奔波是不必的。但陈平战想回家，他必须回家，他想往有二妹的方向奔，更想见二妹，想知道二妹比赛的结果。他想看她一眼，只要二妹杨静秀还好好的，一切都不再是事了。

　　双排座车蓄积全力往前赶，正当他满心满怀都是杨静秀时，挡风玻璃上猛地洒落了一阵雨。是的，到阴汉坡了。阴汉坡是鹤江大坝与鹤启县的分界线。一座高耸入云的山做了屏障，林木遮天蔽日，气温从这里会骤地下降十度，每次走到这里都会起一阵雾或下一阵雨。从县城回乡的人走到这儿，离家就一箭之遥了，赶往县城的人走到这儿，表示已走出山村远离村落，前面就是奔向城市的康庄大道了。

　　大约还有十分钟就到张湾村了。

　　穿过张湾村，就是陈家村……他下意识看了看表盘上的时间，快十一点了。静秀一个人，刁子远可能早已入睡做好几个梦了，二妹杨静秀应该，不，也许，不！她累了一天，睡了吗？

　　心里莫名其妙燥热起来。

　　陈平战不愿想高中时他追求二妹杨静秀被拒绝的情景。那时杨静秀还小，但念初三的杨静秀比自己还成熟些，她意思是四个人既已结为兄妹，就不该有非分之想，异姓兄妹也是兄妹，兄妹是不能成为夫妻的。陈平战忧伤了好几年。

　　陈平战凑合着结了一次婚，婚后不到两年，大移民时妻子跟着修大坝的人跑了。陈平战也懒得找。她跑了几年后又回来，哭哭啼啼悔过，要求与陈平战再续前缘过日子。陈平战沉默着没说话，将那女的带到民政局，一句话没多说拿了离婚证。从那以后，陈平战心里只有移民，只有陈家村，还有一直挥之不去的二妹杨静秀。

张湾村的路像是被野兽啃过，高低不平，个性十足。

进村后，陈平战将车开得很慢很慢，经过张湾村村委会后就是张卜仁的家。想起张卜仁，陈平战心里像被熨平了许多。这张湾村的建设仍是十年前搬来时的模样，如果硬说要有一丝变化，那就是原本光秃秃的山脊洼地上多了几处用砖砌的楼房。张湾村与陈家村比邻，无论从哪个角度来看都是牛郎与织女的区别，一个地下一个天上。

一脚油门，正当陈平战从张卜仁家门口驰过时，二楼的灯光让他将右腿松了下来。二楼向东的那间房灯是亮的。他？难道他回来了吗？

陈平战心里一阵发紧，甚至有些莫名其妙的轻视。张小楷，好端端的铁饭碗你不端，回乡创什么业，哼！按道理说，你也是从小与我们一个村长大的，不该记恨你，可你那老子也太不是人了。同是村主任，他不想干的事还牵连了我陈家村也干不成，竟觍着脸到乡里找领导，拿几个破银皮子忽悠乡长说他早已算过卦了，在移民村的地界绝不适合办商铺，办了铺子是要招血光之灾的。他说，移民地界里，煞气重！

这个张卜仁！

另外，还有一个令陈平战心里不待见张小楷的理由，他不好意思说，想都不愿往那个方向去想，可现实又摆在那儿：凭什么我陈平战时时处处为二妹着想，翻修房子时帮他们弄降价的水泥，刁段明死后又帮她买电脑鼓励她学习，而你一回村，她就对你百般信任，你张小楷凭什么呢？

　　只用眼角瞟一眼张小楷房里的灯光，陈平战一脚油门，双排座车理直气壮地朝杨静秀家的方向开去。

　　已经夜晚十一点了。

第五章

有点儿江水拍岸的轰响，侧耳细听，分明又不是。

微闭着眼，躺在床上不想动。干脆往被子里缩了缩，思绪绕了绕，杨静秀努力回忆刚刚的梦。

马达急吼吼地咆哮，熄灭火气后仍带着长长的低吟，很显然这是大哥陈平战那辆旧双排座车的声音。若不是刚刚已在梦中，杨静秀隔两里地便能听出这辆年代久远还要负重行路的老者之音，不看就知道，这准是大哥陈平战的那辆破车。

梦里，她独自一人在大城市闯荡，不知怎的迷路了，无论往哪儿都找不到出口，正在这时，忽地，汽车马达声传来，潜意识里，应该是丈夫刁段明来接自己了，刚要往响声处跑，杨静秀醒了。

门外真的有汽车的声音，不过，只响了一小阵，车似乎在院外停下，悄无声息了。

儿时结拜的异姓兄妹四个，陈平战年龄最长，人也最实在，是个吃苦耐劳、不爱多言的人。现在的大哥是个大忙人了，他既是移民新村陈家村的主任，又是鹤江三产公司产业发展的合伙人。大哥陈平战、二哥苏保佑、小妹苏珍，和她一样都是苏河村的人，从小几个人就特别要好，喜欢看小说的他们人学桃园结义拜了兄妹。一晃几十年过去，杨静秀在外奔波了十年回乡，与他们并未生疏。相反，因她返乡回村要安身立命，兄妹们没少帮忙。尤其是大哥陈平战，他虽话不多，可脑筋灵活，又爱学习，帮她的都是实事。丈夫刁段明死后，大哥担心自己想不开，弄来电脑、手机，手把手教她如何在网上学习。虽都是旧的，但合用，暖心。因陈平战的帮助，杨静秀度过了丧夫之痛最艰难的几年，也正是因为大哥的帮助，她学会了电脑，掌握了绣十字绣的技巧，还在网上学会了健美操。

今天她带领张湾村几十个女人在县城参加健美操比赛获了大奖，是一直有大哥陈平战帮助的缘故。

陈平战就是亲兄长，他是自己的恩人！

杨静秀将头向被子里缩了一会儿，门外没动静了，像是刚刚在睡梦中产生幻觉了一样。

她将头伸出来，看了看夜光灯下座钟的时间，十一点多了。这么晚，大哥还没回家，他是来找我的吗？不会呀，按常理是不会的。

打开手机，充电后的手机亮度十足。杨静秀将手机放在被窝里，她想看看大哥有没有给自己留言，或是说了什么话或捎带什么事儿。

旧手机像个迟钝的老人，开机足足两分钟，屏幕上才显示出时间和日期，而后是叮叮作响的信息声音。

为了不让手机光线透出窗户，杨静秀将手机压在被子里，柔软的被单里有舒肤佳的香气，令杨静秀感到安全而踏实。

她仔细浏览着一条一条信息。张湾村虽离县城较远，但因紧邻大坝，手机信号特别好。屏幕上一条又一条留言，多数是移动公司群发的服务消息，话费、流量、天气等，一一看过后，还有几条不知是哪个缺德鬼发的黄段子，杨静秀只瞄一眼就删掉了。

没有陈平战的信息。

可能大哥并不是来找我的。

杨静秀又往被子深处缩了缩，将手机轻推向床角，眼睛舒服地闭着，心想，如果大哥要来坐会儿或找我有什么事，他一定会留言。万一有大事，担心我没看留言，他就会直接打个电话说事。大哥是直来直去的性子。

这样想着，杨静秀侧耳细听窗外的动静。

自从车子熄火后，一切就像彻底消失了一样，屋外与黑夜一样沉寂。或者说之前发动机的声音真的是个幻觉吧？现在既没听见人走下来的声音，更没听见车子再启动的声音。杨静秀很忐忑，但不知道该如何办。到楼下去看看？或下床拉开窗帘先看看情况？

正这样想着，屋外骤地响起一个炸雷般的声音。

"哈，我说是哪个娃子呢，深更半夜停个大家伙在我门口，原来是你啊，战娃子！"

声音一上一下，一强一弱，起起伏伏，不像别人把她吓了一跳，而是要以自己声音特有的气场把眼前的村外来客吓走一般。

听声音，又脆又亮，高音中露出不一般的夸张，这是张湾村有名的张歌师，也是健美操队中年纪最大的婶娘张腊梅。她胖，个子高，皮肤紧致，爱凑热闹，十里八乡有个事儿，她跑在最前面，尤其是哪家有个红白喜事，她一定是第一个报到。因声音洪亮、中气十足，她也是有名的支客师。哪家若老人过世，夜里守夜，她一个女的，唱起哀歌比男的还强，唱一夜到天明，不重句。十里八乡都是有名的，大家都叫她张歌师。

张歌师张腊梅的家与杨静秀紧邻，大门挨大门。

这么晚陈平战的双排座车停在这里，熄火好一会儿也不见个人出来，年岁大的张腊梅没瞌睡，睡得晚，警觉性强。她性格泼辣，和杨静秀不一样。第一，不明白这么晚一个双排座车停在自家门口准备做什么；第二，她与陈平战不是特别熟，并不知这是谁家的车。所以，当听见有汽车熄火声，她自然要来出来侦察一番。

借着探照灯般的电筒光，张腊梅看见车里有个男人，认出来了，他是陈家村的村委会主任陈平战。七十岁的张腊梅平素没事爱串个门儿，无事跑老大远的也爱去陈平战家坐一坐，与他母亲艾兰英讲讲体己话儿，拉拉家常。看见是陈平战，还拿他当小孩子，"战娃子""战娃子"地叫。

"张妈，是我。"被堵个正着，陈平战只好哈哈一打，借机下车，对张腊梅道。

其实，停稳车后，陈平战的心情很矛盾。

他盯着二妹杨静秀的卧房一直看，心里有太多说不出的滋味。如果这时候打电话，哦不！发短信，更不能，太晚了。那么直接去她家敲门，和她说说话儿，就更不可。虽是结义兄妹，已经深夜十一点多了，左邻右舍会怎么想？静秀现在的处境并不好，她一个人带个孩子，娃子要读书，家里吃穿用度都得靠她自己，自己又不能为她多做些什么，就更不能在行为上有害于她。寡妇门前是非多，虽然静秀很检点，十里八村也都知道自己是她大哥，但这时去她家，真的很不合适啊！

炸雷般的声音从车窗缝飘进来，紧接着是张腊梅毫不克制的一连串女高音。陈平战只得开门下车，说了一句"张妈，是我"后，故意绕到车头前，嘴里嘀咕着："莫不是没油了，怎的越走越没劲儿了呢。"

"哟，这牲口可吃得多啊，呵呵哈哈哈。"张腊梅见陈平战探着身子往车头车肚子下看，顿时找到了话题，"战娃子，这、这个家伙几个钱儿买的？"一股蒜薹味儿仿佛还夹着大粪味儿直往陈平战鼻眼儿里钻，张腊梅口里的气息与她的声音一样重，尤其在夜深人静的张湾村，重味儿显得格外酸气熏天。

"没几个钱儿，没几个钱儿。"陈平战假模假样从车头转到车尾，口里一连串地答着话。

此地不宜久留！

胖身躯重口臭紧随着陈平战，陈平战不得不一边轻声答话，一边猫腰往车头转，像模像样地仔细察看。张歌师紧紧跟随，也猫腰朝着车肚子下看，觉着战娃子的车肯定是出什么问题了。话匣子打开，问一个月可赚几个钱儿，艾大妈在家里还好撒，陈家村的路可修得好啊？

张腊梅像侦察兵，几问几答，疑虑算是消干净了。陈平战胡乱答几句便立马跳上车，向张腊梅挥挥手，逃也似的要走了。他不敢大声，更不敢狠劲儿关车门，经张腊梅这炸雷似的声音一叫，说不准二妹杨静秀早已醒了。

这大深夜的，杵在二妹门口，不是出洋相吗？

"没几个钱儿也得要好几个钱儿吧？"张腊梅索性用肥厚

的手掌拍了拍车门，高了声，"战娃子，还不结婚啦？明天，张大妈我给你说一个去。多好的人呐。这车……"

"轰轰、轰轰、呜轰轰"，打响了马达，陈平战觉得这地方一刻也不能待了，再待，张湾村的大娘们一会儿该都聚拢过来了。张腊梅还在自说自话，陈平战已打着了双排座车，头探出来，"张大妈，谢您儿了，我得赶紧回去，漏油，漏油！"话没落音，方向向左，油门狠劲儿一踩，双排座车滴突滴突地往陈家村方向蹿出去老远了。

"嗨，我说战娃子，明天，明天，哎！这战娃子，几时啦还不搞个对象，我那苦命的艾家妹子哟。"张腊梅扬起右手，电筒光冲上了天，直朝双排座车晃着，她心里反复念叨，"这都多大个岁数啦，哎哟，这娃子！"

直到车子的声音只剩下模糊的尾音，张腊梅又将手电筒往黑夜里晃了几圈儿，确信周遭再没一个人了，才拖着沉重的步子，"啪嗒啪嗒"一扭一扭地往家门口走去。刚到自家大门，突地想了想，侧过身子，往杨静秀大铁栅门口走来，用电筒光照了照，见铁门上的锁锁在里面，踏实了，又用电筒光往杨静秀的楼房上晃了几晃，这才放心地回自己屋里去了。

"都不兴结婚了，是个啥子事嘛，切！搞什么名堂嘛！"张腊梅一边走一边咕哝着，开门，锁门，进屋后总算是安静了。

待电筒光完全从黑夜中消失后，杨静秀才走到窗前。透过夜幕，她似乎看见大哥陈平战高大健硕的身影停稳双排座车，慢慢走下来，正往他那只一层的小砖房里走去，仿佛看见他一身疲惫，鞋子上都是泥灰，裤子皱巴着，裤腿高一只低一只，脸上的胡子又长长了不少吧？

"大哥。"杨静秀清晰地叫了一声。

字音咬得准,此时说话已没白天那么吃力了。这使杨静秀心中格外喜悦,她对着窗外,又轻轻叫了一声。

大哥陈平战刚刚和张腊梅的对话,她听得清楚,很久没见大哥了,明天,对!明天一早去给艾大妈和大哥做顿早饭,再把自己获奖以及开口说话的惊喜带给他们。这样想着,杨静秀感到很幸福很满足,又挪到床边,翻了翻过去和刁段明的相册,和衣睡下了。

第六章

已过了夜里十二点。库里的水特别安静。

夜的墨黑与江水勾连，铺天盖地。刘塘村村尾，三丈多高的岩石后站着一个人。不！那不是人，最多算是个影子，他虚脱得像个皮影，一只脚踏在块乱石上，另一只脚悬空了，身体前倾，似乎随时都有可能投入江水之中。

飘飘忽忽，幽灵一般。

茫茫无边，一眼看不到尽头的江水待在库区上游，环成一捧，像温柔的女王，娴静、秀美，一尘不染。这是表象，水很安静也很文秀，可一旦发怒就漫天漫地的，很恐怖。千年来峡江人都知道，最好不要让这条真龙动怒，否则后果很严重！

"嘀呜、嘀呜……"裤兜里又传来电话的震动，右腿发麻，心惊肉跳。来电虽调成了震动提醒，但因夜太静，这嘀呜嘀呜之声仍把苦思冥想的人吓了一跳。

一整天，电话铃不知响了多少次，打电话的铆足了劲儿，意志坚定，态度坚决，打得直至电话发烫，魔鬼般纠缠着。苏保佑不想接，更不想看。不看不接也知道，都是来讨债的，气势汹汹，不达目的誓不罢休，曾经最担心的这一天终于还是来了。

我苏保佑最终还是活成自己最憎恨的老赖了！

虽是六月天，远离城市的坝区夜间仍清凉如水，甚至有些阴冷，尤其在江边。一阵又一阵的电话震动，如催命符一样阴气重重，站在江边的苏保佑浑身不寒而栗。

掐熄烟头，朝远处看了看，连绵的村庄，隐约还有零星灯火，那是预备晾晒庄稼的稻场，以及橘园的驱虫夜灯。左右想一想，苏保佑的泪水不知不觉就到脸上了。唉，当初若听大哥陈平战的话，就留在农村，在刘塘村任村主任，凭一身善于周旋的本领、三寸不烂之舌，也不至于落到今天这个下场啊。唉！算了，一了百了，今天从这里下去，来生再做个好人吧。

想到这儿，又想到一张张累积起来的单据，银行的债务，再想到城里人借给他的高利贷，苏保佑闭上眼睛，身体就要向前倒。

千钧一发！

就在这时，裤兜里的电话震动得越发厉害了。

就连死也不让自己安静地死吗？这么晚了，谁还会打电话呢？白天要账的见他不接电话早已经疲惫了，还会打电话吗？当然不会。几天前出门时给老婆交代了，这次出门是要去几千里外的北京，出差十几天后才能回家，老婆是不会打电话的。父母双亲都没有电话。即使是个要账的，这么晚也要睡觉啊。他妈妈的，那些要账的都打一整天电话，这都凌晨了，还会打吗？

本来是要投江一了百了的，关键时刻这打电话的架势，莫不是阎王爷派无常鬼来让他交代后事的吧？

　　既然要死，死也做个明白鬼，不能带着悬念去死吧。想到这儿，苏保佑身体向后一靠，摸出了电话。

　　尾号三个六，屏幕上赫然写着"小妹苏珍"。

　　都啥时候了，这个点儿还打电话？

　　苏保佑拿不定主意，犹豫着接还是不接呢。

　　把手机捏在手中，手颤抖得厉害，这种锲而不舍打电话的劲头令苏保佑想起小妹苏珍秀气的小脸上俏丽的鼻翼及双唇，还有她从小就任性娇气的个性。一头乌发及腰，身体匀称有致，鹤江大坝这一带的人都夸小妹苏珍是嫦娥下凡，是名副其实的绝世美人。只可惜出生在农村，父母都是农民，双亲过分宠爱加上小妹的任性，她念到初三毕业就因早恋回村了。移民后，苏珍和二妹杨静秀都搬到了张湾村，小妹灵活，她不知什么时候认识了鹤江公司里一个管劳务招工的会计，通过这层关系，她在坝门下游截流园处占了一小块地，办了个商店，因大江蓄水后峡江的风光越发秀丽，来来往往的船只多，游人更多，靠珍珍小卖部赚钱养家不成问题。小妹的丈夫是鹤启县城实验中学的老师，是个文雅实诚人，带着六岁的女儿经常住在城里，很少回村。家境原本就殷实，有了小卖部，日子过得就更富足了。

　　四个异姓兄妹中，小妹苏珍的日子应该过得最自在。

　　这么晚了，电话打这么急，而且一直不停歇地打，难道出了什么事吗？小妹苏珍已经很久很久没给自己打电话了啊！

　　想到这儿，一种责任感涌上心头，毕竟是拜了把子的兄妹，虽然没有血缘关系，可几十年过去了，曾喝一口井水长大的大哥陈平战、二妹杨静秀、小妹苏珍还有自己，不是骨肉胜似骨肉。

思考了一阵，苏保佑又想起了两年前公司缺钱，承包县城中学的筹建需要银行账上有钱，大哥陈平战二话不说，第二天将一百万款项划到自己的账上，小妹苏珍接到电话问都没问他要钱做什么，转了二十万，虽然中标后很快还了，但这份情义与信任，亲兄妹都未必能做得到啊。现在已快凌晨一点，电话屏上显示小妹苏珍打电话已不知多少遍了，如果当二哥的连电话就不接，还是人吗？再说，现在自己已是一个不想活了的人，还怕什么呀？

"喂，小妹，什么事嘛深更半夜的。"苏保佑尽量压低声音，装出一副困倦状。

"二哥，救我啊，快来呀，呜呜呜呜。"杀猪般的哭号，语不成声。一接通电话，苏珍就像被鬼子掐住了一般，尖叫着叫救命。

心头一震，苏保佑立即抓紧手中的电话，下意识往岸边走了几步，提高声音道："小妹，什么事，先不哭，好好说话！"

电话那端鬼哭狼嚎，彻底唤醒了他的责任感和求生意识，苏保佑几大步爬上堤坝，站在马路上放开了声音，豪侠之气顿生，对着电话大声道："怎么个事儿？好好说！"

"打牌……呃打牌输了，输光了，二哥，你快来，他们几个要我……要我还钱，不然……不然……"语不成句，苏珍的话没说完，只听电话里一个浊重男高声："老实点儿，今晚不还钱，小心老子剃光你头发！"是个凶神恶煞的外地男口音。

"小妹！开免提！……你那边听好了，今儿个若敢动我小妹一根头发，小心老子将你几个碎了！小妹，不哭！在哪儿？"三十五岁的苏保佑年富力强，骤地听个男的在威胁苏珍，这还了得？于是加重声音呵斥。

十五岁起混江湖，大半辈子了，刚刚还想一死了之，这时突地出了个事，苏保佑被苏珍的求救声，还有对方蛮横的威胁，彻底激发了斗志。

事不宜迟，苏保佑没多想，几乎是跳上他那辆新款奥迪车，顺手将墨镜戴上，风驰电掣地出发了。

电话里，苏珍告诉他，她这时的位置在珍珍小卖部往山上走的第二排宿舍楼后的一个小房子里。苏保佑知道，那里曾是大坝建设劳保用品仓库。大坝竣工后，这个大仓库成了个废弃的大场子。苏保佑有印象，这个地方好像几年前来过。

对付几个小混混，于苏保佑来讲只是手到擒来的事。

尽管自己现在已背了一屁股债，但这是内部信息，县城仅几家银行以及几个放高利贷的大户知道，在鹤江大坝这一带的村村户户，都还流传着他苏保佑当年创业的神话。

苏保佑是移民中的佼佼者，年轻又有干劲儿，还有高中毕业文凭，1993 年从苏河村搬迁到刘塘村后，人人都知道他是村委会主任的指定人选，但他选择了去县城自主创业。不负众望，他苏保佑没给家乡父老丢脸，只五年光景就赚了个盆满钵满，衣锦还乡，在刘塘村的移民宅基上建了三层楼的小洋房，装修豪华，庭院别致。当时的苏保佑成了鹤江这一带有名的青年企业家，提起他苏保佑，几乎没人不知道。

三十年河东，三十年河西。

随着网络的发展，实体经济迅速衰落，苏保佑成立的三个公司，建筑公司被甲方拖欠九百万元的劳务费，另外两个小公司，一家保洁公司、一家绿化公司运转也不佳，现在欠银行的债务还在其次，主要是承包了新城建设的几条大道，流动资金全部是拿县城四个大户的高利贷周转的。银行的银根收紧，仅这一项，就把苏保佑逼疯了。今年三月份，手下的劳务大军催逼着讨要务工费，紧接着银行不再放贷，这一下，可把苏保佑给逼到了绝境。这些民工都是十几岁就跟着他干的老乡，这让他的脸往哪儿搁啊！就在刚刚，他彻底绝望了，心如刀绞，想一死了之，是小妹苏珍的电话救了他。

已经不想活的时候，还被人当作救命稻草，于苏保佑而言，这是一种极大的心灵安慰。

后备厢里常备有打豺狼用的工具。有一把德国军用刀，可三次弹刀，特别先进。苏保佑把它缠在皮带上，拿上一包名贵香烟，这种烟只有在极其高端的私人宴会上才得见，苏保佑划亮打火机，点上，深吸一口，向劳保仓库走去。

夜黑漆漆的，苏保佑很快找到场子。

"二哥！"门吱呀一声，苏珍最先看见苏保佑，疲惫的脸上露出惊喜，叫了一声。

一股浓重的烟味儿随着门的打开喷了出来，呛得苏保佑皱了一下眉头。头发凌乱的苏珍一声大喊，准备从椅子上站起来，结果一个络腮胡子的男人按住她的肩，强行让她坐下了。

灯光很刺眼，有点儿像探照灯。光线在烟雾中穿梭，室内像即将点着的爆火筒，味道重而熏。

这是走道尽头的一间小房，一张麻将桌，靠墙有一排柜子，柜子上歪倒着各种饮品，还有零食。烟雾中，麻将桌三个方向坐着三个男人，苏珍靠墙坐着，她身后站着个男的，看上去五十多岁的样子，络腮胡子，贼眉鼠眼。

"放开她！"一米八个子的苏保佑虽有点儿细瘦，此时却气势熏天，他不客气地低喝道。

苏保佑戴着深黑墨镜儿，领口的扣子散开两颗，名牌的西裤及大头皮鞋使他看上去有点扎眼的富，他左手勾着香烟，一个人很坦然地走进屋，话里带着命令式的口吻，一副天不怕地不怕的派头。

苏保佑的这种气势，令在场的几个男人心里没了底。

络腮胡子的双手仍按在苏珍肩上，只见苏保佑右手往腰里一探，众人还没明白怎么回事，那把德国军用刀已直直地插在了络腮胡子脑袋边的门框子上了。

麻将桌边两个年轻点的男子猛地站了起身，另一个四十多岁个子矮小的胖男人挥了挥手，这两个男子靠后退去了，络腮胡子按苏珍的手也放开了。

"看来是道上的朋友喽，敢一个人来这儿？"矮胖男子斜着眼睛，坐着纹丝不动，对苏保佑道，"你不会空手来救你的……呃你的人吧？"矮胖子似乎也被苏保佑这种不要命的架势唬住了，盯着他道。

苏保佑口里叼着香烟，一副漫不经心的模样，缓缓从衬衣口袋摸出刚拆的烟扔给矮胖子，将打火机点燃，矮胖子看上去是个识货的，摸摸索索抽出一支嗅了嗅，凑近，点了，深吸一口，吐出口浓烟，缓和着声音道："苏珍输了两万，这钱是从唐某人手中拿的，三天了，她一个子儿没还，这位兄弟今天是来带人走的吧？"

"说得好！"苏保佑从容不迫走到络腮胡子旁，一下子拔下军用刀，用手弹了弹，又将一张名片扔在麻将桌上，轻声道，"苏某还以为是两千万，呵呵，为这点小钱竟敢绑我的小妹，不知几位平日是在哪儿混的呢？"

苏保佑一边说话一边大大咧咧绕着屋子转了一圈，余光中，他发现矮胖子拿着名片的手在发抖。络腮胡子也已凑到矮胖子身边，盯着名片看。

"就……就……就算你……你是苏……苏保佑，我……我们只要钱，见了钱今天就……就放……放人。"络腮胡子结结巴巴地道。

"哈，哈哈，哈哈哈哈！"苏保佑突地放声大笑起来。

"你笑什么？"矮胖子被苏保佑笑得浑身发怵，问道。

"求财！对！对对！求财！是这个，就对了！这样，我写个支票，明儿个，这时，也行，这时关键银行兑不了啊，你们去取，数字嘛，你们几个自己填。"苏保佑一副吊儿郎当全不当一回事的模样，变魔术一样缓缓放下一张支票，手里转动着锋利的军刀，一把扯过苏珍，道，"小妹，下次咱去百乐门玩儿，在这儿，和这些人，你也不怕丢哥的人，他们没把你怎么样吧？"

"没……没！"苏珍见苏保佑这个派头，心里早已有了底，道，"二哥，这支票，您还是写个数字吧！"

"你也信不过这几位兄弟，苏某今天可识清楚了，走！"苏保佑一拉苏珍，就要出门。

"等等！"矮胖子一只手按住门把手，目露凶光，"苏总，明天这票若是兑不着现金，那就可别怪兄弟们不给您金面儿了啊！"

"兄弟，你这话！哈哈哈哈！"苏保佑又是一声长笑，"今儿个也就是我苏某夜里回来看老娘，恰好在此地，走得急，谁带那么多的现金？你若取不到，那这鹤江的水是不是也要干了啊？你这兄弟看上去也是个明白人嘛！"说话的同时，苏保佑用右手轻轻拿开矮胖子的手，又拍了拍他的肩，而后拉了苏珍，出了劳保仓库的大门。

"快上车！"到了车门口，苏保佑压低声催苏珍，打开车门点火，猛踩油门，一溜烟往刘塘村而去了。

第七章

脸色阴沉得要杀人。

摘下墨镜扔在书桌上，因用力过猛，墨镜滑雪般从宽大的老板桌一端飘到了另一端，被一本白皮书挡住，才幸免坠地。

刘塘村。苏保佑别墅中，凌晨两点多。

全欧式建筑，院落、大门、喷水池以及四围的栏杆，在夜色中显得精巧而神秘。别墅后是一小排平房，完全是中式的土制建筑格局。两种完全不同风格的搭配显得任性而恣意，这在农村是见怪不怪的，尤其是在移民新村。年迈的父母不习惯进门换鞋、一拧开关灯火辉煌白花花墙壁的家。有了别墅，儿子花了那么多钱为父母装修卧室，二老也感觉那不是自己的家。态度很坚决，不住！

别墅后面还有很宽敞的地，原本苏保佑计划全部用来做绿化，修个园林什么的，比如假山、小桥流水、亭子水榭啥的，设计师都已交图纸了，可二老硬是不同意，说是要住后面去，按老房子的式样建一层的小平房，有卧室、杂屋，还可以烧火垄，不知多方便，进家门可不用换鞋，农活儿工具可随手放。当初移民时，苏家儿子、女儿、老人有多个户头，搬迁分地时苏保佑和父母是两个宅基地，加上妹妹已远嫁外省，这块地三个户头，苏保佑建了别墅，后排按照父母的意思，建了像二十年前一样的民房，一层带顶，水泥地，不阔气，朴素、方便。平时二老不问世事，住在后排房里，种几亩菜园子、几十棵果树，喂了猪，养了狗，日子悠闲自在。

苏珍心里直打鼓，轻手轻脚，挨书架站着，大气不敢出。

才三十出头，原本是花儿含露的年纪，此时的苏珍却无精打采，长发蓬乱地披着，双目无神，干巴巴的皮肤像进入六十岁的老妇人般松弛着。更可气的是，她身上散发出一股恶臭，死老鼠一般的臭气。

从劳保仓库出来到现在，苏保佑一句话也没说，径直将苏珍带到别墅的一楼，扔了墨镜后，一屁股坐在老板沙发椅上，看也不看苏珍，双目紧闭着。

迈着碎步，迟疑地，苏珍一边打量阔气的书房，一边向苏保佑书桌边移，见苏保佑仍闭着眼，口里憋出了两个字："二哥！"

"去，朝右拐，衣橱里有嫂子的衣服，去洗澡！你看你现在都变成了什么样！"苏保佑猛地睁开双眼，目露凶光，死盯着苏珍，命令道。

还想说什么，见苏保佑又闭上了眼睛，腿也翘到了书桌上，一副懒得搭理、身心俱疲的模样，苏珍识趣地往门外走去了。

这栋别墅苏珍是第二次来。

第一次应该是六年前。二哥苏保佑春风得意、事业有成，回乡建了这栋十里八乡唯一一栋欧式别墅。新居落成那天好不热闹，县里许多领导也来恭贺。当时苏珍和大哥陈平战义不容辞在这儿帮忙，从早上六点一直忙到夜里十二点，没太仔细欣赏二哥的这栋别墅。后来二哥在城里忙生意，很少回刘塘村，直到二姐杨静秀回村后，四兄妹才团聚了一回，那次相聚的地点是县城一家最豪华的酒店。

按照二哥苏保佑的意思，苏珍进了衣帽间，找到了二嫂丁萍的睡衣，又到沐浴间洗浴。进入浴室，脱光衣服时，苏珍才发现内裤已被血染透，三天两夜，她苏珍打麻将着了魔，例假来了浑然不知，怪不得二哥苏保佑如此厌恶自己。温润的水和沁香的沐浴露往身上一淋，苏珍才发现浑身已闷得发臭了。

真浑啦！

一边沐浴，苏珍一边自责，家里仅存的二十万元已输光了，昨晚约的一场牌，又输掉了从娘家诓来的三万元，还欠了两万元的赌债。死到临头了啊！

又累又困又悔，热水浸泡着身体，苏珍洗了长发，穿上睡衣后去衣帽间找丁萍的外套和长裤，又在抽屉里找到了卫生巾。衣服穿妥当后，苏珍有些不敢去书房见苏保佑，心里忐忑着，站在镜前，盯着眼眶凹陷、鬼一样的自己发呆。

书房里，苏保佑窝在沙发深处。

感觉已进入江水中央，他溺水了，无数个水怪掐住脖子，欲要了他的命，呼吸就要停止了，但就在这一瞬，一声"二哥"吓退了所有的怪物，苏保佑得救了。

穿着丁萍的衣服，头发湿漉漉的，衣服的宽大勾勒出苏珍我见犹怜的小巧。刚刚是苏珍在叫他，苏保佑抬眼看了看，沐浴后的苏珍飘着香气，怯怯的神情令苏保佑从江中央回到了现实。

"从什么时候开始的？"苏保佑紧盯着苏珍，声音里没有任何色彩地问。

"首先是江琴，江琴开了个麻将馆，她天天叫我……"很小声，苏珍答非所问。

"什么时候开始的？"苏保佑加重语气，拿出长兄的派头再问。语气里都是霜雪，甚至要打雷下冰雹了。

"两三年了。开始一直赢，现在天天输。"苏珍的声音越发小了，伴着断断续续的抽泣。

"你是猪油蒙了心！"苏保佑霍地一下站起身，炸雷般吼道，"你有多能？你知道那麻将机里有什么？一次输掉两万，你……你……"

苏保佑想说"你这个无耻的败家娘们儿"，但他忍住了，咽下想骂的话，看看苏珍又想到了自己。苏珍打牌是想挣钱，想赢钱，自己在商场中不知死活地搏斗，不也是这种想法吗？一个公司接一个公司地开，不也是在赌吗？现在的自己债台高筑，甚至比眼前的苏珍还惨十倍百倍，又有什么理由去骂她、指责她呢？她一个弱女子，无非想打牌消磨时光赢点儿零花钱，可有些黑心人为了移民手中的那点儿存款，大开赌场，利用村民的愚昧无知，诱惑他们参与打牌赌博，结果有的人连政府划给自己的宅基地都输掉了。苏珍也只是其中一个受害者呀，她向自己求救，信任自己，想从哥哥身上得到帮助，摆脱那几个赌棍的纠缠，她欠下的两万元，凭她的聪慧和勤劳，还是能还清的。而自己呢，现在劳工的工资、银行贷款以及高利贷，不敢细算啊，可能已经超过三千万了吧！

唉！指责苏珍做什么呢？

想到这儿，苏保佑拿起水壶，接了一壶水烧着，指了指书桌旁的沙发，让苏珍坐下。

"这件事，你不管了，他们明天会去银行划账，拿不到钱，他们会来找我的。"苏保佑极其冷静地对苏珍道。

"拿不到钱？"苏珍心里一颤，似乎对"钱"这个字眼特别敏感，问道。

"那是一张空头支票。"苏保佑的话像是在真空中飘，他说得极为虚泛，也极为淡定。

"啊？那怎么办呢？"苏珍的声音急了，脸上露出恐惧之色，问道。

"小卖部暂时关几天。你这段时间不能住这儿，更不能回家，只能……"苏保佑想了一下，道，"大哥那儿也住不成，这样，你少睡一会儿，五点钟我送你去二妹家。"

"去静秀家？"苏珍一脸茫然，还想说什么，却被苏保佑阴气沉沉的脸吓得将话全吞回去了。

"她的房子大，你住在里面不要出门。只要你不出来，没人会去她那儿找你。两万块钱的事我来办，解决好了通知你。"苏保佑瞥了一眼苏珍，幽幽地道，"这样的事不能再做了，输掉的就算了，你的命重要！"

说完这些，苏保佑示意苏珍去隔壁卧室里睡，苏珍不肯，和衣靠在沙发上发呆。苏保佑只得拿了一床薄被扔给她，示意她盖上，自己向卧室里走去。

打开落地窗，扑进来的江风让自己更加清醒了。

无论哪个公司，现在都是一副空壳，财务赤字令苏保佑恨不能瞬间土遁到另外一个世界去，一了百了。一想起接连不断的要债电话，一头撞死的心都有。可眼下这个情景，想死都没那个胆气了。苏珍这个傻女人，现在赌债两万加上赌博输掉的二十万，这件事可能会要了她一家人的命，如果这当口自己死了，不是将她一家人生的希望也给浇灭了吗？

卧室的墙上挂着过去十年创业的照片，怎一个辉煌了得？

一九九七年他苏保佑成立第一个劳务公司，为鹤江移民谋出路，这在当时是了不得的大事。现在的嘉义建筑公司就是从那时候成立的劳务公司发展起来的，起先鹤启县里的劳务公司仅两家，苏保佑见刘塘村这么多移民是壮汉，借移民这个大的时代背景，加上国家的政策好，他苏保佑有一张能说会道的嘴，人勤劳又肯钻研，上有国家的好政策支持，下有鹤江一带搬迁的移民劳力，他苏保佑的劳务公司顺风顺水地办起来了。公司办起来后业务完全不愁，为城里人当搬运工、建设者，哪里需要去哪里。鹤启县当时建新区，无论哪儿都需要劳力，他苏保佑开的公司就是充当引荐劳力的中介，到后来，劳力引进越来越多，对外干的种类增加，他苏保佑理所当然当起了总经理，一年下来，公司小赚了几十万。没想到办个劳务公司这么赚钱，随后，他的公司招进了大学生、技术工，做各种各样的培训，有"移民"这块王牌，苏保佑的公司一路高歌猛进，不到五年，年利润达到了五百万，这对于一个农民来说，简直是天文数字。他忘不了刘塘村山顶上住着的刘大仙人。刘大仙人精于易经八卦，十几年前苏保佑在选择留村当村主任还是外出创业时，就是这位年逾八旬的刘仙人给他卜的卦。刘仙人说："你留在本村，是一条旱龙，缺水，干不成大事，若外出闯荡，是龙入大海呀。"

听了刘仙人的话，又看了龟壳上的卦象，苏保佑决心离开刘塘村，办起了劳务公司。想起刘仙人，苏保佑大脑一激灵，现在他特别想上一趟山顶，去找找他，让刘仙人再为他卜上一卦。

算起来，刘仙人快一百岁了吧？

当然，从主观意识上讲，十几年前苏保佑内心深处就不愿留在荒芜破败的刘塘村当村委会主任。父亲苏道德又偏信个什么查命算卦，于是苏保佑抱着试一试的心态上了山顶。刘仙人原本就是刘塘村的老住户，一辈子一个人，鹤江大坝的屋脊，最高山——尖山的山顶，便是刘仙人闲云野鹤的居住地。山上仅四五户人家，刘仙人一辈子住在山顶，极少下山，那时候八十多岁的他看上去如普通人五十岁的模样。

依稀记得，那天父子俩刚进门，刘仙人一笑，说："问前程的来了。"

来意被刘仙人猜得这样准，以至于他后来拿出烧好的龟壳纹路比画着，讲苏保佑应该往城里去，父子二人更深信不疑，走时给了一百元钱当谢礼。要知道那时的一百元可值现在的两千元不止呢！

离开刘塘村后，苏保佑的劳务公司做得顺风顺水，他娶了苏河村的"一枝花"丁萍为妻，生了儿子，又在城里买了房，小日子过得要多惬意有多惬意。

可惜人心填不满。劳务公司发展得顺利，一九九九年升级成嘉义建筑公司，他先后又创办了保洁和绿化公司。成立建筑公司后，新区建设的三条大道苏保佑二话不说承包了下来，这次的承包就危险了一次，当时政府资金跟不上，苏保佑在民营资本高、吴、杨、宋四大家族以高利借贷了一千万元，幸好三条大道完工后，政府将劳动报酬很快划给了苏保佑。三条大道建成后，公司年盈利已三千多万，这使苏保佑胆子越来越大了。二〇〇〇年,鸿昌地产开发县城新区的楼盘,苏保佑拍着胸脯说能在三年内完工。但这一次再没那么幸运了,苏保佑将三个公司的资金全垫付进楼盘里,楼建了三层高、应该轮到鸿昌地产公司支付劳务费时,没想到董事长万鸿昌跑路了,原因是银行收紧了银根,他贷不出来款项支付全国各处的劳务费,欠下巨额债务,人也不知去哪儿了。起先地产公司一个瘦不伶仃的副经理还站出来说说话,意思是让建筑商自筹资金将房屋建到第五层,鸿昌地产后续会连本带息一起支付。当时苏保佑找到民营资本拿了九百万,继续建楼,但到了第五层,鸿昌地产的董事长连人影儿也没看见。再等了两个月,工地全部停工了。各处传来消息,万鸿昌跑了。

就在这时,工人们找苏保佑要工资,保洁、绿化公司的盈利用于零星的支付。到了后几年,鸿昌地产公司由中介牵线,将所有资产拍给另一家地产公司——亿万公司,这个公司只付给了苏保佑五百万,但这五百万连利息都不够支付。事情慢慢拖,一边拖一边打官司,就到了今天。

外债还有几千万,苏保佑的精神完全垮下去了。他受不了各方天天要债的电话,更无法面对那些年轻时就跟着他走南闯北的苏河村人。他想到了死,想到了一了百了,就在千钧一发的时刻,二妹苏珍的电话将他拉上了岸。

站在窗前,看着漆黑的夜,苏保佑在想万全之策,以保全苏珍这个不争气的二妹。异姓兄妹四个从小在一个村玩到大,后来一起上学,你帮我我帮你,是有很深很深的感情的。苏珍不争气走了歪路,这要放在从前,别说二十几万,就是二百多万,于他苏保佑来说真就不是个事儿。但如今这状况,几个小混混明天到银行去提钱，嘉义公司现在的账户上显然已划不出一分钱，那么苏珍是危险的。这个事儿必须得办妥了才放心。

这样想着，苏保佑想到了陈平战。

大哥陈平战人实在，现在事业越搞越红火，他和自己相反，从来不办一点儿带风险的事儿。一年一年，鹤江这一带的移民看着陈平战将陈家村建设得红红火火，道路都硬化了，房子都刷成了统一的象牙色，包括门外的篱笆都做成了统一的造型。大哥陈平战成了移民青年创业的代表，他稳重、朴素，一心扑在事业上，如今还只一个人。

二妹苏珍这个事儿，还是应该让大哥知道。至于自己的事儿，和他讲了估计也没辙，算了，不说了，当务之急是先把苏珍欠赌债的事了结。

夜风一吹，苏保佑理清了思路，感觉情绪又昂扬起来了。至于死的事儿，以后再说吧！

将所有电话屏蔽后，苏保佑调了四点半的闹铃，倒在床上，不一会儿进入了梦乡。

刘塘村的夜，花香阵阵，江水汤汤。

第八章

张卜仁在等人。

他坐在客厅里，眼睛盯着电视机，心思飘忽，巴巴地等张小楷回家。

大儿子成家立业、定居上海后，一年最多回乡两次，每次回家是来也匆匆，去也匆匆。农历过大年时，一家三口回来住个三五天的，就像是度假。不过年时，张大楷一个人回来，多则三天，少则一天，看看孤老头子就走了。小儿子张小楷在本县县城工作，离家近，也算是上天的恩赐，或一星期或半个月一个月的也许能见上一面。老伴儿走得早，自己一人又当爹又当娘将两个小崽子拉扯大，过去还不觉得，今年突地感觉自己老了，特别不舍得孩子离开。

是啊！奔七十的人了，现在心里只有一个念想，小儿子张小楷早点结婚，以了却一桩心事。

这段时间张小楷回张湾村回得勤，据说女朋友又吹了。唉！这个家伙，已满三十岁了，还是个小孩子心性。大学学的农业技术专业，在本县县城一家大型农产品公司当技术顾问，工作既体面又轻松，每个月的收入还不错。

万事俱备，只欠东风啊！

如果张小楷能早点成家就太好了。张卜仁自顾自地想着美事，坐客厅里琢磨着。

张小楷吃完晚饭招呼没打就出去了，现在都啥时候了还不回家？张卜仁心里有点儿恼火，正低头看时间，张小楷进门了。

"不是周末，也不是节假日，今天怎么回家了，莫不是有什么事？"看着张小楷年轻笔直的背影往一楼厕所里去，张卜仁提高声音问。

"啪"一下，电视机也关了。

"爸，不是休息日就不能回来看看您老啊？"声音轻快，里面有阳光的色彩，亮亮的调子从厕所玻璃缝往外飘，扑向张卜仁，"不回来吧，您老又该骂了不是？"

尾音被厕所稀里哗啦撒尿和冲水的声音淹没。没几分钟，张小楷又从厕所出来了，看着张卜仁，咧开嘴笑了一下，折身便要往楼上去。

"小楷，坐会儿！"张卜仁尽量柔和了声音，对张小楷的背影道。

当了一辈子村委会主任的爹这是在下命令，笑里藏刀啊！张小楷心里有准备，像条大白刁，快速转过身体，几大步过来，坐在了张卜仁斜后方的沙发上。

看样子这家伙心里有事，在故意回避老爹啊！张卜仁不含糊，木椅子向后拖了两拖，与张小楷平行而坐，终于，这时候彼此可以清晰地看见对方的面部表情了。

"去哪儿转转了？"张卜仁紧盯着张小楷的脸，不放过任意一丝表情，尽量柔声问。

眼神锁在儿子脸上，意思再明白不过了：对你老子，要
讲实话，不许隐瞒，更不许用大白话诓我。

聪慧过人的张小楷懂他爹这一套，他也没打算瞒张卜仁，
再说，杨静秀和自己一样想创业，计划在村里办个刺绣厂这
是好事儿，瞒是瞒不住的。况且办大事不还得先给老爸这位
主任大人知会一声吗？若能得到他老人家的同意，这事儿不
就成一半儿了吗？

"去静秀……呃杨静秀姐家里坐了会儿。"张小楷一笑，
露出洁白的牙齿，说了实话。平时称静秀习惯了，这时在老
爹面前呼两个字又觉不妥，话赶话地立马改了过来。

"少去她那儿！"情绪猛地一个陡坎，张卜仁原本慈爱的
脸一下子晴转阴，重说了一句，点上一支烟，猛吸了一口。
话说完，身体还向一边别了别。

"为什么？都是一个村长大的人，过去两家关系还不错，
如今她遭了难，怎么就不能去看看她？"反感张卜仁武断的
话，张小楷的还击是本能的，一连串话像爆竹一样就出来了。
话里话外，都是明显的维护和对抗。

"过去是过去！现在是现在！"语气很重，要下暴雨了。

张卜仁的声音虽降了调子，但话里的内容都是电闪雷鸣
才能豁出来的词儿。声音降低那是怕被外人听见的克制。"杨
静秀不是个什么吉祥之人，你离她远一点儿！"说完这句话，
张卜仁忽地一下坐直了身子，狠吸一口烟，仿佛下决心说了
他憋在心里很久很久的话，一吐为快了。

"爸！什么叫祥与不祥？现在都什么年代了，还要信过去
那些封建迷信吗？"张小楷也加重了语气，声音里在放震天
雷，一连串地说道，"一个女子，丈夫坠楼而亡本已是大不

幸，您应该号召群众去关心她、爱护她，在生活上为她和她的孩子多想想办法。一个弱女子，只身带一个孩子，如何生活？爸，您是村主任，您是村民们的靠山，不该这样说自己的村民！"张小楷发自内心反感张卜仁对杨静秀的界定，一口气说了许多话，说到最后心中仍愤愤难平，所以到最后一句，更加重了语气。

"怎么和你爹说话呢？"张卜仁虎了脸，血直往上冲，右手夹烟的几个手指在发抖，厉声道，"你……你！……再说一遍！"

当了一辈子村委会主任，还没有谁这样当面教训过自己，现在倒好，儿子教训起老子来了，还完全不给面子，义正词严，直言不讳，要强的张卜仁哪里能受得了？说着话，人已经站起来了，一副要揍人的模样。

张小楷心中有气，他见不得有谁诋毁他心中的女神杨静秀，即使是自己的父亲那也不行。原本还要补几句，但见父亲的脸瞬间变了颜色，他赶紧起身，压了压火气，给张卜仁喝茶的粗搪瓷杯里添了开水，端给张卜仁，温声道："爸爸，儿子并不是存心要顶撞您，您喝口茶消消气。"

张卜仁不接茶杯。张小楷轻轻扶着他，让他坐下，又拖过一张木凳子，将杯子放在上面。见老父亲还是气咻咻的，张小楷身体向前倾了倾温声道："您想啊，您也是一辈子的老领导了，有些事儿您心里是明白的，对不对？"说这话时，张小楷盯着张卜仁的眼睛看，想一直看到他心里去。张小楷机灵，平时也很孝顺，把家里闹得鸡犬不宁可不是一个研究生的素质。发现气氛不对头就赶紧协调，这是念书时当班干部练就的一套本领。

话毕，张小楷趁势将杯子又端起来递给张卜仁。

接过儿子递来的茶，勉强抿了一口，心里平静了许多。唉，毕竟是自己的儿子啊。

张卜仁避开张小楷的目光，叹了口气，道："儿子啊！你妈走得早，现在你又没成家，万一哪天我双脚一蹬走了，怎么放得下心呐？"张卜仁鬼精鬼精，顺坡下驴，迅速转换话题。

"爸爸，您老身体棒棒的，怎么忽地又说起这话来了？"听张卜仁说这样伤感的话，张小楷不好再揭父亲内心的疤了。

虽然改革的春风已吹遍祖国大江南北，但峡江这一带偏僻，处鄂西山区农村，老一辈的思想仍然守旧，对女性的偏见始终存在。唉，父亲毕竟是父亲，他一个人不容易，里里外外的，张小楷心疼自己的父亲，说话间将他右手指上夹的烟屁股摘了，掐熄扔垃圾篓子里，耐心地小声道："爸爸，您放心，儿子会结婚的。"说完，甜蜜地笑了一下。

"结婚"二字，让张小楷眼前浮现出杨静秀清澈的眼神、堪比少女的身姿。那是张小楷择偶的标准模样，静秀也是他心中的女神。一想着灵气秀美智慧的杨静秀，张小楷心中就充满了力量。

"你自己好好斟酌！"张卜仁紧盯张小楷一眼，"你可不能犯糊涂啊！"张卜仁趿着拖鞋，胖身体沉沉的，头顶油光发亮，鬓边的头发像蓬松的白棉絮丝儿，整个人看上去突然衰老了不少，他像头老耕牛，往一楼自己的卧室走去了。

张小楷毫无睡意。父亲老了，作为儿子，自己是应该结婚生子，让父亲安心啊！

峡江的夜晚，主角只有蛐蛐和夜鸟。空气是含蓄甜美的，和着汤汤江水，过滤着张湾村人白天的辛劳。夜虫有一句没一句地唱着只有它们自己才听得懂的曲子，到了晚上十二点后，虫儿也累了，天地悄无声息，只有江水与凉风缠绵缱绻、暗通款曲，顺着大地的脉搏往它们该去的地方奔腾。

原本计划回家后直截了当与父亲谈一谈回村创业的事，哦对了，还有杨静秀在村里办一个厂，做刺绣的厂，把全村女人带动起来做绣品卖的事儿。可回家后一看父亲那脸色、那架势，张小楷认为今晚并不是谈话的好时机，无声无息，放弃了。

看得出来，父亲很反感自己与杨静秀交往，更巴巴地盼着自己能在城里干一番大事业光宗耀祖，早点结婚生子，了却他的心愿。这是千千万万个父亲心中最朴素的愿望。此时如果和他提这些事，叫哪壶不开提哪壶。父亲张卜仁当村领导一辈子，虽然不是个什么大官，可父亲是个聪明人，他心中有他固有的认知，在他那个因循守旧的小世界里，既没有一个高才生从城里辞职回乡的概念，更没有一个女人能干事业的说法，他心中一辈子的想法就是男耕女织，安守本分。城里人就只能做城里人的事，农村人就应该老老实实待在家里种田养家糊口。

"创业"二字于父亲而言，太遥远了。

今晚谈不成事儿，正好将自己以后回村的规划拟一拟。

张湾村的地图，是张小楷手绘的。临江，是鹤江公司气派宏伟的大酒店，再往后是三产劳务保障公司，过了检查站，再往后山走，一条大道驱车十分钟就进入了张湾村。张湾村的道路都是土路，因为这几年村子一直在建设中，这条通往村里的路被压成了凹凸不平的烂泥糊路。许许多多移民搬迁到张湾村后，房屋建设都有统一规划，一溜地齐整。平行整齐的房子分成四排，每排房子中间间隔有三米。张湾村是个大村，除了路边几排房子，再往后山走，山坡上也有零星散落的房屋，这个山坡叫牵马岩。往牵马岩上又是两排齐整的房屋，再往后山走，坡更高山更陡了，祖祖辈辈居住在这里的农民星星般散落于山坳各处。再往前走，便是荒山，荒山上长了些杂草灌木，是整片整片的原始荒坡。过了这片荒坡，再往前走有一些小块小块的茶园，还有些翠青翠青的菜园子，翻过这座山再往上走，就是陈家村了。

手绘张湾村地图一处一处都非常仔细，张小楷发现村委会就在山脚下，村委会旁边是过去张湾村的大保管室。这个很旧的保管室是土夯的建筑，废弃了多年，既无人居住，更无人打扫。搬迁来的移民都有自家的宅基地，在国家扶持下建了新房子安居乐业了，没人去关注这间荒废的保管室。保管室就在进村公路的入口处，晴天路上大车小车通过，灰尘漫天扬，下雨天又一踩一脚稀泥，所以这间废弃的保管室压根儿没人关注，更无人收拾。

把自己关在卧室里，张小楷想把以后回乡的事捋一捋。可看着村域地图，张小楷有点儿茫然，首先想到的是在哪儿为杨静秀寻一处能当绣坊的场所。山背后倒是有个荒弃的造纸厂，可现在去把它盘下来显然不合适。一来下岗的村民还在扯皮打官司，很多村民没着落不愿意走；二来涉及陈家村、刘塘村、张湾村三个村百十人的切身利益。如果用这个现成的厂当绣坊，不用投入太多财力和人力，当然是好，但地理位置太荒僻，还有些遗留问题没解决，原造纸厂的厂长估计也不会干。

不能太远，又不能花太多的钱，这样的地方，只能在山下才行。

对，保管室可用！

想起保管室，张小楷在脑海中回忆那间破旧且空旷的大房子。说起这间大保管室，还是十几年前才搬来的时候进去过，现在一直闲置着，位置还不错，房子也有那么大。

这样一想，张小楷心中有了底。

杨静秀才开口说话，让她自己来和父亲沟通估计还很困难，自己这个做儿子的和父亲直接讲，他肯定不干。怎么办呢？

十二点多了，张小楷在卧室里走来走去，思考着帮杨静秀把绣厂办起来的方法。

让付春喜去和父亲讲吧，她不是那块材料，三棒槌夯不出一句话。苦思冥想，正在这时，路上响起了突突的汽车声，张小楷把窗帘拉开一个小缝隙，看见亮着前大眼灯的双排座车，那应该是陈家村的村主任、杨静秀大哥陈平战的车回来了。

可不可以让他出面？不！不！不！

张小楷陷入了沉思。在父亲那，能说得上话的有几人呢？这样想着，张小楷看向远处，只见江那边还有灯光，那是鹤江镇上的灯光。

对呀！有了！看见镇上的灯光，张小楷想到了一个泼辣利索的女人，她叫苗兴翠。

整个坝区位于鹤江镇上，鹤江镇在江的那边，与张湾村隔江相望。镇上有一个文化站，是专门负责地方群众文化文艺工作的。自从修建大坝、移民搬迁以来，镇文化站联合县文化馆没少创作节目给老百姓鼓干劲儿，就连中央电视台还播出过鹤江移民舍小家顾大家、为了国家建设献出家园的纪录片。文化站是负责地方群众文化生活的机构，比如过节排几个三句半，组个大合唱，再组织年轻妇女跳几支舞蹈什么的，一个镇里有二十几个村落，好几万人，组织个活动搞得有声有色，镇政府还专款专用，拨出一点儿经费给文化站作为活动奖金。在很多次活动中，文化站站长苗兴翠与父亲有过交道，看情形两人关系还不错。对！当时杨静秀自发组织张湾村妇女跳健美操时，父亲反对，是这个文化站站长苗兴翠说动了父亲，父亲最终才答应以村的名义参赛呢。

说明父亲还是听上级领导的话的。

张小楷又想起苗兴翠这个人。镇文化站站长既是领导又是兵，整个文化站只她一人，她身材高大，皮肤黑亮，实际年龄恐怕五十不到，但看上去就像六十几岁的妇女。苗兴翠早些年读完高中就考上了乡镇文化干事，一直在鹤江镇工作，后来政策变动才转正。苗兴翠一头短发，高鼻梁，厚嘴唇，说话像张歌师一样山摇地动，隔一条江就能听见她的声音。许是多年在农村工作的缘故，她整个人很亲切，穿着也朴素，鹤江镇很多村的人都爱和打她交道。

让苗兴翠来说动父亲，将过去保管农具用的废弃仓库划给杨静秀办绣坊，这应该没有什么问题。毕竟，抓村里妇女们的文化生活，带领女人们自主创业也是她苗兴翠的责任不是？

这样一想，张小楷心中豁然开朗了。前几天自己已向公司递了辞职书，后期就在家里等回复。等待的这段时间，也可以酝酿酝酿自己带领村民创业的事。

张小楷思索着，慢慢睡着了。

第九章

噩梦一个接一个。

被一群强盗追赶，苏保佑感觉自己已走投无路了。前面是万丈绝壁，再进一步便会粉身碎骨。几只恶犬一步一步逼来，自己被包围了，蒙面强盗龇着獠牙，手持利刃，一齐向苏保佑袭来。

没救了。苏保佑整个身体向后一倒，死定了，这下真要去见阎王爷了。

"叮铃铃"，闹钟响了，命悬一线啊！苏保佑醒了，惊出一身冷汗，还好只是个梦。床头柜上暗幽幽的闹钟冒着蓝光，像小鬼拿着符正在念咒。现在是凌晨四点半，房间里死黑死黑的。

闹铃夸张地尖叫着，漆黑的夜里，这声音显得格外嘹亮、亢奋。

浑身酸疼。伸手按了闹钟，苏保佑将头埋进柔软的小棉被里，真想就这样一直睡下去，永不醒来。蒙着头又闭了眼睛，只一下，苏保佑又进入了梦乡。这时，云里雾里又回到了小时候，他、大哥陈平战、二妹杨静秀、小妹苏珍，仍是四个人，兴高采烈背着背篓往山上爬。尖山顶上，猪草最多，又嫩又深，还有一大棵桃树长在山的顶峰，阳光照射足，桃子熟得早，兄妹四人奋力向山上攀着。正在这时，苏保佑脚下一滑，顺着山沟风驰电掣般向下滑时，山沟中突地竖起条桶粗的金花大蟒，它气势熏天，恶毒的眼睛紧盯着苏保佑，只见它昂起巨头伸出火红的舌头，头摇摇晃晃地袭向苏保佑。

"啊！啊！救我，救我！"苏保佑挥舞着双臂，仰天长呼。

"二哥！二哥！"是苏珍的声音。迷迷糊糊中苏保佑一把拽住苏珍伸过来的手，彻底醒了，还好，还好，是一个梦！又是一身冷汗，背心全汗湿了。

苏珍站在床前，用双手箍住苏保佑的右臂，正在唤他。

"该死的，鬼上身了！"苏保佑借苏珍的力起了身，口里道，"你还记得这时候醒啊？""啪"一下按了床头柜上的灯开关，卧室里亮堂堂的，苏珍穿着老婆丁萍的衣服，杵在自己床前。

"昨晚二哥说今天早上五点要到二姐家去，在手机上也设了闹铃。"苏珍小声说着话，机灵地将床尾沙发上的衣裤递给了苏保佑，慢慢走到门边，"二哥，我在客厅等你。"

"还晓得怕啊，以后长点儿记性！"苏保佑不失时机又教训苏珍，待苏珍转身出门一瞬，快速褪下睡衣睡裤，又对着苏珍去的方向大声道，"女人学什么不好，去碰那玩意儿，你搞得赢他们？那些人靠赌博为生，骗的就是你们这些异想天开的娘们儿！"

睡了几小时，苏保佑感觉精神好多了。

早晨的空气好，大脑也灵光起来。想起昨天在江边的事儿，这时感觉欠一屁股债原本也没那么可怕了，投江都不怕，这世上还有什么好怕的呢？关于自己要去死的事儿，现在看来也并没那么急了，得先把眼前的事儿解决了。

洗漱完毕，苏保佑在衣柜里选了一套高档运动装，这套衣服是六年前公司赚钱后去北京领奖时买的，黑白系，加上运动鞋，抵得上农村一家人一年的开销。买回来后很少穿，自责了很久。看一看父母每天起早贪黑，省吃俭用，辛辛苦苦垦荒种地，山上的茶叶一片都舍不得浪费，而自己，哎！

早起空气有点清冷，回农村穿个运动服低调。如果自己不说出这套行头的价格，村里人没一个识货，断不会知道衣服的天价，自然也没人会骂自己是小王八羔子混尿败家子了。

收拾妥帖，苏珍已用个装垃圾的袋子将她的脏衣服装好了。苏保佑先给杨静秀打了电话，估计太早，自然是没人接。想了想，发了一条消息："二妹，我和小妹此时来你家，记住别搞出响动，有急事！二哥。"

发完信息，看了看时间，五点十分，苏保佑想了想，又看了看苏珍，他担心杨静秀还没被刚刚的电话叫醒，示意苏珍拿出电话。

"二姐，我和二哥这时来你家。有急事！"苏珍领会苏保佑的意思，也给杨静秀发了一条信息。

"你们来，我打开铁门了。灯没开，直接上二楼。"几乎是秒回。杨静秀的信息条理清晰，连大铁门都打开了，几兄妹完全心有灵犀。而且静秀什么都没问。

苏珍喜悦地将消息给苏保佑看了，苏保佑点了点头，将头上的帽檐往下压了压，关熄了所有的灯，出门了。有点儿搞地下活动的样子。

新款奥迪 A6 豪华版，如一条鲟鱼滑行于山间小道上，几乎毫无声响。凌晨的风带着江水苏醒的味道，穿戴齐整、驾着豪车的苏保佑、苏珍二人不像去杨静秀家避难，倒是像去走远房亲戚一般，心情都还不错。睡觉后大脑清晰，被冷风一吹，二人都显出一副机警万分状。山村小路虽一路黑蒙蒙的，但林间已有了鸟鸣。远处江面上有轮船，对岸的鹤江镇已有灯火了。

经过陈家村时，苏保佑故意绕了个弯儿，到了大哥陈平战只有一层的砖房前。苏保佑将车缓缓滑动，情感也在慢慢释放。一切都沉寂着，大哥那辆破双排座车很随意地停在大门口，像陈平战这个人一样，随意、憨实、沧桑，浑身都是岁月的刻痕。

想必此时大哥正在熟睡吧，算了，不去惊动他，让他睡个好觉吧！苏保佑想了想，猛踩一脚油门，新车像轻捷的灰雀，一头扎进黑夜中，悄无声息向杨静秀家驶去。

黑栅门大开着。

二妹杨静秀天资聪颖，尽管她不开口讲话，但她比会说话的人聪慧百倍千倍。回乡的这几年，她特别勤奋。虽没见二妹上村下岭地四处跑，可苏保佑知道她一直闷在家里学新思想、新技能。比如这次的健美操比赛，就是个很好的例子。她不仅自己进步，还带着很多女人一起进步。不鸣则已，一鸣惊人。从健美操的跳法、肢体语言，到团队造型，还有音乐挑选，都是她一个人张罗。等大家把舞蹈都练熟后，最后买衣服选款式，她争取到文化站站长苗兴翠的支持，把张湾村的婆娘们打扮得做梦都在笑。这次县城文艺会演中，张湾村的妇女们体形、舞蹈基础条件不是最好的，甚至说是偏低的，可鹤江镇五个节目参赛，就她们获得了奖，而且还是整个鹤启县的一等奖，首屈一指啊。获得荣誉不说，还得了一万元奖金。一万元啊，什么概念，抵一个农村硬劳力两年的净收入。

二妹杨静秀就是这样一个人，外表看起来文文弱弱、秀秀气气的，真干起事儿来，巾帼不让须眉啊！

知道有人要到她家来，留言中已告知，急事，悄悄儿的！

杨静秀心领神会，是自己的兄长姊妹，不用问，黑栅门大开着，足以说明了她的机智与聪慧。

黑灯瞎火。

奥迪车直接开进院子里停稳、熄火，苏保佑用手机微弱的光晃着照明，与苏珍轻手轻脚地进入一楼客厅后关上大门，直接从左侧楼梯上了二楼，奔杨静秀的卧室。

门没锁，虚掩着，台灯的光很弱很弱。杨静秀站在门背后，二人进了门，杨静秀利索地将门关上了。

"二姐！"苏珍低低地叫了一声，便与杨静秀抱在了一起。

这一拥抱，三人的眼眶都热了，苏保佑的泪直往外钻，背着两个妹妹，见床头柜上有抽纸，拈了一张，捏了一把鼻子，顺势擦了擦满眼的泪水。

"小妹！"杨静秀推开苏珍，清晰地叫了一声，又转向苏保佑，"二哥"两个字在黑夜中显得格外清脆。

"二妹，你……你开口了！你终于说话了吗？"苏保佑几乎是飞一样奔到杨静秀面前的，双手捏住杨静秀的肩，惊喜地低吼道。

"嗯！会说话了！"杨静秀明亮的大眼睛看着苏保佑，又看向苏珍，发音异常清晰，"会了！"又使劲儿点了点头。

"太好了！太好了！"苏保佑兴奋得不知该说什么好，这当口，他尽力忍住泪水，头转问苏珍，"小妹，该庆贺呀!"

苏珍看着杨静秀，很久才憋出一句话，带着哭腔："这辈子心愿了了。"背过身走向窗户，将窗帘露出一道缝，泪水顺着脸滑下。

"二哥?"杨静秀看着苏保佑的眼睛，叫了一声，又指了指苏珍，满脸的疑问。她定定地用目光锁住苏保佑的双目，意思是在问，你们很久都没来我这儿了，今天这么早，到底出了什么大事，告诉我。

松开杨静秀，看了一眼苏珍的背影，苏保佑才从激动的情绪中恢复平静，一屁股坐在杨静秀的梳妆台前，指着苏珍，对杨静秀低声说："二妹，小妹出了点儿事儿，她要在你这里待一段时间。"苏保佑欲言又止，他觉得不知从何说起，从裤兜里摸出烟，含在口里，打火机划了一下，又灭掉了。

"小妹!"杨静秀走到窗边，将苏珍拉到苏保佑身边，又拖了一把木椅子让她坐下，自己也坐下，而后看看苏保佑，又看看苏珍，口里冒出三个字："怎么啦?"眼神里都是关切和疑问。

"我不能在这里待久，一会儿天亮了车停在这儿，谁都会知道我把苏珍送来你家了。二妹，你照顾好小妹，她的事让她自己告诉你。总之，这几天苏珍在你这儿才最安全，不要让她到处跑。"苏保佑真诚地看着杨静秀说道，"你是我们四个人中最聪慧的，习惯好，又爱学习，小妹住在你这儿我放心。"苏保佑对杨静秀说完这些话后，提在嗓子眼的心终于放下了。

话说完，苏保佑又看向苏珍。

一夜间，苏珍似乎瘦了许多，宽大的衣服让她越发显得弱小可怜。但一想到她不分昼夜打牌，在麻将桌上消磨光阴，苏保佑又恨得牙痒痒。怎么办呢？人毕竟是人，又不是神仙，自己不也一脚踩进烂泥里，现在还四面楚歌吗？债台高筑的自己又能好到哪里去呢？

"小妹，若你还认我这个二哥，听我一句劝，以后任谁叫你，都不许再去那种地方了，明白不？"苏保佑盯着苏珍，沉声道。

"好！"苏珍不敢看苏保佑，低着头答了一句。

"你的事我来解决！"苏保佑霍地站起身，又对杨静秀道，"二妹，你能开口说话了，这是我们三个盼了多年的事，真好！这段时间要辛苦你了，把小妹看好！我走了！"说完话，苏保佑向窗外看了看，想了一下，不再说什么，便往楼下去了。

杨静秀急急地跟在苏保佑身后，到了一楼客厅，苏保佑转过身，伸出左手掌，做了个"停"的动作。杨静秀懂二哥的意思，站在客厅，目送苏保佑出门上了车。

轿车像条鱼儿缓慢而悄无声息地驶出了院子。

第十章

早晨六点半。

从二妹家出来，苏保佑感觉这一天一夜的，仿佛穿越了几个世纪。

昨晚到现在，先是想一死了之，后苏珍求救，苏保佑大义凛然闯了一番赌场江湖，最后把小妹苏珍安排在二妹杨静秀家。

翻天覆地，事情一桩接一桩，有点儿像在电视剧中饰演一个矛盾的主角。之前想死这件事，现在是彻底放一边了。

终于迎来一天中最美好的时刻。

大地苏醒，晨曦从天边一层一层漫过来，极其温柔。车灯还亮着，不知不觉，苏保佑将车开往陈家村的路了。

将苏珍交给杨静秀后，心里一块大石头放下了，剩下的事就是风云江湖。江湖是男人的战场，是不见血的较量，是智谋与胆识的对决。苏保佑用一只手撑着方向盘，另一手扶了扶墨镜，车子缓缓前行，速度像苏保佑的思绪一样。

进陈家村所有的乡村公路都被水泥浇筑过，如同朴素的房子进行了简单装修，整洁利索洁净明朗。从道路的规范化以及路边统一定制的篱笆桩桩，还有各种路牌标识来看，陈家村与张湾村完全是两个不同的世界。

这么比方吧！陈家村就像一个普通农村家庭里有个灵巧的女内当家，会梳妆，会打扮，而且善于收拾，家庭虽不富裕，却打理得井井有条。张湾村呢，也像个普通农村人家，原本家里就不富裕，家里还出了个懒女人，既不爱收捡，更不爱打扮，屋里屋外到处都是垃圾，家就像成天醉酒的大汉，歪歪倒倒，胡子眉毛都分不清。

从进村到出村，张湾村所有道路都坑坑洼洼、高低不平，整个村子虽统一了移民房屋的建造规格，包括一排一排房屋之间的间距，杂屋也都统一了，但每家每户前的稻场和路面仍是土块夯就，一下雨，重物上去或人走上去，就会形成大坑小窝。路不好，房子都是简易的砖瓦房，菜园子东一块西一块，所种农作物也都不一样，张湾村显得蛮荒而萧条。

陈家村却完全不一样。几乎所有道路都进行了硬化，每家每户门口都用水泥铺了平平整整的稻场。更让人赏心悦目的是，菜园、果园、茶园的边界均用了竹子编成的篱笆隔开，田间地头几里远便有木牌做成的提示语，比如，陈家村欢迎您！再比如，美丽的陈家村我的家！还有更暖心的环保标语：有山有水有金山，欢迎来村侃大山。还有诗情画意的：你我前世的约定，来陈家村看橘花……

农村以村级为单位，下面又包含组，也就是生产队。一个村大约有二十个组。苏保佑的车开得特别缓慢，过去他从没仔细观察过家乡这片土地，是因为忙，今天可以好好看看了。十几年在城市里打拼，回乡竟伤痕累累。而大哥陈平战一直坚守在这块曾经破旧而贫瘠的土地上，他也奋斗了十几年，用他的执着、坚韧守着，将陈家村变成了如今的新貌。

唉！三十年河东，三十年河西啊！

轻踩油门，任由轿车在山间、田间、林间徜徉，过去从未发现农村竟然可以这样美丽，看来家乡已改天换地，再不是十几年前才搬迁时的模样了。

天色渐渐明亮起来。车窗外新枝勃发、绿意盎然，鸟儿欢语啁啾，好一派初夏清朗之感。见到家乡如此宁静而清透的景色，苏保佑觉得这十几年埋头在城市奔进、不爱学习的自己已渐渐被时代抛弃了，也被家乡遗忘了。

刘塘村在陈家村上游，虽没有陈家村建得那样规范和完美，也发展得不错。故乡永远是自己的家啊，这里是事业的起点，在外打拼这么多年，受伤后也只有这个地方接纳自己啊！

不知不觉，已渐渐向陈平战家的方向靠近了。

想起陈平战，苏保佑突地感到一阵自惭形秽。一度，大哥陈平战餐风饮露，进城四处奔波，为陈家村争取建设资金，争取政策倾斜。那个时候，自己在哪儿？那时的自己正春风得意，开豪车、穿西服、进高档娱乐会所。记得一次去市区应酬几个老总的聚会，车子闪过移民局旁，见大哥陈平战正满脸愁颜地站在走廊上，苏保佑只停车打了个招呼，象征性邀约了一下，陈平战拒绝了，苏保佑也没下车与陈平战细聊。当时内心感觉大哥的外形太不讲究了，好不容易到城里来，事没办多大个事儿，经常看见他四处找门路求人，真是个地地道道下里巴人的农民，实在丢人。

回忆过往，再看现在……唉！

蒙眬中，一排又一排民居矗立在薄雾中，有点儿魔幻的感觉。民居像小学生上早操，齐整又利索，边缘处有一栋最低矮的平房，就是大哥陈平战的房子。唉，他一心一意为家乡建设操心，为村民的工作、生活谋出路，可他自己……

正在这时，猛一长声汽车发动机声夸张地响了，定睛看时正是陈平战那辆破双排座车在蠕动。苏保佑将头探出车窗外，清晰地看见陈平战那辆高而长的双排座车向自己这边过来了。车子声音大、速度快，还没等苏保佑反应过来，就到了他面前。

路窄，往后掉头来不及，苏保佑与陈平战碰了个正着。

"哈哈，二弟！大清早啊，回来看大妈大爹？"陈平战爽朗的男高音震得薄雾向两边散去，只见陈平战跳下车，哐当一声关了车门，大踏步向奥迪车走了过来。很显然，陈平战对苏保佑的奥迪车车牌以及车型都是熟悉的，正如对苏保佑一样。

"大哥！"苏保佑开了车门，车里的浓香跟着他一起蹿出来，苏保佑递上一支烟，口里道，"大哥这么早啊，看来我去找你还是太晚了点儿，你这是要出门去啊？"苏保佑顺口一句，擦燃打火机，先给陈平战点上烟，而后自己也叼上一支，深吸一口，声音也嘹亮起来。

"你小子！"陈平战一拳杵在苏保佑的肩窝处，咧嘴笑道，"哄娘们儿的本事用大哥这儿了？太阳打西边出了，你会来找我？"陈平战心中，他这个二弟苏保佑可不得了，十几年在鹤启县县城可算是赚发达了，家里小洋楼盖着，城里别墅住着，儿子在贵族学校念书。他是赶上好时代了，商战中风生水起，成了年轻的企业家，报纸上都这么说，这家伙说来找自己，这不是哄人吗？

还能找大哥陈平战诉苦吗？还能讲自己那摊子乱事儿吗？

苏保佑见陈平战一脸的灿烂，吸着香烟、拍着自己肩膀的那种满足感，大哥是以自己为傲的大哥，不！或者说大哥心底深处暗涌着那么一点点对自己的嫉妒，但仅仅只是一点点，以自己为骄傲那是肯定的啊！这种情形，无论如何苏保佑也开不了口了。唉，能从哪儿说起呢？此时大哥这么早往外赶，他一定有不得不办的急事，算了，什么都别说了，自己做的事、造的孽，自己一个人承担。大清早的，别让大哥扫兴，更不能让他心里放不下啊。

"大哥这么早又去城里找财啊？"苏保佑回敬陈平战一拳，儿时的挚友、长大后的两兄弟都嘿嘿笑了。苏保佑问陈平战一句，又将整包烟塞到他上衣兜里，看着陈平战的脸，三十七岁不到的人，刀刻般的皱纹肆意在脸上生长着，穿着旧衬衣，一件外套怕有十几年了，领口上泛着素白，还有几条裂纹，牛仔裤也不知多久没洗了，原本蓝底的裤子大部分已褪成暗灰，骤一看上去，感觉大哥身上到处都是灰尘。

"造纸厂垮了，三十几人的生活，我不去找路子，他们还不得吃了我呀？嘿嘿，你知道这个事！"陈平战心情好，看着苏保佑，又道，"门面这个事儿，你看不上！你是做大事的人。你还别说，鹤江公司贼精，他们呀，是不见兔子不撒鹰。陈家村不给点钱，他们不签合同啊！"

陈平战在向苏保佑倒苦水。

一九九八年，几个村合力办造纸厂，安排村民就业，民营的造纸厂垮掉，那是迟早的事儿！苏保佑暗想着，其实他很早很早就知道这个事儿了，只不过那时在县城经营几个公司，听了也只当没听见。大势所趋啊！更何况自己出门十几年了，造纸厂垮掉是有历史原因的。时代前进了，优胜劣汰，移民搬迁后，工人大多数仍是农民，没有严格的培训，没有学习提升，更没有过硬的技术，这些泥腿子又怎么竞争得过别人的大企业？被吃掉那是迟早的事。造纸厂垮掉后仅陈家村的村民就有三十几人，这些人去哪儿生活，靠什么过日子？这是他陈平战作为村主任该操心的事。大哥陈平战是极其睿智的，他依靠天时地利，绑紧了鹤江公司这棵大树，人家扩建，要用他陈家村的土地，他自然能将三十几个工人安顿好，一切只不过是时间的问题。

"这点小事对你来说还不是易如反掌啊！"苏保佑拍了拍陈平战的肩，"大哥，不耽误你时间了，一路平安，晚上回来我们喝一个！"苏保佑不动声色地将陈平战送到双排座车处，陈平战似乎还想说点儿什么，苏保佑已转身往奥迪车那儿去了。点了火，两个人都要往后倒车，陈平战伸出头，大声喊："你能倒到哪里去啊？我来！"

"呜吼"一声，双排座车屁股后面冒出几缕黑烟，陈平战三下两下，已将双排座车让到侧旁一块菜园坎边，又向苏保佑招了招手，大声道："二弟，过来，没事，能过去！你放心！"

苏保佑打了声喇叭，擦着双排座车慢慢滑动，经过车头时，苏保佑伸出头："大哥，顺利！早点儿回来啊！"

"好！"陈平战按了声喇叭，踩了油门，向县城方向开去了。

苏保佑的车仍在乡村路上缓缓滑动，像一条找不着归家路的墨鱼。走过大哥陈平战的平房时，晨雾中苏保佑突然觉得这栋既朴素又简洁的房子显得那样伟岸，而自己和自己的这辆豪车，就像个不体面的小丑，在圣人面前说着人人尽知的谎言。

平房里已起了一缕缕炊烟，看见这些烟，苏保佑想起了这栋房子里的老人，还有自己家里的老人。哦！对，还有对岸山顶上那位快一百岁的刘仙人。

苏保佑一踩油门，向江对岸驶去。

第十一章

心急火燎。

为安置三十几个下岗村民工作的事，陈平战已不知多久没睡个踏实觉了。凌晨五点起床，母亲比他还早，起床做了早饭，硬留陈平战在家吃了再出门。

年逾古稀的老母亲做的饭菜，陈平战不能不吃。端着碗狼吞虎咽，只差连碗都吞进肚子里去了，也没尝出个滋味。

母亲艾兰英唠叨："这么个年纪了，也该成个家了，成天在外面跑，不知什么时候对自己的事有个交代？妈年纪也大了，不能给你弄一辈子饭啊！"

陈平战只是听着，大口大口吃饭，也不回一句话。饭吃完了，陈平战在水池边洗手，也不答话，母亲还在絮叨，陈平战没办法回答，更不好拂母亲的意思，心里揪着跟什么似的，不知该如何面对老母亲。这些年，自己一心扑在村里，大大小小的事摸得如胸口肋骨一样清楚，村民的每一桩每一件事儿都没有小事，多年来，陈家村就是自己的家。至于谈对象找女朋友，陈平战心中有个人影，但现实情况让他感到无望，所以这事儿就搁下了。

正在陈平战无所适从时，远远地，一辆奥迪车向这边驶来了。陈平战赶紧向母亲说了一声"有事来了"，便急匆匆爬上车，离开了家。

见到苏保佑后，陈平战心中涌起了一阵阵暖意。

从小穿开裆裤长大的娃娃伴儿，典型的发小。平时大家都各忙各的，也许几个月见不了一面，但并不影响四兄妹的感情。自从支援鹤江大坝建设，舍弃苏河村的家园，搬到新的地方，建了新村，与苏保佑没少互相帮衬过。在陈平战心中，苏保佑这个二弟灵活，能说会道，脑袋瓜子特别好使。移民大搬迁那年，他抓住了机遇，舍弃刘塘村的村委会主任之职，创办了鹤江劳务公司，以移民汉子为劳务阵营，从农村向城市进军。二弟能闯会干，从上到下关系混得不错，十多年来从鹤江镇带出去就业的农民也有上千人了。

苏保佑比自己能干、肯干、干得好。

没想到今天这么早就遇见了二弟，陈平战很开心，他一边开车，一边用左手摸向衣兜。那包高档烟还保留着苏保佑的体温，陈平战口里叼着的烟带着二弟目光里的笃定和儿时的深情，心里很熨帖。陈平战握着方向盘，回味着刚刚与苏保佑短暂相聚的温暖，他的大脑中已拟好了今天去县城要找的人、要做的事，把几个要签的字弄好了就立即回来。既然二弟说等着自己，兄弟俩在一起要喝点儿酒，对！还有二妹、小妹，约齐后一起聚聚。

四兄妹已经很久没聚了。

这样想着，陈平战心中充满了无限的力量，他加大油门，往鹤启县城奔去。

到半山腰时，天已大亮。

手机震了一下，苏保佑将车开到路边停好，拿起手机看，是系统消息。还早，才七点多。他不想接听任何人的电话，将手机里的号码挑出亲人、二妹、小妹、大哥，除了重要亲人的电话，其余一概屏蔽掉。

只当自己死了吧！

心情很复杂，现在的苏保佑一切都不想管了。想必再过一会儿，几个小混混去银行拿不到钱，肯定会去公司找自己，一定会打电话来的。还有，那些要账的、银行要结利息的，一定会又找上自己。

先去拜访刘仙人吧，看看命里到底有些什么定数。理那些人干什么呢？反正事情已经是这样了，拖一天算一天吧。

将电话设置好后，苏保佑一身轻松，往山顶上驶去。

车窗打开，湿漉漉的空气带着大森林的草香涌进车内，大脑氧气充足，令人特别清醒。打开音乐，苏保佑一边听古琴曲，一边不紧不慢向山顶驶去。

晨曦下万物勃发。看样子今天应是个晴朗的好天气。

车越往山上行驶，天空越发明亮。山腰里有缥缈的白雾，一团一团。这里一簇那里一垄，随着时间推移，白雾被苏保佑驾驶的黑鱼驱逐，做着躲猫猫的游戏，浓一堆，淡一堆，仙境一般。到了山顶，雾散天开，红日如同熟透的红橘喷薄而出，光芒万道，缀着露珠的树叶在清晨中欢快地摇曳、伸展、舞蹈。

车停在一块碎石铺成的平坝上，苏保佑很轻松地下了车，站稳后往四周看了看，回想着刘仙人的住处。一切似乎都是静止的，多少年了，完全没变啊！刘仙人家应该是往右上坡，要行十几分钟小路才到。

苏保佑不急，一边尽情呼吸着山林中的富氧，一边向一栋隐隐可见的土屋走去。

"是贵客到了！"正当苏保佑专注前行时，一个浑厚苍老的声音在苏保佑身后响起。

刚到土坯房的檐角下站定，声音像是一直跟踪着自己，猝不及防出现了。苏保佑心里一颤，急忙转身，便见着了一个人，一个卷着裤管的鹤发老人。

手里提着个圆球样的大竹篓子，里面有昂着头的菜叶，绿亮的刀豆、辣椒。老人穿着件蓝布单衣，身板端直，头发有点儿长，已垂至双肩，满是雪白的了，下巴上的胡须飘悠悠垂在胸前，也是纯白色。老人双目炯炯，带着笑意看着一身运动服的苏保佑。

有点儿像电视剧中突然出现的白胡子神仙。

"你一个人？"

"大爹，您好早啊！"苏保佑赶紧作揖回话打招呼。

苏保佑认得他。此人便是十四年前父亲带他来拜见的刘仙人。

"大爹，您还是这样精神啊？"说话的当口，苏保佑已从口袋里摸出一包还没开封的烟，撕开，抽出一支，递给刘仙人。

"你爹呢？他还好吧？"刘仙人不推辞，接下烟，口里问着，人从苏保佑面前过去，径直往前走，到了檐廊下，将菜篓子放了，又从堂屋里搬出一把颜色有点儿暗的木椅子放在稻场上，自己就了把凳子坐下，问："你家里的人都好吧？"

"谢您老关心，都好！都好！"苏保佑起身给刘仙人点火，声音轻，动作麻利，又道，"我是苏保佑，名字还是您给取的，您不会忘了我吧？"苏保佑说完话嘿嘿一笑，自己也将烟点着，深吸了一口，吐出烟雾时，感觉浑身舒坦。

"生你时，你妈遭了大难。"刘仙人吧嗒一口烟，"结婚十年才有一个娃，金贵得什么似的，你爹找到我，问怎样才能长命百岁、一世无忧。我说那就要求上天保佑，名字就叫苏保佑。你呀，懂不懂是靠什么才能保佑？"快百岁的刘仙人，长年居住在深山山顶，莫不是吸了仙气，看上去还是如城里五十多岁的老人一般。他说话中气十足，思路清晰，脸上的肌肉仿佛吸够了这山顶的水分，显得富有光泽和弹性。眼睛看向苏保佑时，如火炬般明亮，似乎要洞穿来人内心深处一样，令苏保佑在这个老人面前，一切都无所遁形。

"我的名字是您取的吗？怪不得这样俗气。"听了刘仙人的话，苏保佑乐了，他调侃一句。看着眼前这位与世无争的老人，再看看这栋不大的土坯房，又向四周望一望，苏保佑内心涌起万千感慨。

"广厦万间，夜眠七尺；良田千顷，日仅三餐。"这是哪位哲人的经典名句，把人的生活讲得这样透彻？想我苏保佑从小刻苦求学，受父母宠爱，长辈为自己做了各种谋划，成年后又请仙人卜算前程，劳苦奔走十几年，现在落得一身巨债。早知如此，何必当初啊？

这山顶真是一块好地方啊！

绿叶在快活地扇着翅膀，阳光明亮，清风徐徐地拂面而来，此时，鸟儿欢快地斜飞，一间土屋，一篓青菜，一个老人，远处几垄瘦田。这里听不见鼎沸的人声，见不着匆匆的车流，更没有尔虞我诈的江湖。想想自己从前的奔忙，又看看周遭的景物，苏保佑禁不住黯然神伤，一句调侃后，又轻叹了口气。

"没有你口中这俗气的名字,便没有你这个人咯。"刘仙人面色一肃,用手指弹了弹烟灰,对苏保佑道,"名字里大有玄机,只是你不开化,不懂得用,才导致今日之难。"说完话,刘仙人站起身,便往大门那儿走去。

"大爹,喂喂,老神仙,您告诉我,名字里有何玄机啊?名字是您取的,您得对我负责呀!"见刘仙人起身走了,苏保佑冲着他背影大声道,一副孩子气模样。

说实话,只有到了这种地方,苏保佑才彻底放松下来。他想回到十四年前,哦不,不是,他想回到二十年前、三十年前,他想变成个孩子,可以在眼前这个老人面前撒娇,在屋檐下撒尿,甚至就地打几个滚儿。那时多好啊!

刘仙人吸着烟,并不理睬苏保佑,径直往堂屋里走去。不一会儿,他拎着个开水壶出来了,脸上带着慈爱的神情。

开水壶的外壳是用竹丝编制的,七纵八横一圈圈,暗黄色,一看便知经历了世事沧桑。茶杯是老式的搪瓷粗缸,一个茶杯几乎可以装满一瓶矿泉水的样子。刘仙人放了茶叶,冲了热水,茶的青气淡香就飘进了苏保佑的鼻孔。

嗅到久违的熟悉味道。

这种茶叶是每年四月后至七月间鹤江两岸茶树冒出的二次小芽,一次一次采摘堆在大队的茶厂里,一大块空地铺了细席,一筐一筐新叶散在上面。到了夜间,女人们从拣茶到杀青,再到炒茶,直到将一片一片嫩绿的茶叶变成米粒大的干茶,才算功德圆满。那时,父亲总要将分给自家的茶叶拨出一小袋,说是送人的。估计那人便是刘仙人。而这茶叶冲泡的味道,随着父亲双唇触碰杯子时"咂"的一声响,香气便荡漾在整个场院里了。

端起搪瓷杯，苏保佑先是将鼻孔对着冒起的热气深吸一口，温热的气体顺着鼻孔，将股股清香送入肺腑，而后再将嘴巴贴在杯沿上，合成小孔，轻吸一口，嗞的一下，茶汤到了口中，带着点新鲜的涩味儿，更有大地的气息直往脑海深处洇开。热汤往腹中去的时候，苏保佑感觉整个春天，不！整个鹤江的四季都装进心灵深处去了。

"遇大麻烦了？"刘仙人也抿了一口茶汤，以一副高深莫测的样子盯着苏保佑道。

正沉浸在惬意与遐想中的苏保佑一愣，转而嘴一歪，放下二郎腿，又往远处看了看，将椅子往刘仙人近处拖了拖，低声道："您是神仙！"

苏保佑不正面作答，伸出大拇指，给刘仙人戴了个高帽子。

"你小子，若不遇大麻烦，会到我这儿来？"刘仙人放下茶杯，闭了双目，背向太阳，立得直直地说了这句话后，两只手平放在小腹处，一双手上的几个手指不停地交互叠加，而后放下。

"看情状，这应该是在掐算着什么吧。"苏保佑暗想。

刘仙人话里有玄机。

苏保佑原本是个唯物主义者。自从进城打拼，遇见太多的事儿，闲下来也会看些哲学书，对于事物的发展变化、来龙去脉、运行走势，不需要算命问卦，只需推理即可。在苏保佑看来，鹤江一带祖祖辈辈传承下来的卜卦，无非是求个心理安慰。至于人人都说刘仙人的卜卦很准，那是因为他年轻时读过很多书，不仅读哲学书，更有《易经》、孔孟，他研究透了，再根据事物发展的规律、四季的变化、日月的起落规律，很自然就有了一套自己的理论。他从自己沮丧的神态、多年不登门的时间，以及一个人登山，完全可以判断出自己真的是遇见大麻烦了。

试想，一个在生意场上春风得意的企业老总，干吗只身一人上山呢？又怎么会垂头丧气呢？再说，得意正当时的年轻人又怎么会想起他这个老头子呢？

说来俗气，理是这个理。

虽然似懂非懂那些自认为是仙人卜算者的讲究，但与其说苏保佑仍怀着一颗虔诚的心，不如说是一颗侥幸的心、一颗寻找宁静的心，来这山顶上避一避，呼吸呼吸新鲜空气，远离浮躁，哪怕只半日也好。他要和这个十几年前一卦决定自己命运走向的人一起，再算一卦，看看未来等待他的，究竟是怎样的一种人生。

刘仙人端坐在椅子上，瘦削的身躯如同稻场坎边的那棵杨树，挺拔笔直、一动不动。苏保佑思索了一会儿，过去了一盏茶的工夫，这位老仙人似是入定了一般，除了右手拇指偶尔动一两下外，整个身体完全处于静止状态了。

用农村的话说，这时的刘仙人在掐算，在与神仙交流，自有他的路数。苏保佑这样想着，又吞了一大口茶水，便百无聊赖地站起身，向屋右边的尽头走去。他尽量放慢放缓放轻脚步，不想让刘仙人已知自己不在他身边了，更不想打扰刘仙人"作法"。

土房子尽头，是一块不大不小的菜园，地里的南瓜、四季豆都已成熟，看上去精气神十足，阴凉处的叶子上还有露珠。田里还种了些苋菜，长势不错。靠山边有一条小路，苏保佑便往小路上走去。一直向前走，是一片不大的竹林，林间有扑腾扑腾的鸟儿在叫，欢得很。

太阳升起老高了，山野里一片透亮，走过这片竹林，不远处便是一座更高的石山。这座山是鹤江一带的制高点，名叫尖山。

尖山顶上，立着几乎已摸着天际的电视转播塔。鹤江大坝在此，带动了鹤江镇一带的通信发展，更带动了此地的经济。鹤江大坝隶属央企下的子公司，在这儿工作的人收入高、学历高、素质高。他们是一个庞大的群体，加上鹤江二级后勤公司的员工，有上千号人。大家虽在城里也有家，但工作日仍待在大坝这一带，自然能带动鹤江镇的消费。尤其鹤江镇这一带开阔，江水浩荡，两岸山色秀美，每年来鹤江镇旅游的游人总数已超过了千万。

站在通往尖山的入口，从这里看向长江，眼前豁然开朗，几乎毫无障碍。从缺口处看江水，它就像一条淡蓝色的带子，从茫茫上游逶迤而下，缠绕在群山中间。而宏伟的大坝则像个小栅栏，拦住了上游浩浩汤汤奔腾的水系。

在这处缺口，面前并无阻挡，若一不小心踩空，人便会从天而降坠入江中，即使善泳者亦绝无生还可能了。呆呆地看着长江水，苏保佑想着昨夜站在刘塘村村尾的一些想法，此时不免觉得可笑。

快四十的人了，还如此幼稚。若真想不开，此时从这缺口跃入江中，那是必死无疑的。而死后，大不了鹤启县街头巷尾多了一个聊天的话题，而白发苍苍的父母以及尚还幼小的孩子，还有文静内向的丁萍，他们将会为自己的死悲痛欲绝。一向不多言语、老实本分的丁萍将为自己留下的烂账买单，甚至会发疯。三个公司欠下的巨债，我苏保佑作的孽，为何要她一个弱小的女人扛下来呢？

想到这儿，苏保佑扯了一把树叶，向缺口处撒去，又仰头望了望尖山，太高了，算了。想必刘仙人此时的掐算也该结束了吧！

苏保佑转过身，向刘仙人家慢慢走去。

第十二章

人间蒸发了？

往土房子这边过来时，远远便见稻场上空空，不见人影。苏保佑不疾不徐走到先前与刘仙人坐过的地方，见椅子和茶杯依旧按原样朝房子内堂放着，茶水剩着，没怎么饮，茶杯的把手是原先的朝向。

太阳彻底升起来了，大地显得特别明亮，茶杯和木椅子都镀上了一层金色。

杯子还有余温，人不知去向，多了一条狗。

见苏保佑朝这边走来，蹲在大门口的狗象征性看他一眼，并不吠叫，更不前迎，歪了歪脑袋，如刘仙人刚刚掐算的姿势一般，挺直着上体，正襟危坐，宰相般端着个架子，目光只朝他闪了两闪。

跟什么人，像什么人！

一条狗而已，也成世外高人了，噢不！世外高狗。轻迈着步子，苏保佑心里揣摩，这刘大仙人莫不是去菜园子里夯田去了？想着，朝稻场坎下瞧了瞧，没人，再向房屋左侧看了看，更不见人影。

到哪儿去了？毕竟我苏保佑是你客人，虽拜访不太正式，也是拜访嘛。

心里嘀咕着，退后三步，转身，苏保佑明白了！

见人朝大门逼近，再能端架子的狗也坐不住了。现在赶紧履职才是第一要务，若坏人进家门，渎了职，便成不作为的狗了。

那狗先是嘴皮后翻，露出前牙，眼睛鼓胀暴突，比先前看人的架势更狠恶了些，屁股直朝上拱，表情肃严起来，意思是："非请莫入啊伙计！虽这地盘上留有气息，你与我家主人品茶而坐，聊算宾客，但请自重，室内重地，非请莫入哦。"

农村长大的苏保佑可不买狗的账。

见看门狗拉开架势，一副尽忠职守模样，他自顾自踏上石阶，刚走两下，狗一声低吼，"呜"一声，前爪在地上刨，眼神恶毒，显出欲咬人的凶相。

原形毕露！兽性大发！

"嘘嘘。"苏保佑不慌不忙，口中吹着轻快的哨音，右手朝狗头上空轻轻挥了挥，口里不停地"嘘嘘"着。

先示个好儿再说！

对看门狗虚张声势的一套把戏几十年前已熟悉。苏保佑从容淡定，从上衣兜摸出一个物件儿，带着薄荷香，拆了纸皮，徐徐前伸。习惯捕捉气息是看门狗的拿手好戏，而且看门狗的性格也向来比较圆通，见有物件儿伸过来，觉察应是好事儿到了，可圆通嘛，自然不拒绝，狗脑袋凑上前，狗脸色也缓和了许多。

心领神会。苏保佑索性将香气四溢的糖果伸到狗鼻子前。

伸手不打笑脸人嘛，礼多不怪，何况狗。

老江湖的苏保佑有一套，对看门狗的心思摸得差不多，都是动物，狗和人没什么两样嘛。见狗有了笑意，一扬手，剥皮的糖果被扔了老远，调虎离山之计顺利成功。看门狗连中两计，被苏保佑的糖衣炮弹击中，向远处快活地奔去了。

刚进屋，不太适应。

堂屋里泛着时光沉淀的黑，这房子少说也有百年了吧？厚土坯墙，采光不好，显得有点暗，屋顶的缝隙虽有光射进来，但因年代久远，暗黑是总体的基调。苏保佑适应了几秒，再细看房里的设施，不是一般的简陋，近乎原始状态。中堂上方挂着祖宗画像，一张厚实且黑的大方桌上供奉着香炉。往右边靠墙最里有一灶一锅，还有一方石头圈围起来的火垄，火垄上方有个吊钩，钩子上挂着个小黑锅。苏保佑朝前走，近火垄处用手笼了笼，没有热乎气，今天刘仙人应该还没生火煮饭。左边有一门，苏保佑快步上前，门大开着，里有一床一柜，从瓦缝里漏下丝丝光线，光线被细细的蜘蛛网横挡了，形成更多丝状的黄光，光里飘动着浮尘，尘粒四处招摇。退回中堂，听了听，并无声息。右边的火垄无火，最里面有点黑，黑里透着玄机，似乎有个空隙，苏保佑紧上前几步，隐隐见着一个楼梯。

犹豫着，苏保佑向身后看了看，再向楼梯上看了看，一脚踏上，小心翼翼，极轻极轻，一步一步向楼梯攀去。

尽管是最轻的步子，但因房子年代久远，楼梯仍发出细微的声响。

"你不用上来啦。"就在苏保佑上楼梯的当口，一个低沉的声音传来，是刘仙人。

果然在楼上。

苏保佑飞快踏上最后一步，朝声音发出的方向疾走，那是阁楼上的一间小屋。只见刘仙人正坐在地板上，手里拿着一方龟壳发呆。苏保佑被眼前的小世界惊呆了，小屋四壁全是书，地上用实木铺就的地板干净明朗，刘仙人坐在一个厚垫子上，表情木然，看不出悲喜。见苏保佑进了门，刘仙人扔给他一块棉垫，示意他坐下，又紧盯苏保佑一眼，目光里的深意如大坝库里的水，深不见底。

"就知道您的学问应该是来自这些。"苏保佑不理会刘仙人双目里究竟有些什么，他随手抽出一本书，一边说话，一边翻阅。

"你的灾期到了！"刘仙人将龟壳搁在大腿边，沉声道，"你是长江的儿子，希望你能扛得住。要是过早死了，浪费这名字啦。"一直紧盯着苏保佑，刘仙人仿佛要从他脸上看出灾祸的程度，以及苏保佑的灾祸究竟来自哪里。

"名字有什么说法吗？"苏保佑将书一撂，不再嬉皮笑脸，很笃定地问。

"双人，众人，以人为主。要得到保佑，必须要有人。你身边的人要用好。有了人在身边，阳气足，鬼魅近不了身，自然就能得到保佑了。"刘仙人始终盯着苏保佑的脸，声音低沉，眸子里射出诡异的光。

"您说的这个叫'人和'。"苏保佑自以为是，"一个人若要办成一件事，需天时、地利、人和。人和指人心，上下团结一心才能成事儿。孟子写的嘛！"苏保佑的语调也很低，他并不避开刘仙人的目光，而是迎上去，解读刘仙人刚刚讲的观点。

见刘仙人沉默不语，苏保佑才发现自己的话太多了，在大师这儿咄咄逼人。他嘴角一翘，自嘲地看向龟壳，道："大师，您刚刚是在卜卦？给我的？"

"拿着看看。"刘仙人的表情仍很肃穆，看一眼地板上的龟壳，对苏保佑道。

苏保佑毫不犹豫，伸手去拿龟壳，刚一碰，苏保佑手一缩，食指尖似被蚂蚁咬了一样疼，这龟壳竟还烫得很。

苏保佑不解地看看刘仙人，刘仙人闭上双眼，再不看他了。

苏保佑从上衣口袋摸出一包纸巾打开，用叠成几层的纸夹住龟壳，拿了起来。苏保佑想，一定是刘仙人在楼上哪个器具中将龟壳烧燃，龟壳才拿出来不久，怪不得还如此灼热。这样想着，苏保佑将龟壳拿到眼前，看上面的细纹，见七纵八横，有的口子大，成一条刮痕，有的裂纹细腻，与粗痕形成交叉，看上去所有的纹路都很乱。

"有什么讲究吗？大师！"看了看龟壳上的纹路，悟不出个所以然，苏保佑将龟壳往刘仙人面前一伸，问道。

又像入定了一般，刘仙人既不睁眼，也不说话，只将双腿盘着，上身笔直，双目微闭，鼻息里似只有一丝呼吸，完全如老和尚打坐入定一般，进入另一个超然境界了。

苏保佑见刘仙人不理他，站起身，从上衣口袋里掏出一沓钱，放在书架上，道："今天打扰啦！买点烟抽，我走啦！"

说话时，裤兜里的电话在震动，苏保佑一惊，随即释然，讨债的电话全屏蔽了，陌生电话也都设置了防火墙，那么这时能打进电话来的就只有几个人。苏保佑一边往外走，一边拿出电话，一眼看见屏幕上写着"大哥战"几个字。

正打算接电话，刘仙人的声音从身后传来。

"把那些细纹驱除，用好身边的人，这灾难便也转成福了。走吧，好好去把事办了。"

苏保佑转过身，刘仙人正拿着钱站在他身后，也不管苏保佑是否同意，一把塞进他上衣口袋，低声道："好好做人，把人用好，把那些细纹去掉，只留下粗线条，就又活过来了。去吧！不要怕！"苏保佑执意要将钞票拿出来给刘仙人，刘仙人挥了挥手，意思是让他赶紧离开！

刘仙人目送苏保佑下楼梯后便折身回书房了。苏保佑接了电话，只说了一句"什么？"人已如离弦之箭般离开了。

"二弟，嘉义建筑公司办公室被砸了，伤了好几个人，门口几大摊血，你在哪儿？"是陈平战打来的电话。听大哥陈平战急促的声音，事态严重到什么地步可想而知。

苏保佑跳上车，一边开了电话免提，一边开车，一溜烟向山下驰去。

"来警察了，把闹事的人全带走了。二弟，你公司怎么了？告诉我！"陈平战的声音低沉，是压着调子在打电话，声音里透出万分焦灼。听传来的声音，苏保佑判断陈平战一定是躲在僻静之地给自己打电话的。

"怎么搞的，刚刚在你公司大门口，办公室主任说你的电话接不通，警察用他们的电话打，也没打通。保佑，到底出了什么事？你现在在哪儿，告诉我！"

"大哥，你别急，老地方等我！"苏保佑反而很镇定，双手扶着方向盘，对着被扔在挡风玻璃处的电话道，"我在开车，一个半小时到。老地方！"

苏保佑说完话，踩了踩刹车，干脆把电话关机了。

麻烦事终于到了！

该来的终究是要来的，该到的终于也到了。虽在这之前，尖山之巅时，不！昨夜救出苏珍时，苏保佑就已想到了今天有这一出，早预料到了，可没想到，这件事竟被去县城办事的大哥陈平战给碰上了。自己那一摊子乱事原本压根儿没想让大哥知道，反正是个死，又何必让大哥伤心，何必去拖累他呢？再说，自从四兄妹移民搬迁后，各自在新的土地上开展新的生活，自己与大哥陈平战是比着干、拼着劲儿地干的呀。在大哥心中，自己是英雄，是鹤江镇苏湾村走出来的杰出人才，是村里人的骄傲。现在猛的一下让他知道了自己的窘境，他一定失望、担心，又要想尽一切办法拯救自己这个二弟，发自内心讲，苏保佑是不愿意的。

唉！太丢人了！

天意！天意啊！难道刘仙人的话已在冥冥中暗示，这一劫，注定要有几个人来帮自己度吗？大哥陈平战是首当其冲啊！

从尖山往鹤江镇飞驰，愈往山下走，道路愈平坦。刘塘村的村级道路也铺上了水泥，加上苏保佑关了电话，一门心思都在开车上，而刚刚刘仙人的话也给了他希望，轿车开得又快又稳，到了鹤江镇上，直上大坝专用公路，风驰电掣向县城奔去。

一大串钥匙，陈平战很轻松便找出了那把最小的弹子锁的圆孔钥匙。

这里已远离县城中心。

十年前苏保佑约陈平战，一人出一万元买下这栋废弃的小砖房，当时陈平战手里没钱，只给了苏保佑五千。一九九七年大坝已然动工，五千也不是个小数字。二人合资买下了离县城中心医院两里地的小房子。苏保佑当时在县城闯，觉得这个地方迟早是块金地盘，便买了下来。二人一人一把钥匙，房子也没人收拾。开始几年苏保佑带着一家人在这里住过，陈平战下来办事时偶尔住一晚，后来苏保佑发达了，在县城的富人区买了别墅，这里再没来住过，每次遇到大事和陈平战商量时才碰一下。

陈平战有大门的钥匙，自己有一间独立卧房。发财后的苏保佑差人来整修过这栋两层楼的房子，地上铺了地砖，墙壁都刷白了，几个房间都配了书柜、床、木沙发。当时发财后的苏保佑是为陈平战做的这一切，但陈平战搬走以后，因乡村公路修好了，大坝的专用公路升级改造取直，开车回去也只需要一个多小时，后来鹤江后勤公司给了他那辆双排座车，来去方便，他是村主任，家里又有个老母亲，于是也极少来这栋房里住了。

刚跨上门槛，陈平战被一蓬蜘蛛网拦了，他不耐烦地用双手乱挥，拨了蛛网，几粒核桃大的蜘蛛见来的不是善茬，仓皇逃往门缝里去了。

打开门，有点潮气掺和的霉味儿扑鼻而来。大门正对着墙上挂着的大钟，时针居然刚好指向十一点。

从客厅椅子上的灰尘来看，二弟苏保佑应该一直也没到过这里。楼梯上有厚厚的灰，蜘蛛网一个接一个，陈平战干脆拿了扫把，一边搅着蛛网，一边朝二楼书房走去。

书房里的书几乎没人碰过，厚厚的灰将书桌上随意放着的几本书覆盖，如同凝结了一层霜，装书的柜子看样子更未有人碰过，玻璃柜的边缘是厚度均匀的灰尘。

走到洗手间，陈平战拧开水龙头，又打开灯，水电都是通的。他拿了块抹布，干抹布已扭成了根绳子，不知是何年何月用过的。将抹布就水搓了搓，掉下来一些布渣，想必是多年无人使用的缘故，抹布边缘都已腐掉了。

将书桌和两把椅子擦了，陈平战也懒得洗抹布，一屁股坐在藤椅上，双目闭着，回忆刚刚办完事后在嘉义建筑公司门前看见的一幕。

想一想，五味杂陈。

二弟苏保佑他现在究竟怎么了？

陈家村移民安置的款项还有三百万一直没拨付到位。对这件事，鹤启县政府有深层考虑。移民搬迁，宅基地是硬项，给老百姓把安家地找到，建房的费用只能暂时划拨百分之五十，建成后再拨付百分之二十。另外百分之三十一直留着，待移民再就业时使用。

国家搞大建设大发展，人民抛家舍业为国家建设做贡献，当地政府不能瞎折腾，一定要替移民将国家拨付的资金管理好。如果一股脑儿把这些钱都给了移民，说不准有些人会和苏珍一样，房子不建，就业技术不学，把这些钱拿去赌博，被不法分子利用，到那时就惨了。

十几年过去，国家政策好，鹤江一带移民按照几步走的方针，先是在新居地安了家，而后拿到就业金学技术，更多的老百姓过上了好日子。

可陈家村，包括张湾村、刘塘村，有少数村民当时去了鹤江镇镇办的造纸厂，随着时代的前进，造纸厂经不起市场冲击，垮了。这一垮，涉及一百多号人的就业。别个村有田有地又有柑橘树，村委会主任自有办法安置村民，内部消化也是一种再就业的好办法啊！而陈家村村民最多，鹤江大坝建设时占地最多，没有田种，没有工作做，三十几号年富力强的男人这一下全失业了，陈平战当然着急。

幸好鹤江劳务后勤三产公司建设门面，要占去陈家村一角。

陈平战抓住这个机会，要求鹤江三产公司把门面建设权及经营权给陈家村，两家分配收益，鹤江公司答应了。现在陈平战要建门面，必须要拿到划拨款。县政府移民局批下来的款项是三百万。这三百万包含了陈家村的村容村貌建设，以及道路硬化费、失业人员的安置费。

昨晚回家想了一宿，才想明白这个道理。做事要找对人，找到关键的人。三百万不是个小数字，一大早，陈平战堵在了县委书记华永正办公室门口。与鹤江三产公司的协议，造纸厂垮掉失业人的名单，合资建造门面的合同、方案放到桌面上。陈平战把这几年移民的生活做了系统汇报，华书记立即派秘书小刘带着陈平战，一口气找了十几个部门。这件事终于有了着落，现下就等着款项划拨到陈家村了。

酝酿了半年，前前后后跑手续、找人，几个月没办下来的事，最后找到了县委书记。华书记已经五十五岁了，这十几年，他从副县长到县委书记，没少为鹤江移民操心。鹤启县能在全国成为移民安置最好的县城，离不开这位从基层干过来的县委书记。陈平战一个小小的村委会主任，按所谓一步一步走的程序，怎么也轮不到他去找一县之长。可兔子逼急了也会咬人。

想想为解决这么多人的衣食问题，选择先合作建门面，再承包门面，做旅游的生意是个好事儿。只要大坝在这儿，陈家村这三百多万不到五年就能回本。

这样想着，陈平战做了一回初生的牛犊，找到了华永正，细细讲了整个事情的经过，华书记支持了，剩下的事儿就水到渠成了。

所有的事儿办完后，陈平战的心情就像今天的阳光，明亮清透得没有一丝杂质。看看时间，才十点，不妨顺道儿去二弟苏保佑的公司看看，早上看见他，说不准这小子又杀了回马枪，如果今天在县城又见了，一定要逮着他，一起吃个午餐再走。早上两人碰着还约了呢！

刚到街口转角处，便听见杀猪般的大吼以及女子的尖叫声。不一会儿，警察就到了，把闹事的人都带走了，一共有六七个。救护车也来了，抬上车的有三个。这下，事情闹大了。人都是从嘉义建筑公司弄出来的，这肯定与二弟有关。

陈平战见警车与救护车都走了，从一旁的铺子直走到嘉义公司门口，地上几大摊黑血，楼里有三个女孩躲躲闪闪的，一副生怕有事找上门的样子。

陈平战进门就问出了什么事儿。

三个女孩抿着嘴不答，一脸的哭相。陈平战拿出钱包，钱包掀开，是他与苏保佑的合影。他说，你们苏总是我二弟，告诉我，到底出了什么事？

其中一个高个子女孩这才认真看了看陈平战，而后惊喜地叫了一声"陈主任"，将他请到办公室，说苏总的电话打不通，他不知给什么人开了空头支票，这支票拿到银行取不了钱，四个凶神恶煞的人就找到这儿了。三个保安也是不怕死的，三对四，都打得流了血，还好没出人命。

陈平战觉察到了事态的严重性，借故上厕所，拨通了苏保佑的电话。

　　二楼书房里，陈平战感觉这城市热闹得令他心慌，他闭着眼睛，回忆四兄妹儿时的情形，觉得小时候比现在好多了。

　　还是耐心等二弟吧！

第十三章

旧砖房所在的位置离城中心不远，从县医院往南而上，走两里路的样子有个上坡，至中段处突地向下，下到底部有个凹槽，凹槽处有一户人家，便是了。

这栋房子是下渔村的地界。

虽紧挨着县城，但到达这里需走一大段上坡路，绕到后山，再往里走，在幽深小路上走了两盏茶工夫才是鹤启县城的下渔村。显得荒僻。

多年前扩建县城时，中心医院修在这里，下渔村被占去很多地。当时在城里闯荡的苏保佑一日和朋友喝酒，听小道消息说以后这儿迟早要成为县城的一部分，大脑里一分析，感觉也是个理儿，才与大哥陈平战凑钱买了这栋又旧又破、偏僻幽静的两层楼砖房。

看外形，这栋房子有些年了。

据说是因为一个大企业老板要远迁他乡，急需用钱才卖掉的，还有其他说法。总之，此房是何来历并不重要，凭这样一个好地段、两层楼、占地一百六七十平方米，相当于农村三进三间大土房的面积了，只花了两万元就买下来，再怎样也值了。

从一个矮个子老头手里办了过户，交了钱，房产证上写明苏保佑、陈平战一人一层，产权十分清楚。这房子就算是盘下来了。

下渔村变化很快。许是鹤江大坝移民搬迁之故，村里陆陆续续住进些移民，加之城市扩建速度快，不知从哪里冒出些人来，买走了山头上大块大块的地，圈成一大圈，外面立个牌子——"肥得快健康牲畜养殖场"。苏保佑曾爬上山顶看过一回，一扇斜垮的铁门被铁丝箍着，围成围栏的铁丝网破了几个大洞，不费力钻进院内，一只牲畜没见着，飞鸟、耗子被惊得四处扑腾。那时，苏保佑更坚信下渔村这块地是风水宝地，那旧房子迟早值个大价钱。

站在山头看，城市已像只正疯长的螃蟹，几只大爪已延伸到周边能去的山山坎坎了。

轻车熟路。奥迪A6很顺利地开到下渔村山顶的一块平地上，靠树荫下停稳，锁好车门，揣了两包香烟，苏保佑很缓慢地朝山下走。

两层楼就在山腰旮旯里。

电话关了。车停在幽静处，再怎么能钻天拱地的人，谅也难料苏保佑此时会到这么个破败之地来。

一边走一边想。

完全能猜到大哥陈平战这时是个什么情态，会问自己什么，或一副急得比自己挨骂被捶还糟心的模样，甚至……

若大哥陈平战知道自己眼下是这个处境，他会怎么想，又会怎样为自己操心呢？

唉！反正现在都已经这样了，投过一次江的人，死都无所畏惧了，接下来无论发生什么，还能以"怕"这个字来说事吗？该扛的还得扛起来。世世代代，峡江的男儿是不认怂的，也是不怕事的。

门没锁，刚推开虚掩着的大门，就听楼梯上啪啪作响，陈平战像一头守株待兔的狼，呼啦一下从楼上窜到楼下，见果真是苏保佑，迅速反锁了大门，拽了他便往楼上书房走。

"发生了什么？二弟，怎么会这样？"几乎连苏保佑的表情都没怎么看清楚，陈平战便迫不及待地问。

藤椅上落座，苏保佑不语。

陈平战拿了个旧瓷杯子，倒了热水，推给苏保佑，身体尽量朝苏保佑这边侧，头几乎要挨着另一把椅子的扶手了。

陈平战压低声音："只听一阵又一阵救命声，我转过去时，警察就到了，救护车也到了，当时好多人围着……我没敢靠近，后来去你公司，一个小丫头认得我，叫我陈主任，她说见过我们在一起吃过饭，知道你我的关系，才告诉我……到底发生了什么事？"

因焦急，陈平战的语速过快，要表达的意思太多，一时也说不太清楚，只拣了他认为最重要的话说了出来，直盯着苏保佑，目光里含混着说不清的复杂神情。

苏保佑面无表情，就像霜打的茄子，动作特别缓慢，似乎陈平战一连串所讲与他毫无关联。他从衣兜里掏出两包烟，无力地扔在茶几上，也不看陈平战，动作缓慢得就像得了痴呆症一般。他轻剥开一包烟，抽出一支递给陈平战，又拿一支含在嘴里，摸出打火机，先是给陈平战点燃烟，而后自己也点着，深吸了一口。

吸烟入口，吞吐之间仿佛输入了一些能量，苏保佑松了一大口气，头仰在椅背子上，吐出浓浓的烟。他没答话，眼睛盯着天花板，就像那儿有解决问题的办法一般。陈平战不好再问，也跟着吸烟，眼睛看向窗外。

书房里的窗子打开着，窗外一阵一阵热风往里送，中和着房子里的湿气、霉味儿，令陈平战有点儿恍若隔世之感。他干脆闭了眼，大口大口吸着烟，让大脑处于一种静止状态。

一树杨枝在窗外欢快地扇动着新叶的亮色，不知什么鸟儿偶尔传来一两声咕叫。看向远处，全是一色的绿，鹤启县城的夏天像正在热恋的男女，一切都显得热忱而纯情。土包、青茅草，以及湛蓝的晴天，还有明艳艳的光。

两个男人坐在书房里，任凭风吹进来、热浪侵袭，只自顾自一口一口吸着烟，让宁静代替着一切想表达的语言，如亏了血本或失恋的男人喝酒一样。不同的是，苏保佑和陈平战此时不是在饮酒而是在抽烟。没有高亢洪亮的宣言，没有悲愤情切的呼叫，只有默不作声的沉闷。

这算是男人与男人之间的对话吧。

要烧到烟屁股了，陈平战站起身，将烟头扔进右边厕所里，顺道儿撒了一泡尿，一阵冲水后，又探头朝窗外看了看，很安静，一个人也没有，连只猫都没有。

折身到书房，见苏保佑一支烟抽完，火已烧着过滤嘴那儿了，陈平战夺下烟蒂，又点着一支，塞进苏保佑嘴里。厕所哗哗冲水声过后，陈平战从侧面看见苏保佑脸颊上滑过一道泪。

"天大的事儿总有解决的办法！"陈平战背对着苏保佑，吸了一大口烟，走向窗边，说，"从来没听你说起过自己的事儿。这时只有你和我，打小我们四个就在一起，这结义的兄妹、兄弟不比那亲骨肉差。你若信我这个大哥，不妨告诉我，你放心，我们一起去面对，你大哥我不会扔下你不管的。"陈平战站在远处说道，朴实的黑脸膛泛着阳光渗透的金色。

"没救了，"眼角溢出一大颗泪，苏保佑喃喃自语，"没救了，没救了！"

"说什么丧气话！"陈平战一声大喝，几大步到了苏保佑面前，一把提起他的上衣领子，只轻轻一抓，苏保佑的身体像朵棉花被他抓在手中，"咱鹤江的男人，不许说孬种的话。什么没救了？你是杀人了，还是放火了？"

听见陈平战这几句话，苏保佑突地像个孩子样一下子扎进陈平战胸口，扔了烟，双手抱着他号啕大哭，一边哭一边道："我也不知道银行突然就不贷款了，万鸿昌突然就垮了。三千多万呐！大哥，我……我，现在把我卖了、杀了，我也还不了那么多钱呐。呜呜呜呜！"

苏保佑是真伤心。

已经几个月了，一直为还贷四处奔走，先前喝酒吃肉一叫就到的哥们儿、称兄道弟的好朋友，现在像泥鳅钻进水田，影儿都不见了，全都避着他。债主一个一个上门，农民工干活儿后也向他要血汗钱。亏心呐，一分钱拿不出来给人家，高利贷天天涨利息，小混混天天来家里闹。

实在撑不下去了，他狠下心，与丁萍办了假离婚，仅剩的房产给了她，债务由自己一人承担。这日子过不下去了，除非自己消失，他苏保佑已想不到任何其他办法了。

"还好只是钱的问题。你想想，你过去是怎么起来的？你可是鹤启县政府一手扶植起来的移民杰出青年代表，你是第一个走出大山、敢想敢干、不伸手向国家要钱的移民。十几年前，你带领那么多移民再就业，你也算是鹤启县当时解决就业困难的大恩人呐。社会在进步，我们还是要多学文化知识，要跟得上时代，才不会被抛弃。"陈平战像小时候二人打架后抱着他一样一通劝，以前也不知说的话适不适合，就是能劝和，最后二人又言归于好了。

哭了一阵，苏保佑心里好受了些，终于止住了哭声。陈平战扶起苏保佑道："去年鹤江三产公司一个哥们儿，说他一个亲戚好像也是这种情况，因房地产公司续不上钱，最后政府接过去，把事都解决了。"

"政府接过去？"苏保佑问。

"是的。大开发都在新城区。一个地产商跑了，这些房子成了烂尾楼，如果扔在这儿，影响市容建设。最后政府出面，找个财团接下来，事情也就迎刃而解了。"陈平战真诚地看着苏保佑道，"船到桥头自然直！你现在公司就一个空壳，欠了这么多债，要寻求帮助。一个民营企业家走投无路了，我认为，可以找当时把你扶起来的那个人，一起想想办法。"陈平战双眼里跳动着智慧，用自己所及的视野打开苏保佑的思路。

"你是说？"苏保佑眼前一亮，问道，心里似乎有了主意，脸上也放出了希望的光。

有现成的锅灶，陈平战去菜场买了一条胖头鱼，一小捆白菜，一些辣椒。两个大男人自己动手做熟，就在下渔村这栋两层楼的房屋里，就着一瓶烧刀子，喝了好几个小时。

鹤江镇的男人都有好酒量，与生生不息的江水有关。豪迈，一斤酒下去也只喝了个五分醉。年富力强的苏保佑只喝了三两酒，按陈平战的意思，剩下的酒都倒进了脖子里，而后他打开手机。

　　短信、电话，一溜袭来，像鬼子进村。打来的电话都是来要债的，苏保佑回说自己在县政府一楼解决贷款的事儿。

　　傍晚时分，县政府一楼，几十人将苏保佑团团围住了。

　　县政府大楼的保安报了警，所有要债的，还有欠债的苏保佑，一同被公安局带走了。

　　苏保佑得到了县委书记华永正的亲自问询。

　　关于移民企业，如何成立，又如何带动大批移民就业，怎样扩大产业，又是如何干上了建筑行业，如何与万鸿昌联系上了，现在外债分为哪几个部分，农民工工资拖欠了多少，现在有多少移民已因嘉义公司欠债而失业。

　　一五一十，苏保佑将嘉义公司包括几个下属公司的经营状况一一上报。

　　终于，亿万公司与政府达成协议，同意年内楼盘建完，苏保佑的承建款先拨付百分之八十。

　　苏保佑活了。

第十四章

鹤江镇文化站站长苗兴翠外出学习去了，据说要明天才回来。

这几天张小楷与父亲张卜仁暗地里较着劲儿，他原本打算好好和父亲商量，农业技术公司那边的工作已辞了，回村创业是早就想好了的事，不料张卜仁不吃那一套，一天到晚阴着脸，总问："咋地还不去上班呢？"

张小楷只好实话实说。结果张卜仁抄起门边的扫帚就是一顿狠抽，还好张小楷跑得快。

父亲张卜仁不易，张小楷知道。母亲在自己上初二那年就不在了，父亲没再找一个伴儿，一个大男人独自把俩儿子拉扯大。现在张大楷出息了，在大城市里安了家，小儿子大学毕业后也有了体面的工作。张卜仁觉得两个儿子很给自己长脸，他的辛苦没白费。可没想到，在城里干得好好儿的小儿子张小楷居然要辞职，还说什么要回农村创业。

这个牛崽子！

爷儿俩僵持了几天，张小楷总躲着父亲，但总这样躲着也不是个事儿，于是搬来了在鹤江镇当妇联主任的叔伯小姨郑桃英。这个郑桃英与自己的母亲是远房堂姊妹，按血缘关系，已出五服并不太亲，但因工作关系，张卜仁经常要去鹤江镇汇报工作，两人时不时碰见，显得格外亲厚。每逢过年过节，郑桃英都会差女儿韩苗苗来给姨爹张卜仁拜年，而张小楷也会回礼，去给姨母郑桃英拜年。

一来二去，两家关系处得不错。

找到郑桃英时，正是下午要下班时，一眼见韩苗苗也在，张小楷欣喜地进了办公室，与母女俩说话。

"郑主任，您好啊！"进了办公室，张小楷按职位称呼郑桃英。

"侄子，这见外了啊，该叫姨妈呀！"要到退休年龄的郑桃英有些胖，一脸慈祥，看见张小楷，赶紧上前，拉住他胳膊让座，道，"不能生分了啊！我们都不是外人哪。苗苗，泡茶喂！"

韩苗苗大学毕业考上县里的公务员，在县政府宣传部工作了两年，现在来鹤江镇历练，当宣传委员，算是下乡锻炼吧。这下，母女俩在一块儿上班，按原则，有嫡亲关系的不能在一个单位，但组织考虑到韩苗苗是年轻女孩子，又是暂时下乡来锻炼的，而她母亲郑桃英马上就退休了，鹤江镇正差个得力的宣传委员，也就允许她来这儿了。

母女在一处，张湾村的老房子也派上了用场，韩苗苗也不用天天往城里跑。

见到张小楷，二十七岁的韩苗苗一脸欣喜，不好意思地看了一眼张小楷，赶紧出门洗杯子泡茶去了。

茶是上好的云雾毛尖，杯子是青花瓷杯，这不是普通客人能得到的待遇。韩苗苗洗杯子很用心，泡茶也讲究，茶叶先用开水洗了一遍，又在绿茶上放两朵茉莉，整杯绿汤中浮着小白，清香馥郁，翠烟含羞。将茶水递给张小楷后，韩苗苗安静地让到了一边，在母亲办公桌电脑上看着什么东西。

这边的空间留给母亲郑桃英和表哥张小楷。

"无事不登三宝殿。小楷，找姨妈有事吧？"郑桃英开门见山。

张小楷毫不隐瞒，将自己已辞去农业技术开发公司职务的事告诉了郑桃英，又将未来的发展规划讲了个大概。

"小楷哥，我支持你！"张小楷话音刚落，脆亮的声音从电脑屏幕后冒出来，韩苗苗笑嘻嘻地道，"现在早过了一个铁饭碗从生端到死的时代了，姨爹他是老同志，需要做工作呢！"韩苗苗说话时，见母亲瞪自己，一伸舌头，便又埋头到电脑上找东西了。

"小楷呀，工作的事儿不是儿戏呀！"郑桃英认真地看着张小楷，言语温和又语重心长地道，"你母亲走后，你父亲带着你和大楷，不容易啊。现在你在农业公司做技术顾问，工作不累又体面，进了个好单位，一辈子衣食无忧啊！虽然现在国家的形势好、政策好，但放弃城市安逸生活回乡村创业，是需要智慧和胆识的呀！你做这个决定，要先和你爸爸商量好啊！"郑桃英没把张小楷当外人，很细致地对他讲目前城乡的情况，很有见地。

"姨妈，我今年才三十岁，学了这么多技术，不想一辈子在一个公司里享清闲、混日子。张湾村这几年发展远不如其他村，这您也看到了。我想回来，竞选村委会主任。"张小楷毫不隐瞒自己的心思，对郑桃英道。

"既然你想从政，何不先试一试报考公务员呢？"郑桃英眉角一翘，道。

"对呀对呀，这下妈和我想到一处了。"韩苗苗的脑袋又从电脑屏后冒出来，墨黑的马尾辫像缎子。韩苗苗朝张小楷眨巴了下大眼睛，意思是鼓励他往下说，也表示赞同他的想法。

"我在准备，"受到了表妹的鼓励，张小楷心里润润的，对郑桃英说，"马上就是村委会主任换届选举了，我想参加竞选。"

"你呀！"郑桃英站起了身，一拍张小楷的肩膀，柔声道，"与广大人民群众打交道，不是光有书本知识就行的。你可以试一试，我不拦你，但你要做好落选的准备哟！"郑桃英目光中有深意。

这时，韩苗苗走出来，坐到张小楷身旁，小声道："小楷哥，群众基础，你知道吗？你一直不在家，从来没参加过农村的劳动，没与农民朋友同吃同住同呼吸，他们不一定选你。这个老妈说得对！"

"我有心理准备。"张小楷第一次认真看韩苗苗，这个远房表妹已成大姑娘了，一双不大的眼睛却神采奕奕。张小楷对韩苗苗说："我现在一边复习功课，一边准备竞选，另外，我还在培育茶树苗栽。这个如果实现了，茶树栽种技术的难度将会大大减小。妹妹，放心，我有心理准备。"

投给韩苗苗一个乐观的笑，张小楷感觉此行没白跑，毕竟这鹤江镇上还有一个懂自己理想并支持自己创业的人。

"姨妈，我想请您这两天和我爸爸沟通一下。气氛太紧张，我都快憋不住了。"张小楷转身又对郑桃英道。

"行！没问题。前提是你要好好地和你爸爸相处，他一辈子太不容易了。哦！对了，你啥时候请我这个姨妈吃喜糖啊，我可天天都在盼着的哟！"郑桃英说这话时，不经意看了一眼韩苗苗，端起水杯，不动声色。

"姨妈，我现在要创业，还……还没想过这事儿呢。"猛地转换了个话题，张小楷一笑，随口答。

"听你爸说，去年谈了一个的？"郑桃英紧追不舍，又问。

"早分手了。我又没钱，城里又没房子，现在的女孩子，哪看得上我呀。我现在什么都不想了，一心一意先把事业做好。"张小楷实话实说了。

"那她们是有眼无珠。"韩苗苗又抢过话，"我的小楷哥哥，一表人才，风度翩翩，多好的人呀！"

韩苗苗脆声一说，办公室气氛又轻松了许多，三人聊得投机，夕阳西下时，张小楷才回到张湾村。

一个星期过去了，苏珍一直住在杨静秀家。

六楼是顶楼，光线好，一半卧房，一半晒台。晒台对着后山的悬崖绝壁，不见半个人影儿。苏珍住在顶楼，只一日三餐时到一楼去，其余时间几乎都待在六楼。刁子远上初中衔接班去了，寄宿在学校。偌大一栋房子，仅苏珍和杨静秀在，因房间多、地方大，苏珍躲在楼上，这么多天过去了，即使乡邻偶尔串门子，也无一人发现苏珍在杨静秀家里。

刁段明去世后，杨静秀一人带着儿子，家里除了老父亲和继母几个月上门一回，亲戚朋友来得非常稀罕。倒是隔壁的歌师张腊梅、房屋上头住着的付家大姐付春喜、一些爱跳健美操的婆娘们常会到杨静秀家坐一坐。女人们来无非讨教些跳舞的法子、请教流行歌曲的唱法。

村里男人几乎没什么人敢单独来杨静秀家，并不是怕惹是非，而是张卜仁有一次放出来的话，唬得谁都不愿以身犯险来这个年轻寡妇家里引火烧身。

那是三年前的开年后，张卜仁一个远房侄子，四十几岁还没结婚，一个人住在苏湾村山顶上。作为搬迁移民，张湾村也有他的宅基地，但他不愿从原来的居住地搬走，在原先山顶上的田地里搭了个茅屋，守着田地，一个人逍遥快活地过日子。远房侄子叫丁大力，划给他的宅基地就在张卜仁家的旁边，张卜仁对这块地煞费苦心。村里建房吧，不合规，白拿村民的宅基地以后怎么办呢？那是违法的。不建吧，杵在路边，一大块地荒着，长满了茅草。县里组织几次文明乡村评选，张湾村都没评上，与这块地很有关系。

得想个辙，让那狗日的丁大力下山！

一次全村大会后，张卜仁把杨静秀留下，让她与丁大力见了一面。村主任想牵红线，把远房侄子与年轻寡妇杨静秀撮合撮合，如果能成，把丁大力顺利哄下山，将荒掉的宅基地建成房子，一块心病也算是解决了。

两人过去虽是一个村的人，但杨静秀并不认识比她大十几岁的丁大力。在张卜仁家见面时，丁大力的头发好像从没洗过一样，油光光的，一缕一缕地耷在耳朵下，整个人像刚从油锅中捞起来似的。一张嘴，喷出粪坑般的恶臭，很远就能闻到。面门上缺了几颗牙，嘴里黄中泛黑，就像是茅厕边的栅栏掉了几根竖着的钎子一样。

张卜仁很直接，替丁大力讲了许多许多好话，勤劳、踏实、肯下力，而且从未结过婚，至今独身……听完张卜仁的话，杨静秀安静地坐了会儿，打了个手势，意思是家里还有娃儿要照看，便起身走出了门。张卜仁赶紧追上来问："咋样啊？行不行啊？"杨静秀摇了摇头，很快走出了张卜仁的视线。

这种毫不留情面的拒绝是很伤人的。

张卜仁往心里去了。自己一个村主任，村里哪点儿大事小情不是依靠我弄平的？你杨静秀去年死了丈夫，叫天天不应，唤地地不灵，还不是我张卜仁一手帮你操办，一呼百应。凭你杨静秀，十年不在村里，别人凭什么帮你？

张小仁很有些气不过。又想起年轻时，自己还追求过杨静秀的妈，唉！那段时光不提也罢，自己后来又让小儿子张小楷与杨静秀定了娃娃亲。可没料到，这个扫把星杨静秀，一无招呼，二无言语，竟然跟着刁段明这个外乡人跑了。

桩桩件件，实在令人气愤。

这件事儿绝不能就这么算了。哼！

到了年底，村里有个年猪宴。峡江边的年猪宴是延续了千年的传统，无论现在的日子有多么好，村里仍喂了猪。这几头猪是大家伙儿的，到了年底杀年猪时，每户人家准备一个菜，端到村委会大桌子上，一家派两个代表参加年猪宴，全村人开开心心过个年。

那天开宴前，张卜仁双手捧了个大盒子，盒子里就是他多年用来卜卦的法器。他说，今儿年关得好好卜一卦，争取明年风调雨顺、顺风顺水的，上天保佑张湾村有个好收成。

有些孩子已在偷抓案板上的蒸肉吃了。

只见张卜仁站在主席台上，用力摇动黑木盒子，村委会广场上一片寂静。左五下，右五下，上六，下六。张卜仁摇动着身体，口中念念有词，正当他要开启木盒时，空中飘起了雪花。张卜仁仰天长呼：上苍显灵，保佑我张湾村男女老幼一年四季平平安安，粮食丰收，金玉满堂啊。

念毕，张卜仁打开木盒。当时广场上已有灯亮起，只见拳头大的银色圆片累叠成三座，张卜仁请歌师张腊梅上前看个究竟，而后讲解。

张腊梅上前一看，沉默了很久，也不作声，只待在高台上。

这时，张卜仁弯下腰，仔细看卦象，高声道："明年，我张湾村一年将有大财运，卦象主吉，可是，这左边一卦……"

张卜仁在卖关子，只见他眉头紧锁，一边绕着黑木盒转圈，就是不发话。广场上已有很多人在催他快讲。

"北角高楼有一煞星，大家伙儿当心，要远离，凶主阳，阳近阴为大凶啊！"张卜仁一边解读，一边看向杨静秀住的那栋六层楼高的房子。

广场上一片哗然。当时就有与杨静秀挨着坐的男人退后几尺远。风雪交加，广场上村民们欢快地吃着年猪宴，只有杨静秀搂着儿子刁子远，慢慢往回家的路走。

张卜仁在身后叫她，让她带着儿子吃完年猪宴再回去。走近杨静秀身旁，张卜仁小声对杨静秀道："丁大力是我侄子，你考虑考虑！"说完冷笑一声，转身向广场上走去。杨静秀一直沉默着，至今没给张卜仁任何答复。几年过去了，杨静秀家门口极少有男性驻足，除了张小楷、大哥陈平战、二哥苏保佑。

六楼的晒台每天到了下午，有一大块地还挺阴凉。

每到这时候，杨静秀从大卧房搬出几把凳子、一大席竹篓，上面放了各式各样、花花绿绿的棉线。这些线许是因运输过程中的颠簸绕成了团，各种花色混在一起。杨静秀要一根一根将它们按粗细、颜色、长短分类，是个烦琐的活儿。

苏珍没给杨静秀讲自己为何要躲在她家里，杨静秀也没问。两个姐妹朝夕相处，苏珍只见杨静秀一天到晚在忙，还在网上看视频，学人家绣花儿，又是分线又是绣花，还要收拾屋子，做两个人的饭菜。苏珍则无所事事，她上学时爱朗诵，现在唯一感兴趣的是教杨静秀发音，帮她开口讲普通话。

一个星期下来，吃饱睡足的苏珍恢复了活力，三十多岁的苏珍原本就长着一张美人脸，丹凤眼、尖下巴、薄嘴唇，加上细腰瘦俏，越发显得灵巧可爱了。

"静秀，哦不，二姐！"苏珍一脸调皮，将手中的彩线一放，道，"二姐，别择这些线头子了好吗？看着就头晕，我来教你念诗歌，好不好？"

杨静秀一笑，露出雪白的牙齿，道："小妹，加油！"发音完全没障碍了，而且字正腔圆，除了语速有点儿慢，其他一切都很好。

"哎呀！"苏珍将手中的彩线一放，皱了眉头，"你说你要用它们赚钱，这……这到哪儿是个头啊？凭你一个人绣，能赚钱才怪呢！"苏珍说着话已站了起身，刚往外走又缩了回来。唉！到现在也没二哥的消息，不知他怎样了？自己的电话也不敢开机，除了凌晨两点给丈夫发个信息，谎称去春城采购货品了，其他时候都关着机。

"有你、我，还有村里的姐妹们。"杨静秀停下手中的活儿，一边说话，一边用手指了指苏珍又指了指自己，开心地道。

"别以为你跳个健美操，赚了点儿奖金，就什么都可以做了。这是刺绣，大家都不会，怎么绣？如何将大伙儿召集起来啊？她们又凭什么听你的呀？"苏珍心里想着自己那一摊子乱事儿，没什么耐心，答话有点儿冲，很直接。

"大家一起学！"杨静秀目光里透出股倔强，一字一句道。

"唉！真拿你这二姐没办法。一根筋！"苏珍心情复杂，又见杨静秀坐着不动了，一副不达目的誓不罢休的样子，只好也坐下，手中拣着彩线，心思却乱飞。

"叮！"短信的声音。

寂静的楼顶，这声音显得格外清晰。苏珍准备在裤兜里摸电话，又放弃了。自己电话没开机，哪有人呼自己呢。

杨静秀没理睬信息声，仍自顾自择着彩线。

"叮！叮！"连续两声，是留言的声音。苏珍盯着杨静秀笑，示意她看电话。杨静秀感觉脸有些发烧，心里扑通扑通乱跳，只好放下彩线，拿出手机。

屏幕上出现"张小楷"三个字，杨静秀感觉所有的血一下子涌到了脑门儿处，羞得厉害，看了一眼苏珍，见苏珍做着手势，让自己看信息。杨静秀站起身，往一个空房屋走去，一边走，一边迫不及待点开留言。

"静秀，今晚文化站站长苗兴翠大姐来我家。"第一条消息。

"你也来！"第二条信息。

"装作去向我爸爸说事儿，或者你先把想法和苗站长讲一下。"第三条信息。

苗大姐终于回来了！杨静秀兴奋得双目发光，正准备回信息，一转身，与身后跟来的苏珍撞了正着。

"嘻嘻，二姐，是不是个帅哥？老实交代，他是谁？"苏珍用头抵着杨静秀问。

"告诉你！告诉你！站好！"杨静秀扶起苏珍的头，一本正经地道。

"谁？他是……"苏珍以为杨静秀真要告诉她，先猜着，与杨静秀一同往晒台处的椅子走去。

"苗站长！苗兴翠。"杨静秀俏皮地嬉笑着。

"撒谎！"苏珍不依，就要来抢杨静秀的电话。

"停！停！"杨静秀口里叫停，右手伸出，拦住苏珍，"我要出去了，你，一楼做饭，我，苗站长，说事儿。"

"什么事儿？"苏珍打破砂锅问到底。

"这个！"杨静秀一手拿起彩线，高兴地道，"办绣坊，你也来！"

"我……我不来！"苏珍嘴一撇，有些嫌弃地道，"慢慢磨蹭着绣花儿，能挣多少钱？一针一线绣到何时嘛！"

"这些线，给你了。"杨静秀眨巴了眼睛，拍了拍苏珍的肩，"哪里也不许去，老实待着，最安全！"

说完话，杨静秀收起电话，拍了拍身上的灰，向楼下走去。

目送杨静秀离开，苏珍的心走了很远很远，赌博输钱的事儿像鱼刺，卡在喉咙里，很痛苦。得想个办法弄回来呀！

苏珍手中拿着彩线，心思飞得更远了。

第十五章

张湾村是苗兴翠情有独钟的文耕自留地。

鹤江镇十里八村山山寨寨多得数不清，苗兴翠最喜欢的，还是张湾村。张湾村有对文化一窍不通的胖主任张卜仁，他不懂，她说了算；还有多才多艺无师自通天仙似的杨静秀，任何文艺节目只需安排下去，她都能全盘搞定；更有热情似火、一点爆燃的文艺老青年张腊梅；还有一帮爱美泼辣的婆娘们，她们对文艺的热情就像晒干的桔梗，一点就着。

外地学习归来，按常规，苗兴翠第一个要到的地方就是张湾村。

杨静秀在村委会周边转了好几圈，没见着苗兴翠的人。

她叫了辆摩的，沿着江边一路狂奔。到镇文化站时，看见一身大红的苗兴翠从文化站出来，准备锁门。正好下午五点半。

"站长！苗站长！"付了摩的五元钱，杨静秀急火火地对着苗兴翠一声大叫，而且讲的是普通话。声音清脆，气息悠长，把刚返回鹤江镇文化站的站长苗兴翠弄得心头一惊。

以为认错人了！定睛一看，正是浑身放射出太阳般朝气的杨静秀。是她来了？

"站长！"杨静秀小跑到苗兴翠跟前，站定，咧开一口雪白的牙笑着，见苗兴翠不认识她一样，改口道，"兴翠大姐耶！是我啊，静秀啊！"

"你？找我？"苗兴翠指了指杨静秀，又指着自己的鼻子。

士别三日，当刮目相看。那天在县城健美操比赛结束后，人人都听见杨静秀发音了，"谢谢"两个字没少勾出张湾村一大帮婆娘们的眼泪。没料到只隔几日不见，话就说得顺溜，一口接近标准语音的普通话讲得这样好了。"这才几天呀！"苗兴翠有些不相信自己的眼睛和耳朵，明知故问地问杨静秀，表情有那么点儿滑稽。

"兴翠姐，屋里说。"杨静秀麻利地扶苗兴翠折回文化站办公室，紧挨着苗兴翠坐下。

六个字，音准，清晰明朗。

"什么事儿这么急？不能等明天再说？"苗兴翠问。

"我要……我要办绣厂。"杨静秀不管苗兴翠的疑惑与反问，单刀直入。

"健美操跳得好好的，怎么突然想起又要办绣厂啦？"苗兴翠瞪大眼睛问，问话时心里在打鼓，这丫头变化实在太快，比自己的脑筋转得还快。见杨静秀固执地点了点头，苗兴翠试探："你先在家绣一绣，曾听你说过已绣了一张美人图，为什么不继续在家绣，还非得办绣厂呢？"

"来看！来！"杨静秀的力气大，一把搀起苗兴翠，走到窗前。

文化站办公室的窗子正对着截流园，红线内与红线外，现代化电厂的环境与落后农村小镇的面貌，就像一对家境悬殊的情人，遥遥相望，难以契合。

"那里！"杨静秀指着截流园外来来往往的人，对苗兴翠道。

"你是说把绣的玩意儿拿出去卖？"苗兴翠脑筋这时也活泛得飞快，问杨静秀，"绣什么？怎么绣？"苗兴翠有点儿动心。

"十字绣呀。"杨静秀将美人连衣裙绣品早已拍成了图片，打开手机，翻出相册，给苗兴翠看。

"嗯，是不错。"苗兴翠认真看这幅图，但总觉得哪儿不对劲儿，一边看一边思索。苗兴翠坐回椅子上想了想，突然她明白了，是颜色，颜色不够亮，还有图案，图案显得有些模糊。正在想着，她脑海里突然浮现出一个人，那个人曾送给自己一双鞋垫，此时她还垫在布鞋里，这样想着，苗兴翠一下子脱了鞋，从鞋子里抽出鞋垫。

汗臭味儿飘了出来，酸臭。不过二人都没在意这些，注意力都在鞋垫的花纹上了。

"你看看，哪个花儿更标致？"苗兴翠将鞋垫拿到杨静秀面前，让她拿手机上的花纹做比较。

发酸的汗臭散出来，杨静秀顾不得苗兴翠的脚臭味儿，拿起鞋垫与手机上的十字绣图案仔细比较。鞋垫上的绣花特别细腻，只见花枝烂漫，红花绿叶分外鲜明。一小片一小片儿绿叶嵌在白底上，几乎要滴出水来。红花娇艳明亮，跃于绿叶之上，如同可采摘一般。杨静秀看了看苗兴翠，指着这双鞋垫，说："这个好！"

"对呀！你那十字绣虽好看，可颜色模糊、线条驳杂。你看这件绣品，这是鹤江一带传了千年的青花绣，你想办绣坊，就绣这个。绣青花，向外推介我们鹤启县的乡村文化，这叫非遗传承。"苗兴翠也感到喜悦，拿回鞋垫对杨静秀道。

"好!"杨静秀肯定地答应了，又将要开绣坊的地点仔细与苗兴翠讲了，还谈了她想带张湾村婆娘们一起学绣品的计划。苗兴翠听得连连点头。

"静秀啊，你是个有思想的青年，我支持你!一会儿我去张主任家坐坐，你在家吃过晚饭后慢慢走过来，我们一同找卜仁主任争取，好不好?"苗兴翠眼里泛着柔光，和缓地道。

"好!"心中充满了希望，杨静秀点了点头，与苗兴翠一同走出了大门。

晚上六点。张湾村，张卜仁家。

今天的晚饭是张卜仁亲自下厨，把后院那只不怎么下蛋的老母鸡给炖了，炒了一盘腊肉和蒜薹，又炒了四个时令小菜。正在擦桌子，远远地便听见苗兴翠的声音大喇叭似的传来了。

"他大爹，张家大爹，你炒的菜好香啊!"苗兴翠依着女儿苗艾蝶，呼着张卜仁，称他为"他大爹"。苗艾蝶是"985"大学的理科高才生，大学才毕业，二十三岁，现在在鹤江大坝实习。

"苗站长，您今天能来吃顿饭，是我们家的荣幸啊!"张卜仁一边准备着晚饭，一边动用着耳朵，他一直竖着大耳听外面的动静儿，苗兴翠的声音一响，张卜仁搓着手就到门外来迎接，"艾蝶呢?没来啊?"

"这孩子，说还有点儿事就不吃饭了。不管她，年轻人一天忙到晚，我们自己吃自己的。"苗兴翠热情地扶住张卜仁，直往堂屋里走。

"小楷，小楷，吃饭咯！"张卜仁朝楼上叫着。

"来嘞！来嘞！"咚咚声响，张小楷赶紧下楼，来迎苗兴翠。

张卜仁请苗兴翠吃饭，表面上是因为她扶助张湾村搞文化建设，健美操队在县里得了大奖，作为村领导一定要感谢她。苗兴翠一个基层文化站的站长，做的就是村村寨寨闹个响动的事儿，爽爽快快答应了。张卜仁肚里装的，最主要的还是另一件事，那就是牛崽子张小楷万一不听话要回村，如果两家能……

事情有点儿特殊，张卜仁怀揣的想法也不能让任何人知道，所以今天也没请陪客。原计划俩老俩小，说话方便，可不料苗艾蝶不凑趣儿没到，这晚饭也就三个人，照常开席了。

给苗兴翠斟了一杯苞谷酒，自己也酌了一小杯，正准备给儿子也倒上，张小楷立马将杯子拿到电视柜上去了。意思是晚上还要加班，有个科研课题要结题了，就用茶水陪二老。

张卜仁也不再坚持，张小楷以茶代酒，父子二人一起敬了苗兴翠一席酒，晚饭就开始了。

"哎哟！看来我口上有火啊！"三人刚饮了一小口，正准备动筷子，门外突然响起个爽快的声音，"哈哈哈，选日子不如撞日子嘛！"

是郑桃英。

话音没落稳，人已进了大门。郑桃英后面还跟着一身粉白连衣裙的黄花大闺女韩苗苗，春风扑面般，二人如同仙界的人儿驾到了。

"哎哟！哎哟！"张卜仁反应特别快，口里连连"哎哟"着，人已起身迎到了大门口，说，"今天是哪股子仙风，把贵人都吹到一起了啊，哈哈，快请快请!"

韩苗苗恭恭敬敬地叫了一声"姨爹"，将提着的一大袋子礼物顺手放在了电视柜上。

张小楷机灵地添了两张凳子，又是拿酒杯又是拿碗筷，热情劲儿让几位长辈心里都暖乎乎的。韩苗苗也不客气，坐了下来，与张小楷坐在一起，有点儿郎才女貌的意思。

苗兴翠与张卜仁交换了一下眼色，心知肚明。苗兴翠心里焦急，小蝶呀小蝶，这死丫头，原本说好了来吃晚饭的，到这时人也不见一个，倒是让别人带着丫头上了门，这顿晚饭不为他人做了嫁衣嘛! 要知道为撮合自己女儿与张小楷的事，她和张卜仁在电话里商量了不知几回呢。今天妇联主任郑桃英带着自家闺女上门，还提了礼品，看来也是冲着张小楷来的呀。

"兄长啊! 我这是不请自到啊!"郑桃英到底是领导干部，做人的本事很有一套，这一上来便端起酒杯开口了，"今天恰恰清闲，过江来看看大兄长。呃，平时也忙，没来看老哥，莫怪! 莫怪!"举着苞谷酒不松手，看着张卜仁，反客为主了啊!

"妹子啊! 我们是一家人，这样，苗站长出差了刚回来，我们一家人先敬她一个，你说呢?"张卜仁心里乐着，一脸的笑，征求郑桃英的意见。毕竟计划是要与苗兴翠结儿女亲家的，可不能怠慢了主客哟!

"好! 一起啊!"郑桃英也不推辞，端起一两酒的杯子，一口喝了个底朝天。张卜仁也喝了。苗兴翠是海量，她不满五十岁，自然不能服这个输，也是一口干。

张小楷给韩苗苗倒了杯酸奶，举杯时二人也碰了一下。

张小楷不喜酸奶，象征性地咕咚了口茶，友善地朝韩苗苗笑了笑。

"姨爹这菜做得好吃！"韩苗苗夹了菜豌豆、嫩竹笋，直夸张卜仁。

"小楷，记得给苗苗搛菜啊！"张卜仁叮嘱张小楷，"我们三个大人喝酒，你照顾好妹妹啊！"张卜仁一副完全没懂郑桃英用意的模样，只一个劲儿地嘱咐儿子要照顾好自家的妹妹。

喝了第一杯，张卜仁又满上第二杯，开口了："感谢两位镇里的领导对我们张湾村多有看重啊，这一杯，表达我个人对二位抬爱张湾村的敬意。"说完话，站起身，苗兴翠与郑桃英都站了起来，两个小辈自然也作陪，都笑眯眯地站了起来。

"感谢！感谢！"张卜仁一饮而尽，两个镇的女干部都是泼辣的主儿，更不推辞，哪有让张主任一人喝酒的道理呢？二人与张卜仁同时都干了杯中的酒。张卜仁双手并用，将左右两位女能人扶了坐下，又拿了勺子，先给郑桃英在锅中拣大的鸡腿舀了一坨，又给苗兴翠舀了一勺连汤带肉的，显示出不一般的盛情，而后把勺子递给张小楷，让他给韩苗苗添菜。

"我们这个家，也多亏两位大妹子关照啊，这第三杯……"张卜仁正准备端起酒杯，苗兴翠说："这第三杯我来敬卜仁主任、桃英主任。"

说完话，也不管别人答复还是不答复，苗兴翠兀自站起身，豪爽地道，"一个地方的文化事业兴起，要大家齐心合力地一起干，兴翠的工作还要仰仗两位多多支持啊！"话刚落音，苗兴翠一仰脖子，杯中的酒全倒进了口中。张卜仁和郑桃英见苗兴翠如此豪爽，又怎能不陪着喝？二人互相对视笑了一下，也将杯子放到嘴边，吸溜一下，酒全进了肚子。

这三人酒量好自不必说，主要心里都揣着要成为儿女亲家的心，谁也不愿意输给谁，所以这酒就喝得颇上劲，饮酒的速度也就上来了。

三个老同志，心中各怀美好愿景，前后不到半小时，三两酒，就这样爽爽快快地喝进了肚子里。张小楷与韩苗苗一人添了一碗米饭，津津有味地吃得开心，有一搭没一搭地聊着年轻人的话题。

烈酒下肚，三个长辈虽未醉，却都已有了酒意。张卜仁先是搭着郑桃英的手，说起了心里话。

"孩子他姨呀，这些年，两个儿子的成长，您没少操心呐！"给郑桃英夹了一筷子菜，又道，"大的已在外安了家，我算是放心了。可这小家伙，不听话呀。"张卜仁说到动情处，用手指了指张小楷，半骄傲半伤感，"到如今，三十了，也还没个对象啊。"

"她姨爹啊！好饭不怕晚，好男不愁亲。小楷是个响当当的人才，他的要求高着呢！现在是啥年代啦，这年龄，正当时啊！"郑桃英也为张卜仁舀了一勺汤，一边说，一边笑着看向张小楷与韩苗苗，心里的欢喜写在脸上。

"是啊！我们都是快退班的人呐，现在的世界，要交到孩子们手里去了。他们有他们的主见，有知识，有文化，有见识，比那时的我们强啊！"苗兴翠也给张卜仁夹了一筷子萝卜干，劝他道。

几个人说话的调子都在往高处爬。

"小楷，给两位姨斟酒。"张卜仁见张小楷与韩苗苗聊得高兴，又道，"给苗苗杯子里添点儿酸奶。"

"爸爸，您……您这酒……"又要加酒，张小楷犯难了。

听了张卜仁的吩咐，张小楷很犹豫，三个长辈都是这岁数的人了，而且父亲的血压还高，其实是不能饮酒的。"少斟一点儿，没问题的。"郑桃英鼓励地看着张小楷，示意他斟酒。韩苗苗附在张小楷耳朵边讲了一句悄悄话，张小楷心领神会，拿着酒瓶开始斟酒。

这次斟的酒少，只有小半杯。张卜仁慈爱地看了看张小楷，对两位女长辈又是炫耀又是谦虚地道："这孩子，什么都好，就是性格倔了点儿。呵呵！"

"她姨爹，孩子们这一代人啊，有他们自己的想法。小楷不想专干技术，他想为人民群众办实事，这是好事！"郑桃英有点儿醉意，附在张卜仁身边道，"他辞了职回村，你把位子交给他。你多大个岁数了？还不休息啊！"

"辞职？"虽喝了几两酒，可张卜仁听得清楚，瞪了一眼郑桃英，又看向张小楷，"谁辞职？"

"是的，爸爸，前几天已和您讲了，只是您没明白其中的意思。城里的工作我已辞掉了。"张小楷早已放下筷子，和缓地对张卜仁道。

"什么？你！"张卜仁霍地一下起身，脸红得被像泼了猪血，左右看，眼神飘忽着在找扫帚，他要揍儿子。

"坐下！坐下！"郑桃英拉住张卜仁，对苗兴翠使了个眼色，道，"孩子的事我知道，他有他的理想，我们当长辈的，不要干预他。他想回村创业，大兄长啊，你是没看清现在的形势啊，国家一天一天强大起来了，乡村不比从前了。您也看见了，一到假期很多城里人就会往乡村涌，我们这里有天然的江水景观，又有国家一级电站，你没看见啊，每到休息日，人潮直往大坝涌啊！老哥啊，不要动怒，让孩子们自己安排前程吧。"郑桃英苦口婆心地劝说张卜仁，苗兴翠也在一旁帮腔，她说："张主任啊，不能用老思想看新时代啦！小楷有文凭又有技术，你在担心什么呀？"

"这个小崽子，你就会气你老爹！"听两位镇里的领导一劝，张卜仁气消了不少，借梯子下台，"过来！给老子斟酒！"

满屋子的人都笑了。

"翅膀硬啦？回来要抢你爹的饭碗了？"斟酒时，张卜仁斜着眼睛盯着张小楷，"你自己想清楚，别到时候连吃饭的钱没了还跑回来找老子要就行！"

"爸爸，这个你放心！"张小楷道，"我是农业技术研究生学历，回村创业是受党和政府欢迎的。而且爸爸，我来竞选，与您没多大关系。这些都是靠实绩的，无论谁在村委会主任这个位子上，我都会竞争。即使竞争不上，我也要将张湾村目前的农产品种植做一下调整。爸爸，工作是工作，亲情是亲情，您别干预我好了！"

理直气壮地，张小楷把三个长辈都说动了。张卜仁虽心还不甘，但这时不便再坚持自己那一套了，再饮一小杯酒后，他还是选择相信时代，相信学识比自己高很多的儿子的想法了。

半杯酒在拉拉呱呱中喝了，三两半酒下肚，苗兴翠的话也渐渐多起来。先是夸苗艾蝶在大坝里肩挑重要岗位，忙得很，实习的待遇就很高啊。又表露出心迹，她看好张小楷，要全力支持张小楷回村创业。

韩苗苗特别乖巧，趁几位长辈酒兴正浓去洗了青菜，生了火，又下了点儿粉丝，给每位长辈添了一碗米饭。

剩下的半杯酒由张卜仁提议，但他话说得特别多，杯子里的酒就是到不了嘴边。最后还是在苗兴翠的带领下，一仰脖子，三人的酒才全喝完了。

喝完酒，饭桌上有了短暂的沉默。大家开始舀汤吃饭。

"有个事儿啊，现在文化站要主持着办起来，不知张主任您可不可以支持一下小妹我的工作啊？"沉默后暴雨将至。苗兴翠给张卜仁点了一支烟，红着脸，语速很慢很慢地说道。

"大妹子你说！只要我能办到的，一定，一定是没个问题的。"张卜仁饮酒后变得豪爽了许多，右手向上挥了挥，一副"这里的地盘我做主"的狂放，声音直冲云霄。

"自从健美操队得大奖后，您和张湾村可出了大名儿了哦！"苗兴翠开始给张卜仁戴高帽子，说话的当口又递了一支烟给郑桃英，郑桃英摆了摆手，苗站长给自己点了，又抽了一大口，道，"张湾村在坝头，是地地道道的库首第一村，这文化生活搞得要深入人心，还得把村里的婆娘们都团结起来。张主任啊！如果大家都闲在家中，是非就多，让女人们学点儿技术活儿，一来充实文化生活，二来可以赚点儿小钱补贴家用，您说呢？"苗兴翠常年在基层文化站工作，多与农民打交道，她做工作有一套，再说她这个人长得也非常接地气，让农民很容易亲近。

"您说吧，怎么办？需要我支持什么？"张卜仁在夸海口了，舌头稍稍有点儿打卷，右臂一挥，豪情万丈地道。

"青花绣是鹤江千年传下来的手艺，花色美，颜色鲜亮，总不能失传吧？"苗兴翠看着张卜仁的双眼问道。

"对！你说得对！"张卜仁赶紧接话。

"红线内的截流园，这个旅游观光点我观察了，每天的人流量有千人不止吧？鹤江镇有天时地利，这一带的婆娘们就知道拎个小篮子，卖鸡蛋红苕洋芋蛋子，卖鞋垫子。我说呀，弄个高级点儿的，办个绣厂，先开培训班，而后齐心协力绣绣品，形成一个产业链，再批量出售，张主任，你觉得这样做行不行呢？"

"苗站长啊，你这当文化站站长的，成生意精了啊！"张卜仁听得真切，一拍大腿，高声，"这个事儿有一搞！"

苗兴翠与张小楷交换了一下眼神，苗兴翠继续又道："张主任，你说说，办那么个大绣厂，那地方选哪儿呢？"

"呃……这个！"张卜仁肚子里的酒在不停发酵，他一摸脑袋，"让我想想！让我想想！呃……"

这当口，张小楷准备接话，苗兴翠使了个眼色，摇了摇头，不让他出声。张小楷会意，闭了嘴。正在这时，门外一个青布上衣一闪，然后一人慢慢走进了屋。

杨静秀到了。

苗兴翠示意大家都不要出声，杨静秀聪慧，默默地坐到了紧靠大门屋角的沙发上。

"有一个空了好多年的仓库，就是有点儿破，不知行不行呢？"沉思后的张卜仁突然睁开迷蒙的眼睛看了看苗兴翠，问道。

"那地方！行啊！"一声脆亮的响声，苗兴翠用力拍了拍餐桌，大声道，"张主任，这事啊，就这么定了啊。静秀！静秀！过来！过来坐！"

"谁？"张卜仁一愣，转过身朝背后看去，只见杨静秀已朝他走了过来。

"张主任！"杨静秀礼貌地叫了一声，韩苗苗已搬了张凳子，让杨静秀坐下。

"谁让你来的?"见是杨静秀，张卜仁十二分不悦，沉声道，"我没请你，你不要到我家里来!"张卜仁举起右手，朝杨静秀狠劲儿地一挥，近乎吼道。

"爸爸!"张小楷霍地站起身，欲说什么，被韩苗苗一把拉了硬按住坐下了。

"张主任，刚刚你答应的事，我这是把师傅请来了哟!"苗兴翠拍了拍张卜仁的肩膀，"杨静秀好学、能干，又有领导力，这个绣厂啊，我打算让她先负责着张罗起来!"

"不行! 不行!"张卜仁的脸铁青，连连摆手，"除非、除非她在自己家里开绣厂，这个我管不了，要用公家的房子、公家的人，让付春喜来，在鹤江镇她的青花绣是绣得最好的!"

张卜仁说完，霍地起身，自顾自往门外走去了。

堂屋里的人面面相觑，不知为何张卜仁一见杨静秀竟这样生气，不知他们之间究竟发生了什么。

要下暴雨了!

第十六章

天色彻底暗下来了。

晚宴因杨静秀的突然出现，不欢而散。

文化站站长苗兴翠煞费苦心，欲利用家宴的形式，将张湾村创办绣厂的事与张卜仁谈妥。这是个好办法，不料差一口气，到最后，因杨静秀的出现搞砸了。

一顿高兴酒，惹出大麻烦。

杨静秀是按照事先张小楷给出的提示，鼓起炸碉堡的勇气出现在张卜仁家里的。万万没想到，喝了近四两酒的张卜仁不糊涂，拉下脸，谁的情面都不给，否定了杨静秀负责成立绣厂的事儿。

眼泪汪汪的，杨静秀撇了撇嘴，硬将泪水咽进肚子里去了。同样是年轻女性，韩苗苗过去听过有关杨静秀的不幸以及她励志奋发的故事，她不仅同情杨静秀，还很佩服她，更为她抱不平。都什么年代了，还信风水八卦看相之说？韩苗苗气不过，眼见张小楷冲出去要和他老子理论，担心张小楷年轻气盛，和张卜仁打起来，两人都受伤，好说歹说把他劝住了。三个年轻人一前两后地朝杨静秀家走去。

"静秀！"苗兴翠从后面跑过来，气有些喘，声音像在放高射炮，"你放心，办绣厂的事你准备着，嗯，这段时间你找付春喜商量商量，约几个喜欢干事儿的，先在你自己家把场子开起来，我来慢慢想办法。"

杨静秀兀自朝前走，像是没听见苗兴翠的话。

瞅了一眼杨静秀伶仃的背影，苗兴翠紧上前几步："你是个有思想又现代的年轻人，不要被一时的挫折打垮了，知道吗？"

"嗯！"含着泪花，杨静秀紧扣着双手看了看苗兴翠，使劲儿地点了点头。

"丫头！丫头！苗苗！"郑桃英在叫韩苗苗，"妈就在姨爹这儿等你，快去快回啊！"郑桃英心中有计划，她要借众人都走了的机会，试探一下张卜仁的口气，看两家能不能结成亲家。女儿要跟张小楷去就让她去，夜黑路滑的，正好让他们培养培养感情。

往杨静秀家去的时候，天已黑定了，没有灯，土路坑坑洼洼的，深一脚浅一脚，张小楷将手机的电筒打开，细线样的光照着前方的路，勉强看得见。

高一脚低一脚，四周是黑漆漆的村庄，张小楷心里不是滋味。父亲真的老了，他需要休息。十里外的陈家村和刘塘村，道路早已铺成了水泥地，村里各种标示牌又规范又齐整，村民屋前屋后都种了各种各样鲜艳的花卉。不像张湾村，还是个烂摊子。心里思忖着，又看看江对岸的灯火，此时的张小楷更下定决心要回张湾村，一定要用自己的所学让张湾村改头换脸。不仅仅是物质上要改变，村民在思想和文化上更要学习，观念不能总停留在十年二十年前。

三个年轻人走得慢，大约二十分钟后，杨静秀的家到了。

打开铁栅门，拉开门灯，杨静秀对张小楷和韩苗苗小声说了"谢谢"，便要径直回屋里去。

"等等！"韩苗苗一把拉住杨静秀，"你要办绣厂，是好事，我支持你！"

"谢谢！"杨静秀喉咙一哽，泪水蓄满了眼眶，她也不看张小楷，转身就要离开。

"静秀姐，我想看看你的绣品，可以吗？"韩苗苗又道。

"进来吧！"杨静秀心里一暖，将二人让进院子，又将大铁门反锁了，将二人带进一楼客厅里。

灯全打开了，杨静秀泡了茶水，上二楼取绣品。

"十字绣真好看。"韩苗苗连连称赞，她与苗兴翠的感觉一样，认为如果做成鹤江本地的青花绣，颜色可能会更鲜亮，作品会更有价值。

好好欣赏了一遍，又喝了茶水，韩苗苗道："静秀姐，你能行，不要放弃，也不要管别人说什么，你好好地研究青花绣，争取早日把绣厂办好。只要能出成果，村里人会对你刮目相看的，而且上面的领导也会支持你的。"

张小楷自始至终没怎么说话，心里堵得慌。心爱的人就在面前，他觉得愧对她，今天这事没办好，张小楷不知该怎样安慰杨静秀。好在有韩苗苗这个善解人意的女孩陪着，这一路走来，大家心里都好过了不少。

末了，张小楷出言安慰了杨静秀两句，与韩苗苗一起离开了杨静秀的家往回走。

"小楷哥，你是不是真的决定回来？"一边往回走，韩苗苗一边轻言细语地问。

"当然。我是一定要回张湾村的。"张小楷语气坚定，答道。

"农村很苦哟……"韩苗苗的话委婉而谦逊，担心语气砸疼张小楷一般，百般护着他的自尊，只浅浅地说了五个字便不再作声了。

"那又有什么？这么多年在外求学、实践、锻炼，哪一样是不吃苦的呢？"张小楷阳刚气十足，似乎一丁点儿都不懂韩苗苗的心思，辩论般地回应。

沉默着走了两分钟，张小楷发现韩苗苗不再说话，意识到自己的态度欠妥，语气和缓地说："苗苗，谈谈你对农村的看法吧！你来鹤江镇工作了这么久，你有经验。"

"在农村工作，可不仅仅是做做技术那么简单的。农民虽纯朴，但人上一百，种种色色，并不好管理。村民接受的教育有限，思想高度达不到，你若回来当村委会主任，会感觉特别吃力。这个你要想好哟。"韩苗苗的语气明朗起来，话说得很有条理，看得出这个年轻的女孩心思是多么单纯。说到这儿，她感到没说透彻，想了想又道，"现在的农村中老年人居多，大多数老人没念过什么书，文化差异太大，想改变他们，尤其是改变他们的思想，得需要一个长期的过程，还要有锲而不舍的精神呢！"韩苗苗的声音很轻很轻，耐心地对张小楷说着她知道的农村以及接触到的农村人。

担任鹤江镇宣传委员，韩苗苗这两年交往的农民多，对张小楷讲的话是有依据的。随着互联网的发展，信息技术助推国家科技进步，移民要跟上时代的节奏，明显很吃力。有些村民原先就业的小企业垮了，或者所学的技术慢慢被淘汰了。移民搬迁后手里有了钱，鹤江这一带社会治安还出了些问题。韩苗苗实话实说，她担心一个研究生回乡发展，不能适应农村，在家乡扎根是需要巨大勇气的啊。

"苗苗，谢谢你提醒。不过，我是鹤江的男儿，生于斯长于斯，我学成后应该回到家乡，为家乡的建设出力。再大的困难我都想过，我不怕！"张小楷声音低沉有力地答道。

韩苗苗心里蜜甜甜的，她觉得自己没看错人，张小楷是真正的男子汉。二人走了一段路，又进行了学习提升方面的沟通，韩苗苗觉得更喜欢这个只比自己大两岁多的哥哥了。

张小楷心中，有一个更深的情结，不能告诉任何人，只能埋在心底，润泽着心灵。对杨静秀深深的眷恋，或许是这个七尺男儿回到家乡创业最原生的动力。加上对故土深厚的感情、大时代的飞速发展、鹤江旅游的美好前景，这一切共同促使他做出辞职回乡的决定。

郑桃英当了多年的乡镇妇女主任，做男人的工作也有一套。

几个人走后，生拉硬拽，郑桃英将张卜仁拉进了堂屋。郑桃英像个家庭主妇，一边帮忙收拾餐桌上的碗筷，一边高声对张卜仁道："孩子她姨爹啊，思想要换一换啦！"

张卜仁闷着卷了一大支旱烟，左右点不着，脸色比外面的天空还暗。郑桃英拿了火机，动作麻利，吧嗒吧嗒，烟点着了，一大股呛人的气味直把郑桃英呛得咳嗽了很久。张卜仁不忍，又是给她拍背，又端了先前泡的茶让她喝了一大口。

"哎哟老哥儿，不会对我这个妹子有心思吧？"郑桃英泼辣，故意往张卜仁身上挨，调侃他。

"不、不、呃、不！哪能呢？"一个大老爷们儿，忽地被姨妹子这样一调戏，张卜仁赶紧否认，并连连往后退了几步，坐到了沙发上。

"哈哈哈，哈哈哈！"饮酒后的妇女主任放得更开，几声大笑后，低了声，凑到张卜仁面前道，"她姨爹啊，自古俗语说得好，天要下雨娘要嫁人，你看这时啊，孤男寡女，就你我二人，若让人乱嚼舌根，不知会编排出什么样的新闻呢。可其实呢？"郑桃英说完，死盯着张卜仁看。

"没有的事儿，没有的事儿呢。"张卜仁热血上涌，不好意思，赶紧道。

"对呀对呀！这就对了嘛！男男女女，哪有看起来像那么个事儿就乱点鸳鸯谱的呢。哥呀，我说呀，你那点儿花花心思也别蒙妹子我了，你家小楷，我很看好他，你也别尽把他往外人身上推。苗苗也喜欢他，你若不看重他，我可要收回去当我自家的娃儿待了啊！"郑桃英一边说话，一边快速地收拾残局，不一会儿，堂屋里干干净净了。

"他姨啊！"张卜仁的心"咚"的一下，这下心里踏实了，感激地道，"小楷就是你的儿子，以后，你帮忙看着点儿，拜托啊！"张卜仁双手作揖，眼中有泪花。

"你呀！老哥儿，现在都什么年代了，轮到年轻人上啦，你我该好好养老了！"郑桃英拍了拍张卜仁的肩，"办绣厂是个好事儿，你睁一眼闭一眼，先让张湾村的婆娘们去倒腾，一个破仓库值几个钱儿，空着也是空着，白白糟蹋一块好地方。您呀，退下来前给大家个好儿，让年轻人去打理，事情办好了也算你的政绩，怎么不好呢？再说，兴翠她一个文化站的站长，是搞文化的专家，有她在，你怕啥子嘛！"

"不想让杨静秀主事儿。"张卜仁闷声说了心里话。

"还不是因为你和她娘年轻时候的事儿？都过去好多年

了，您还在计较啊？您现在过得不好吗？把两个儿子都培养成了高才生，还不满足啊？既然杨静秀想干事，能干事，就让她干。干好了，你这个村主任脸上也有光，干不好，她有责，兴翠也有责任的呀！"郑桃英到底是当了多年的妇女主任，一张嘴利索，思路也清晰，说起话来头头是道。

"有一样是绝对不行的。"张卜仁被说动了，沉声道。

"哪一样？"郑桃英心里有了底，温声问他。

"村里没钱，那仓库，暂借，不！给绣厂用，维修费、材料费，村里一样也没有。"

"可以呀！一个村支持农民办个绣厂，能拿出那么大个仓库，不简单哟。"

郑桃英和张卜仁谈得投机，直到张小楷和韩苗苗笑眯眯地从外面回来了，他们二人还聊得起劲儿。张卜仁见儿子和韩苗苗站在一起，眼睛亮了，气儿也顺了，真叫郎才女貌啊，想起刚刚郑桃英的话，与郑桃英对望了一眼，二人心中都十分妥帖，张卜仁也就不再发横了。

张湾村办绣厂的事儿，两个星期内算是定下来了。

刁段明走后，存折上留有五万元，这是意外伤害保险的赔付以及过去积攒下来准备开"农家乐"的钱。孩子还要读书，杨静秀将这五万元存了定期。

办绣厂需要资金，杨静秀不能找任何人开口。既然铁了心办厂，自己当牵头人，那就要克服一切困难往下干。过去，鹤江镇这一带的姐妹们农闲时提个小竹篮在大坝观光处转悠，兜售农产品和熟食，还有少数女人把绣好的鞋垫拿出来卖，口里还不停叫卖着，让来来往往的游客们买自己的货物。大家东一个西一个，提着个旧篮子，穿着过时的衣裳，头发蓬乱着,被旅游的人看不起,误当叫花子唤。

一想起这件事儿,杨静秀心里就不是个滋味儿。

鹤江镇山明水秀,大坝建在这里,说明这里风水好,鹤江镇几万人为国家的大建设抛家舍业,又重建家园,这些人应该受到尊重,而不是成天像个叫花子一样为了糊口四处兜售。明明是以劳动换取财富,却变得像乞丐一般,不值!

这种现象令杨静秀寒心,她要改变这一切。

农村的姐妹也是人,她们也爱美,更热爱生活。张湾村的女人们需要正确引导,如果科学培训,耐心指导,创业的方法得当,假以时日可将峡江传承千年的青花绣艺发扬光大,更能将这种绣品推广出去,让其登上大雅之堂。

正是这种想法,杨静秀才想着要办绣厂。正规的绣厂办起来了,把喜欢绣、会绣、能绣的婆娘们召集到一起,大家取长补短,把绣品质量提上去,要不了几年,青花绣品必定可以取代十字绣,走出大山,名扬世界。绣厂办起来了,也相当于为广大移民妇女规划了一条谋生的好出路。

这么好的事儿,原先没人敢想,没人去干,现在自己带头创办厂子,领导大家去干,应该就叫创业吧!

张湾村有现成的人力资源,青花绣有深厚的文化底蕴,为什么不干呢?

说干就干!从苗兴翠站长那儿拿到旧仓库钥匙后,杨静秀激动得在家流了一晚上的泪。

取出一万元,先要将仓库修理修理。

年代太久远了,旧仓库就像个风烛残年的老人,真是千疮百孔啊。为了节约开支,原本是想将屋顶的瓦修补一下就行了,谁知瓦工到屋顶上一看,大多数瓦一碰就碎了,这么多瓦换下来，至少要五千元，但不换也是不行的啊，一定要换！杨静秀没有犹豫，请工匠把整个屋顶的瓦全换掉了。另外还有仓库门口的地，一个大稻场，宽还是蛮宽广，可来来往往的车在这里会车倒车，把它辗出大坑小洼，走出去要特别小心，不然脚就会扭伤。这个稻场一定要用水泥和浆铺平，也就是农村说的"打地坪"，算下来，少不得两千元吧。

当机立断，这两样必须得做好，先图个好风水吧！

这天晚上，下了一阵大雨，泥泞路上被踩出深深浅浅的坑。吃过晚饭，杨静秀在厨房里收拾着，苏珍则看着窗外发呆。她想回家，但又不敢出杨静秀家的大门。已经二十天了，二哥也没个消息。每天凌晨两点，苏珍会开机，除了丈夫黄爱学的留言，再无任何人的信息。在二姐杨静秀家待了这么久，若再不回去，丈夫也会起疑心，若他突然查自己的账，发现二十万元不见了，那还得了！不定会掀起怎样的风波呢！

"嘀嘀，嘀嘀……"正当苏珍思绪万千时，一阵清亮的喇叭声传来。杨静秀和苏珍几乎同时看向窗外，一辆轿车的车灯已转向院子，把里面照得通亮。看样子，开车的人是来找杨静秀的。

拿了大铁门的钥匙，杨静秀飞一般往院门口跑去。这几天张小楷时不时会到她家问问办绣厂的进度，在杨静秀心中，这个开车的人可能是张小楷，又或许是自己的大弟弟，不然谁会有胆量这么晚开个车，明目张胆地往一个不吉利的女人家跑啊。

打开大铁门，奥迪 A6 像只淋了雨的黑水貂，闪亮闪亮的，缓缓滑进院内，贵气十足。

是苏保佑。二哥终于回来了。

"二哥!"杨静秀一手护着头发,一手帮苏保佑拉开车门,清晰地叫了一声二哥。

"发音越发好了!"苏保佑声音里透着快活,大声赞了杨静秀一句,几大步飞奔向一楼客厅。

"楼上去坐吧!"杨静秀一字一顿,客厅的灯大开了,光线好,苏保佑这次没戴墨镜,穿一件白衬衣,配一条黑长裤,精气神与上次来的时候完全不同,看起来十分欢欣,目光里满是自信和朝气。

"不用!"苏保佑双手掸了掸身上的水珠,朝楼上大声叫,"苏珍,苏珍!下来!"

只听"咚咚咚咚"的声响,苏珍从楼上一阵急跑,转瞬到了一楼。见到苏保佑,苏珍的泪在眼眶里打转儿,轻轻一声"二哥",便不再作声了。

"电话可以开机了!事情都解决了!"苏保佑往木沙发上一坐,跷起二郎腿,对苏珍道,"以后要向二姐学,再不能去那地方了,听明白没?"苏保佑说这句话时,一双眼睛死盯着苏珍,这话也好似是说给他自己的。见苏珍点了点头,他又道:"我们都是苦出来的人,挣一分钱来之不易,可不能再糊涂了啊!"

苏保佑与苏珍说话的当口,杨静秀去厨房烧了开水,泡了两杯茶端上来。苏保佑接过茶,对杨静秀说:"这么多天,难为你了。这死丫头,你以后带带她,把她脑袋里那根搭错了的筋扭回来,不要再去那些不三不四的地方了。"说着话,苏保佑嗅了嗅茶汤的香气,轻轻抿了一口茶,很享受很轻松的样子,又看了几眼苏珍,复又低头嗅茶汤的香气了。

杨静秀聪慧,苏珍住在她家这么多天,电话不敢开机,人也不露面，大门都不敢出，一定是遇到了特别麻烦的事。十年在外面奔波，与刁段明在大城市打工挣钱，她目睹了各种不务正业的人。记得她曾工作的染布厂的老板，有一次躲在员工宿舍几个月不敢出来，据说是在外面赌博，一次输掉了一千多万。要债的上门，吓得他哪儿都不敢去，杨静秀还为他送过几次饭。

这次苏珍在她家躲着，十有八九是类似的情况。异姓兄妹四个中，按说苏珍家庭条件最好，她的父母还年轻，在城里开了个小卖部，生意不错，丈夫黄爱学是个初中老师，女儿乖巧可爱，丈夫带着女儿在城里读书，应该说她的日子最好过，不知为什么却不珍惜，这次一定是闯了大祸，才躲到自己家里来的。

这段时间，苏珍的情绪一直很低落，魂不守舍的，她不主动告诉杨静秀发生了什么事儿，聪慧的杨静秀也没问。两人每天拉拉家常，而后就是选彩色的绣线，选完线便练习普通话。这段时间，杨静秀的普通话进步了很多，说得越来越顺畅了。

"二哥，我可以回去了吗？"见苏保佑只顾着闻茶汤的气息不再说话，苏珍小声问。

"以后那种地方别再去了，知道吗？无论过去输了多少钱，那是你的报应，成年人了，无论做了什么事，后果都要自己承担。再不许去了！"苏保佑坐直身体，喝了一大口茶，对苏珍说道。

说话的当口，他想起了这段时间在县城里为嘉义公司的债务与各方人士周旋，无论是为了从亿万公司要回来钱，还是为了要还的债务，都让苏保佑筋疲力尽。幸好这段时间有大哥在。陈平战没少帮苏保佑的忙。这十几年，陈平战一直在行政这条线上跑，他懂规矩、知程序，明白什么样的事该找什么样的人解决。

整整二十天，苏保佑将嘉义公司出售，打包卖给了亿万公司，所有的债务也由亿万公司接过去了。苏保佑个人账户上仅存的一百万，也全部拿出去抵了债务。

总算熄火了！辛苦了十五年，现在只剩下嘉义绿化公司和保洁公司。苏保佑打算把保洁公司也关了，只留下绿化公司。

几个小混混被处十五天拘留。他们承认开设赌场，得到了应有的惩罚。

风里雨里，苏保佑像是去了一趟非洲，四处被围堵，四处被要债。还好有县委领导出面，一切都解决了。现在身上一分钱没有，再也不用计较个人得失，落得一身轻松，做个闲人也挺好。办完了一应事，苏保佑才回到鹤江镇。家乡的新鲜空气令这个近四十岁的男人感到轻松，他只想去尖山，去看看刘仙人，和他说说话。

"以后不去了，现在只想回家看看。"苏珍脸上绽出少有的笑容，露出一口雪白的牙齿。

"小妹，你看你不去那种地方，生活作息有了规律，人也长好了，精气神也好了，整个人都变美了。唉！你呀，是何必呢，放着大好的安逸日子不过，无事找个什么事！"苏保佑又悠闲地喝了一口茶，温声道。

"二姐，谢谢你收留，这么多天在你这儿，我看也看会了。一个人应该做什么、干什么。二姐，祝你办绣厂办得顺利，几时我那商店不开了，哦不！以后你有绣品了，拿到我那儿，我帮你卖。"苏珍的话多起来了，声音里有了光，对杨静秀说着感谢和祝福的话。

"开绣厂？"苏保佑第一次听这个事，又好像是第一次听说这个词，看着杨静秀问。

"二哥，我要做一番事业。"杨静秀经常看新闻，接受的都是新思想，她直接说出"事业"二字。

"好！好样儿的。"苏保佑显得有些激动，坐直身子，"我峡江儿女，没一个孬种。你打算怎么做呢？"虽然苏保佑才受到了事业上的重挫，但一听说干事业，他来了精神，问杨静秀。

"二哥，你不知道那个张卜仁有多可恶。"苏珍快人快语，抢着说话，"二姐领着张湾村的婆娘们跳健美操，在县里得了奖，他张卜仁脸上还不是有光，荣誉可都是鹤江镇张湾村的呀。二姐向文化站站长讲了她想带领这村里的妇女们办绣厂，苗站长是支持的，可那张卜仁，哼！我看他就是不仁不义，还从中作梗，硬是不让我二姐带这个头。"憋了这么久，苏珍这时候把气全都撒到张卜仁身上了，从她口中说出来的张卜仁，简直成了十恶不赦的恶棍。

"现在是个什么情况？"苏保佑又问。

"好歹算是勉强同意了，张湾村给了一个破仓库，还要二姐自己拿钱出来修补。头是让二姐带头了，可张湾村一毛不拔，所有的钱都让二姐自己想办法。"苏珍连珠炮似的把杨静秀这段时间为办绣厂受的气、怎么起怎么落，竹筒倒豆子，一一向苏保佑讲了。

"静秀，你已准备这样去干了，对吗？"听完苏珍的话，苏保佑轻声问杨静秀。

　　"是的，二哥。"杨静秀点了点头，道，"很多人在家闲着，大家一窝蜂去大坝那儿卖产品，被人说像乞丐一样。我张湾村的人不能这样活！我要办厂，办绣厂，把大伙儿团结起来，共同努力做好一件事。"杨静秀眼睛里闪着希望的光。"只有努力，大家齐心合力地加油干，生活才会变好。"

　　"好样儿的，二哥支持你！"苏保佑拍了拍杨静秀的肩，认真地道，"今天走了，我把苏珍先送回她铺子，明天我再来看看。"说完话，苏保佑又喝了一口茶，看着杨静秀笑了笑，跨出了大门。

　　苏珍追了过去。

第十七章

"你非得这么干，我不拦你！"周中华将桌子拍得山响。

鹤江镇政府办公室里，镇长周中华铁青个脸，怒视着陈平战："别以为你把移民款要回来就可以随意支配了，这可是整个陈家村最后一座垒，是保命钱啊！陈平战同志，请冷静冷静！再冷静！慎重慎重！再慎重！"

"周镇长，我们村与鹤江三产公司合作，他们要用我们的地。用地可以，必须得给门面，让我们的下岗农民有地方去。现在关键问题是，鹤江三产公司不愿意单出建门面的钱，要陈家村也出一半的钱。"陈平战的声音比镇长低了八度，很沉稳、很谨慎地说出了要与鹤江公司合作的原委。

这种局面的谈话，陈平战显得比当镇长的周中华有修养许多。

"就是！就是！他们做的粑粑还有白的吗？又要用我们的地盘，又要我们出钱，你倒是个善心人，好说话。若你是个善于搞外交的，这件事沟通成功的话，结局应该是这样的：用我们的地可以，门面一人一半；或是门面全给，我们不要房租，二十年。你问他们干不干？要钱，一分没有！"

"这？我又怕谈飞了，条件太过苛刻，鹤江公司又去找别人合作去了，那我们村几十号下岗的怎么办？"听了周中华的话，陈平战觉着道理是这么个道理，之前是自己太心急，担心造纸厂垮后几十名农民没处可去，大致说了个意向。现在听镇长这么一说，他觉得非常在理，仔细想一想，镇长全是为陈家村着想，于是话软下来，慢慢说。

"什么飞了？什么白粑粑黑粑粑的，这还得了？"正当二人火星子直冒地说话时，门外传来个大嗓门。来人边走边说，转眼就到了办公室。

有点儿像一扇移动的蓝门板，一个魁梧厚实的身板猝不及防出现，是鹤江镇一把手江前程书记到了。

"江书记回来啦？"周镇长赶紧上前接过他手中的公文包，又亲自去泡茶，一边泡茶一边笑着回道，"我在和平战议论天下大势呢。呵呵！"一百八十度大转弯，态度像从冬天直接到了夏天，

"你呀！火暴性子！刀子嘴豆腐心，哪个不晓得？"接过茶杯，江前程道，"几天几夜的火车，把人都坐成铁棍棍了。"他抿了一小口茶，看向陈平战："造纸厂垮了，多亏有你这个铁人在啊！你们村是鹤江镇最好的村，是样板，有什么事你慢慢说，这周大炮，别和他一般见识，哈哈哈。"

书记江前程参加首都乡镇级书记学习考察才回来，人在高处见识就是不一样，站高而望远。他人胖，像个弥勒佛，一口一个哈哈，他在宽陈平战的心。

"没事儿，江书记，周镇长和我是同学，我们打小就爱吵架。"陈平战一笑，黑红的脸上都是风凿霜刻的印痕，豁达地说。

　　"周中华同志，也就是说，你那火暴脾气是读书时陈平战揍出来的喽？"江前程又抿了一口茶，看向周中华笑着说道。

　　"江书记您说笑了。"周中华递给江前程一支烟，从桌上拿起简易打火机给他点上，又扔给陈平战一支。陈平战接了烟，利索地从裤子口袋摸出打火机，凑到周中华面前，先给他点着，而后给自己也点着了，深吸一口，把刚刚怄的气全给吐出来了。

　　这个周中华，三句话不投机，又是拍桌子又是骂娘，那德行，脾气比读书时更见长了。不过，他读书时家境不错，念书十分卖力，读了三个高三，终于考取了大学，大学毕业后考上了公务员，做事头脑灵活，现在在鹤江镇当镇长。移民搬迁这些年，遗留问题太多，也多亏他的火暴脾气才镇住了一方，可能他这个性也是多年的地方工作经历给逼出来的。

　　"中华同志啊，我不管你们私下里是什么关系、什么交情，以后对下面村组来的同志，要悉心听取意见，尽力帮他们解决困难。你想啊！这么大个镇，你一个人能管得过来吗？不都靠基层的同志们齐心协力嘛！你脾气一上来就几筒子火药，基层的同志若是个耍脾气不干事的，火气上来屁股一拍走人，捅个大窟窿，你是补还是不补？事情闹大了，矛盾激化了，到了县里、市里，你我又是一顿硬板子要挨。中华同志，你还是个愣头青呐！"五十三岁的江前程，还有七年就退休，算是老资格了，批评下属从不选时候，更不看场合，逮着个机会就一套一套来。

　　周中华连连称是，也不反驳，刚刚的冲天火气被一把手的软鞭子给打熄了。

　　"明天约个时间，我们都出面，把那油滑的公司经理约出来，请他们吃顿好的，大家一起好好儿地坐一坐、聊一聊。人心都是肉长的，陈家村的这三百万已经是我鹤江镇的全部家当了，千万得保住了。"江前程说完话，便拿起手机翻电话。

事情就这么定下来了。陈平战与周中华相视一笑，心里有了希望。

回陈家村的路上，陈平战故意绕了个大圈，他想看看张湾村，不！他想去看看二妹杨静秀。转眼个把月又过去了，不知二妹现在怎么样了。动用了方方面面的关系帮苏保佑把欠债的事一一厘清后，二弟的事总算有了个不错的结果。至少现在还保留了两个公司。钱没了可以再挣，人没了可就再也长不出来了。

天还早，很多人家已在炒菜，空气中都是腊肉炒山笋的香气。车刚到进张湾村的路口，便看见远处大仓库那儿有个人影一闪，正是二妹杨静秀。

陈平战的车速本来就不快，这时更放慢了速度，他慢慢往前开，定睛看，扎个长马尾，苗条却又健硕的身材，从身后就能感受到这一定是二妹。杨静秀浑身娴雅上进的气息、贤惠能干的劲头，再远也能判断出，她就是杨静秀。

"静秀，二妹！在这里做什么啊？"陈平战的声音里透着许久不见的喜悦，看着杨静秀的背影打招呼。

双排座车停在凹凸不平的干黄泥巴空地上，浑身污泥的双排座车与张湾村的入口很搭，都是不修边幅，都是破败不堪，都是污泥四溅。

"大哥！"声音又脆又亮，普通话。杨静秀转过身，清脆喜悦地叫着陈平战。余晖中，杨静秀的脸庞被镀上一层阳光的金色，整个人就是一幅不折不扣的《峡江秀女图》。

"这时候了，还在这里做什么啊？只听二弟说你已会发音，没想到话讲得这样好了啊。"陈平战心情激动地跳下车，口里说着话，人往前走。

心里比这暮色还温暖，看着杨静秀，言语里都是关爱。

"办绣厂啊。"杨静秀将最后一块篾席抱进仓库里，露出亮白的牙齿，"大哥，我要办绣厂啦！"侧身进仓库时，一边看陈平战，一边往里走。

陈平战几大步上前，赶紧把仓库的厚门用劲儿往里推了一下，仓库里阴凉阴凉的，显然这偌大的仓库已被杨静秀收拾过。没有蜘蛛网，没有往空中横斜的腐木，地上有扫帚打扫过的细细丝纹，屋顶上不见漏下大片的光线了。屋子里几乎焕然一新，只是里面空荡荡的，只有几条已断腿的长木凳子，而后就是几卷晒席。

"你这个主意好！"陈平战只站在大门口，并不进仓库里去，高声道。

二妹杨静秀命苦，丈夫刁段明死后，一直没再嫁，三整年了。村上村下流传一句话：杨静秀的卦象不好，克夫。陈平战是不信的！但张湾村的人都这么说，到处都是这句话。暗地里，陈平战恨透了张卜仁，觉得张卜仁心胸狭隘、公报私仇，才让二妹杨静秀好好儿的年华看着一天一天给耽误了。

站在仓库前，陈平战头脑是清醒的，他不能让别人说二妹的闲话，他陈平战更不能因为喜欢二妹就靠近她，让二妹清苦的生活再多一层非议。

"大哥！"放好竹席，又将几条破长凳摆放好，杨静秀折身出来，带上大门，一边锁门一边叫着大哥，脸上有汗，双眸里都是信任，"大哥，怎么样？"

"很好！你很棒！"只五个字，陈平战说出了这段时间一直想夸赞杨静秀而没说出来的话。

听了陈平战的话，杨静秀的双眼里溢出欣喜的色彩。

"去我家吃晚饭！"杨静秀脱口而出，几乎不假思索。

"不了！"陈平战心里暖乎乎的，他想去，不只想去吃晚饭，但他不能去，至少不能这么晚了一个人去。

拒绝了杨静秀，陈平战故意绕着仓库往后山走："二妹累一天了，先回去，我四处看看，这个仓库我一直有印象，是个不错的地方。"陈平战故意放开嗓门大声说话，朝张湾村后山绕上去。陈平战是有想法的，他是想故意避开与杨静秀一起回去，回避是一种最好的保护！

多想送一送杨静秀，但现实往往会将一个人的美好愿望撕碎，甚至踩在脚底，揉进泥泞里。张卜仁的家就在旁边，说不准此时张卜仁家二楼窗户背后，早有一双眼睛盯住了他陈平战呢。

不要干蠢事，更不要让自己无知的善良害人又害己。这是老同学周中华经常提醒自己的一句话。

杨静秀咧开嘴，一副又高兴又知足的蓬勃。陈平战挥手告别时，杨静秀在仓库原地站了好一会儿，直到陈平战上了坡顶扬了扬手臂，让她早点儿回去休息，杨静秀才往家的方向走去了。

绕着张湾村后山走，可以看清仓库的全貌。

应该有几十年了，移民到张湾村之前，这座仓库就已经建在这儿了。虽然时代发展，今天已经完全不需要屯粮的仓库了，但这座仓库仍然宏伟。应该说，这是新中国成立后在峡江沿岸为备战备荒建起的储粮大堡垒。进入了新时代，人人有吃的，太平盛世吃喝不愁，仓库成为一个时代的印记。它派不上什么用场了，与周边的现代化建筑有些格格不入，但它大门上一颗闪闪的五角星一直在，还有屋檐下一排整齐的字："家里有粮，心里不慌"。八个大字，象征着人们把生产粮食当成主要工作来抓的决心。那个时候，填饱肚子才是头等大事啊！

转了一大圈，估摸着杨静秀早已到家了，对这座仓库，陈平战也看了个清楚，他也该回家了。迈着缓缓的步子朝山下走，正走到双排座车近前时，只见一个圆圆的花白脑袋一晃，一个又矮又胖的身影冒了出来。

"哎呀，我道是谁，明星村主任啊！"张卜仁夸张地高声说着，伸出又肥又厚的手掌，紧走两步，一下子握住了陈平战的手。

"从江那边过来，路过，正好转转。"陈平战不太喜欢这个油腻的老主任，更不想多说话。

"走！去我家，喝一杯！"张卜仁热情得有些过火，对陈平战道。

"不了！晚上还要做个方案，改天再来登门拜访啊！"陈平战婉拒，丢了一支烟给张卜仁，跳上车，挥了挥手，更不等张卜仁再说什么，双排座车不由分说呜嗡嗡地走了。

与杨静秀家的恩恩怨怨，在张卜仁看来，真可谓倾一江水也难洗去他心中的恼恨。

杨静秀十岁时母亲去世，父亲杨知书毫不犹豫地到外村做了上门女婿，留下杨静秀一人在张湾村，几乎从不来过问一下，更别提请他这个大伯照顾照顾了。更可气的是，杨静秀与自己儿子张小楷是请人合了八字、定了娃娃亲的，可这死丫头说跑就跑了。按说跑了也就算了，你别回来呀。没想到十年后她又回到张湾村，在宅基地上建起六层楼，还要享受别人没享受过的好政策。

呸！都是些什么人？好事都让你杨家占尽了，还把我这村主任放眼里吗？

有气归有气，毕竟苗兴翠开了口。苗兴翠是自己看好的准亲家母，她女儿苗艾蝶又灵巧又能干，实实在在的高才生，如果能和儿子张小楷结为夫妻，那就是上辈子修来的福气啊！该给的面子要给。一个破仓库，自从搬迁到张湾村，它就杵在这儿，没人收拾，门口长满了杂草，只有村里的几条狗在这里溜达。按苗兴翠说的，让杨静秀去折腾，一分钱不给她，看她这个巧妇如何做无米之炊。至于村里的婆娘们，只要她召集得动，让她先试。

村委会在张卜仁家后面一大排广场的边沿，平时张卜仁下午五点半就回家了，今天老远便听见突突的车响，这种马力大、老旧的车，一听就知是陈平战的。起先张卜仁还以为陈主任是到他村里来说事的，等了一会儿没动静，他明白了，杨静秀几兄妹感情好，这一带的人都知道。陈平战准是看见杨静秀在仓库里收拾，打招呼去了。

站在自家的拐角处，仓库这方的话顺着风就往他耳朵里吹，但也没听出个所以然，转念一想，这陈平战铁定了换届选举是要继续做陈家村的大当家，如果儿子张小楷一定要竞选，又选上了，是要和陈平战搞好关系的。揣着这样的心思从拐角里出来，他完全是装"无意"看见了陈平战，"顺便"邀请他去自己家里吃个晚饭的。

　　陈平战拒绝他也在情理之中，不在意，真的一点儿都不在意。只要能在陈平战跟前卖个好，为儿子打下良好人际关系的基础也是不错的呀。

　　第二天。

　　下午四点刚过，陈平战开着双排座车，带着会计黄实过江，到了镇政府。

　　书记、镇长都不在，宣传委员韩苗苗热情，又是让座又是泡茶。问起江书记、周镇长人呢？韩苗苗说，上午都在县里开会，这会儿不知是否已经在回程路上了。周镇长交代过，若是您来了，先去望江楼准备准备，人都约好了。

　　看看时间，四点半。也好！陈平战和黄实干坐在镇政府也没什么意思，于是起身，对韩苗苗客套地说了声谢谢，便向山上的望江楼驶去。

　　顾名思义，望江，在哪里能看得见浩浩长江全貌，当然是鹤江镇的制高点了。能俯瞰整个江水的地方，自然是望江楼酒店。

　　陈平战开着双排座车往山上爬，临近集镇的一大段路都是水泥地，走完水泥地，再往上就是土路了。陈平战心里堵堵的，时常就是这种情况，明明电话里约好与几位领导下午见面，你人到了半天，他那边人毛都没见一根，似乎上级领导永远比下级忙。到了关键时刻，领导到了，这种掐着点儿驾临的架势，如同千钧一发之际的英雄救美，领导把大家都救了。

　　一段土路，成了陈平战宣泄心中不满的发泄口。

　　狠劲儿一踩油门，双排座车像被鞭子抽疼的水牛，呜昂一声向山上蹿去。没走多久，半山腰的地方，出现一座像寺庙一样的尖顶建筑，往近看，好气派的一大个场院，用两根二人合抱的金黄实木搭成的大门，大门上不知是谁的字，刚劲有力：望江楼。

"啊哟！贵客！贵客呀！"双排座车刚停稳，就听一个响亮的声音扑来，从大门处走来个衣着时髦的女子，她满脸堆笑，看着陈平战从车里钻出来，道，"陈主任呀，好久不见呐，稀客稀客！"

"不稀！不稀！天是晴天呐！"陈平战心情好多了，看着打扮精致的老板娘谢文，绽出笑容道，"你这地方啊，不能经常来啊！"

"啊哟喂我的大领导啊！"谢文翘着兰花指，从服务员手中接过汤色醇厚的新茶，递给陈平战道，"您不经常来，草民可就要饿死了哟！"说完话，又递给黄实一杯茶，直把二人往里引。

"还早！外面坐坐！"陈平战不买账，他并不往屋里走，直往院子边上去。

这是一处绝妙之地。

整座山峦，恰这块地向外凸出一大块，如同苍鹰伸出双翅，雄视着整个江水。谢文是刘塘村的人，不知用了什么法子在此处生了根、立了寨子。虽然集镇上也有不少餐饮酒店，甚至鹤江公司还有个五星级大酒店，中西餐都卖，可唯独这望江楼生意长盛不衰。这里很早前是个小门户，三间土房，外面围了个院子，到了二〇〇〇年后，重新翻修，变成了大宅门，光服务员就四五十号人。主楼、副楼共有一百多个房间，既有餐饮，又有客栈。这谢文摇身一变，也成了鹤启县有名的餐饮文化带头人。

陈平战刚刚说不敢经常来是有道理的。十个人简单吃一餐，得花去一千多元，谁受得了嘛！但不知为何，谢文这里的客人仍很多，许多是从市中心、县城里开车上来住一晚的贵客，他们边赏江景边度假散心，还可爬山，甚至可以步行上尖山。

"陈主任，晚上几个人呢？您把菜点一下，我们得先准备着呢！"谢文一说话就是一脸笑，身上浓重的香水味直往陈平战鼻子里钻。

"菜单子放这儿，你忙你的去。"陈平战并不看老板娘，叉腰站在木栏杆处，象征性答了一句。

虽是七月中旬了，但峡江的风总带着青山绿水的味道，还带着江水的凉意，让忙碌了一天的陈平战心境开阔，凉风让人心旷神怡。看来，望江楼生意长盛不衰是有道理的，这里有符合了人最原始需要的东西：丰富的氧气、清新的山野气息、大自然的浪漫与自由，还有，清凉的气温、美味的原生态食物。

谢文是人精，懂察言观色，悟人的心理活动方面，她是好手。放下菜单，莞尔一笑，这时服务员端来了瓜果，在茶几上放好，搬了上好的竹椅，又加了两碟瓜子花生，一应俱全后，谢文笑眯眯地说："陈主任，您坐会儿，我去备菜啦！"说完话，长裙翩飞，像朵彩蝶往大堂里去了。

"你仔细看看单子，看晚上安排什么菜合适？"陈平战端起茶杯，吮了一大口，对会计黄实道。

黄实是陈家村老门老户人家的子孙，人本分，读完高中在家务农，写得一手好字，脑筋灵活算账快，招考时，他以满分成绩被招进了村里当会计。他今年才二十七岁，心眼儿实在，做事过细。因父母身有残疾，加上他个子不高，到现在还单身一人。黄实相貌倒还不错，只是个子矮小、家境又不富裕，而且腹有诗书的他对女孩的要求也高。他平时没事写写小文章发表，加入了市级作家协会，即使一表人才、谈吐不俗的女孩也入不了他的眼。他就这样高不成低不就的，一晃就二十七岁了，他还没谈对象。

"主任！"黄实拿起菜单只瞟了一眼，面有难色，问，"晚上有多少人啊？"

"我问问。"陈平战点燃一支烟，猛吸一口，拿出电话给周中华发信息。

"晚上一共多少人啊？"八个字，大拇指一捏，"唧"一声，信息出去了。

陈平战和周中华是高中三年的同学，读高中时都很拼，结果造化弄人，高考前一星期，陈平战流鼻血，怎么也止不住，到医院检查确诊为肺结核，得住院。那年高考，陈平战无奈放弃了。后来周中华没考好，约陈平战一同复读。但陈平战家境贫寒，加上父母身体不好，只得选择了回乡。

陈平战平时与周中华工作上的来往比较多，也许是所处位置不同，两人虽然是同学，周中华总喜欢以领导的派头压陈平战。这种现象令陈平战心里特别不舒服。但在工作上，周中华既刻苦又卖力，大局上他一点儿都不含糊。能从县里一个小小的科员提升到镇里当镇长，他还是有实力的。

陈平战手机是有短信提示音的，但消息发出后，如泥牛沉大海，半点回音也没有。陈平战时不时拿起手机看一看，眼看就要过五点了，周中华那边一点音讯也没有，鹤江公司的人更不见半根毫毛。

又在摆谱！陈平战心里这样想着。

为了把陈家村的事办好，一码归一码，该低头时还得低头，该圆通还得圆通啊！想了一下，陈平战拨通了周中华的手机。

"周镇长啊，您还在哪里辛苦哟？晚上一共有多少人？我在望江楼，按照领导的意思安排晚餐哟！"陈平战耐着性子，用了许多语气词，尽量把气氛弄缓和。

"你看着办，我们这边，加他那边两三个，简单点几个菜，六点吧，我和书记才返程。"话都只说了个大概，不等陈平战再说什么，周中华啪一下电话就挂了。

什么叫看着办？陈平战拿着电话想了一会儿，招手让黄实按七个人排菜。

拿着菜单，黄实感觉无从下单。陈平战端着茶杯，盯了黄实一眼说："点个火锅，六个菜就行。"

转眼就快六点了，服务员询问是否上菜，陈平战看着表，内心焦急……正思索着，几大声响"哈哈"，江前程书记的声音夸张地从外间传了进来，只见他让着步子，引进来几个人，周中华镇长殿后，一群人进了门。

一下子，屋内的人全体起立，停止了说笑。

"介绍一下啊！鹤江开发公司董事长魏前进先生。"

仔细看这董事长，白白净净，个子有一米八的样子，不胖不瘦，标准的国字脸，他就是央企下属三产的领头人魏前进。陈平战在心里把他的样子过了一遍，而后，周中华介绍三产公司总经理夏云帆，介绍完毕，一一落座。

"一衣带水！今天，我鹤江人给点亮大半个中国的鹤江开发者敬一杯，感谢魏董与夏总远离京都，潜心乡梓，向为我鹤江镇发展做出巨大贡献的志愿者致敬。"江前程不愧当了一辈子基层领导，他见多识广，这几年大坝建设劳心劳力，也没少与人打交道，一上来便几个大帽子给两个老总戴上了，而且词儿顺口出，高大上。

江前程给魏前进、夏云帆满上一杯后又准备给周中华斟酒。周中华赶紧站起身，接过酒瓶，先给江前程满上，又给陈平战满上，还给自己倒了一杯。

满桌人杯子都满上了，江前程端起酒杯起立，说了些客套话，主敬魏前进与夏云帆，这二人也不推辞，一仰脖子，一饮而尽。

"平战！平战！"周中华几杯酒下肚，直喊陈平战。

陈平战会意，端着酒杯走到两位老总中间。陈、周二人都是火气正旺的年纪，周中华说："这哥们儿，陈家村的当家人，说一事儿，不！今天不说这个，先喝酒！平战，今天魏总、夏总都在，酒不喝好，你别开口啊！"周中华一副佯醉状，一边说话，一边直往陈平战身上倒，左手在他大腿处狠捏了一把。

"二位，为了表达敬意，我也先干三杯，你们随意就好，随意就好！"陈平战先给魏前进满上酒，又给夏云帆满上酒，自己倒了一杯，不由分说喝干了。这魏、夏二人当然不甘落后，也一仰脖子饮了。陈平战又给二位连斟两杯，一一都喝完了。这时，陈平战才给江前程和周中华的酒杯里添上酒。

酒席才开始，鹤江公司的两位老总已喝下去四两多酒，酒意上来了，什么都好说。

"魏总啊，来支烟！"酒过三巡，江前程招呼服务员，开了一包宽盒子中华烟，给魏前进点上一支，又给夏云帆点上一支，"鹤江镇这么多年，多亏二位的关照啊！"看江前程说话的样子，像醉意上来得很猛似的，口里似乎有点儿迷糊，可陈平战明明看见他充其量也只喝了二两酒，今天怎么就发挥失常了呢?

"不客气！不客气！"白皙的脸，唇红齿白，这是大城市里人的标志。魏前进客套一句，烟抽了一半，口里吃了菜，不自觉手又伸向小酒杯。

"来、来、来！我们大家举杯，一起敬魏总、夏总，来！干一个！"江前程又向魏前进、夏云帆连敬两杯酒，说："好事成双嘛！"

满桌的人渐渐都有了醉意，陈平战坐不住了，拿了酒杯先给魏前进满上一杯，而后又给夏云帆满了一杯。黄实很灵活，分别给江前程和周中华一人满了一杯。

"现在，陈家村就指望着两位老总了，我陈平战先干为敬！"陈平战一仰脖子喝了一杯。魏前进没喝，盯着陈平战，好像大脑突然断电了，只是笑。

"魏总，他是陈家村村委会主任，现在你们的三产扩建，占了人家的地，还不认识老板啊！"江前程端起酒杯，胖脸笑着解说。

"哦！哦哦！"魏前进像猛地想起了什么似的，一仰脖子，一饮而尽，夏云帆也干了酒。

"魏总，这块地原本……"陈平战的话刚开头，江前程道，"小陈啊，吃饭谈什么工作嘛，扫兴啊！"他一扯陈平战，叫来服务生，问魏前进还需要点儿什么主食。魏前进说："地方特色的面食即可。"

服务员端来了一大盘荷叶垫底、热气腾腾的白面饼，大家津津有味地吃着。这白面饼带着一股甜酒味道，又软又糯，热腾腾的，让人欢喜得不得了。

不知不觉，两小时过去了，大家吃着喝着，气氛很热烈。

"对了，陈家村的大伙儿难啊，如今没了生计，日子不好过啊……魏总您看看这几份文件，之前和您、和夏总沟通好了，若没什么问题，今儿这日子好，签了吧！"江前程看时机到了，将三份合同一起拿给魏前进。

这时，魏前进又好像恢复了清醒并没太醉的模样，他一边抽烟一边眯了眼，看一张给一张夏云帆，而后口里自言自语："三十年？"

"对！三十年！"江前程道，"移民不容易啊。给他们时间，让他们有时间经营产业，土地让出来了，自己也应该有个着落嘛！"

"江书记啊！建门面原先咱可是说好了一起筹建的，陈主任好像也说过的。"夏云帆眼圈和脸都是红的，吸了口烟道。

"陈平战，你说过？"江前程一瞪眼睛，盯着陈平战道。

"哦，没有啊！我哪能说话呀，这么大的事儿！"陈平战反应快，连忙道。

"三十个门面建好投入使用，少说也得花三四百万呐！江书记啊，您就这样打的算盘，一个子儿也不掏啊！"

"魏总啊，我陈家村是移民村，去哪儿找这么多钱啊！我看您这是要把大家逼得没饭吃啊！"陈平战说得恳切。魏前进被打动了，向陈平战说了一句，"拿笔来！"

黄实赶紧拿来笔，只见魏前进三下两下签了字，夏云帆也签了。

"魏总啊，爽快！"黄实拿着签好的三份合同，赶紧装进

x

档案袋里，快速走到陈平战面前，交给了他。

陈平战有些迫不及待，抽出合同看了个大概，只看得他心花怒放。

"公章没带，平战啊！这合同你改天拿到我那儿去，我盖章！"魏前进脸红得像关公，还打着酒嗝，有些吐词不清地道。

"好嘞！"陈平战口里快活地应着，心里乐开了花。

"感谢魏总、夏总，深情厚谊，永不能忘！"江前程拿着小酒杯站起身一饮而尽，道，"这下，陈家村失业村民可算有着落了。魏总、夏总啊，您两位是积了大德哟！"

"江书记啊！谁的账也算不过您啊！三十年，免房租，三十年后再平分产权，您这是一狠招啊！"魏前进道。

"两位爷，财大气粗啊，吃剩下的、掉了不要的，我陈家村也用不完呐！更何况，陈家村的地，你们做六十个门面，赚大了吧，哈哈哈！"江前程道。

陈平战脊背一凉，心里一惊，六十个门面，那得多大一块地啊！原来不是说只三十个门面吗？

晚宴在醉意蒙眬中结束了。陈平战却感觉十分清醒，拿着合同，准备明天去找他们盖公章。

天已黑得伸手不见五指了。

第十八章

太多疑问憋在心里，陈平战感觉特别难受！

有个问题太突出了。

回家洗了个冷水澡，大脑越发清醒了。好似晚宴喝酒已是几世纪前的事，清醒后像幻觉，不真实且带着神话色彩。

原本得花三百万才能办的事，现在陈家村不用往外掏一分钱，这之前该得做多少工作啊。不花钱能办成事儿是多么神奇啊！

把签有魏前进和夏云帆名字的合同书看了又看，陈平战在大脑中又回放了一遍整个晚宴的过程，从一开始镇书记江前程的提议到最后签完合同，总觉得虚幻缥缈，似乎有一双无形的手在控制整个局势的走向。

不行！原本鹤江三产公司提出征用建三十个门面的地基，合同上怎的一下子变成了六十个？我陈家村的地可不能说割就割，说多用就能多用。原先之所以答应他们占用一个角落的地，是想借这个事儿，沾鹤江大坝观光的人气，有了门面，陈家村相当于在热门旅游景区有了固定资产，那么下岗的几十号人就业也就不成问题了。门面有了，这地最终还是陈家村的呀！现在倒好，看上去陈家村暂时不用花钱就能安置移民，三十个门面三十年使用期限，不用交房租，但三十年以后呢？三十年以后这块地连房子都是别人的了呀，这与卖地有什么区别呢？更何况，原先说好只建三十个门面，怎么忽地一下就变成了六十个呢？

不行！这个坚决不行！今天一定要弄清楚。

坐在简易办公桌边，喝了一大口凉水，陈平战稳了稳情绪，尽量变得淡定一点儿，拨通了江前程的电话。

嘀嘀嘀、嘀嘀嘀……

铃声一直响着，没人接。看了看时间，快夜里十一点了，陈平战顿时觉得自己太莽撞了，赶紧挂断了电话。江书记即将退休，今晚又喝了酒，虽然陈平战知道江前程和周中华都是海量，但江书记毕竟岁数大了，这么晚应该是睡了吧？

想到这儿，又侧身听了听，母亲卧房里传出了细微的鼾声，老年人起得早睡得也早，很正常，哪能和年轻人相比呢？

看了看电话，陈平战走进卧室，关了房门。小心翼翼，往床上一躺，眼前又浮现出"六十个门面"这排字，不行！这事儿一定得搞清楚才安心！

问问周中华吧，这家伙和自己同岁，应该还没睡。

接电话的周中华困意十足，话不太利索，已入梦乡的样子，浓重的酒气仿佛通过话筒已传到了陈平战的鼻子里，只说了一句"有事明天再说"，电话便挂断了。再打，忙音。

抽了支闷烟，又从头到尾看了遍合同，陈平战才上床躺下了。躺在床上，脑海里依然是晚宴的场景。江前程与魏前进莫不早就熟识？想到这里，陈平战又觉得自己太幼稚了。大坝建在鹤江，江前程是鹤江镇的书记，另一个是电站老总，怎么可能不熟呢?

想着想着,陈平战睡着了。

清晨七点,双排座车停在镇政府对面斜坡处,陈平战与会计黄实一起,早上吃了点油条豆腐花,盯着镇政府大门。当了多年的村主任,陈平战明白一个道理,要找领导办事儿,一定要起得比鸡早才行,等在领导必经之道上,不怕找不到人。

八点过了,还不见周中华的影子。

来上班的一个接一个,人都进去了,就是没见周中华和江前程的身影。马上八点半了,陈平战摸出手机,想拨周中华的电话。

"书记!周镇长来了!"黄实歪向陈平战这边,耳语提示道。

果然,周中华夹个公文包,不知从哪儿冒出来的,正从镇政府大门往里走。他穿了一件灰衬衣,走路的速度很快。

陈平战给黄实一个手势,意思是让他就在车旁等着,然后快速穿过马路,一路尾随,有点儿像特务跟踪般到了周中华办公室。周中华放下公文包,正准备转身,陈平战闷笑一声:"周镇长早啊!"

"啊哟,啊哟!你这小子!"周中华从表情里显然没料到陈平战会这么早就来办公室堵他,一边用手指他,一边道,"阴魂不散啊,你!"

"小刘!小刘!泡茶!"往门外叫了一声,周中华一屁股坐在办公椅上,看着陈平战,"啥个事儿嘛,追魂儿似的,还让不让人活了?"

"陈主任您儿请。"刘畅脸上带着标准化的微笑,手里端一杯绿茶，轻轻放到茶几上，而后有礼貌地出去了，出门时轻轻带上门。

"中华，这个合同有问题！"办公室只陈平战与周中华两人，静得能听见彼此呼吸。陈平战直呼其名，快步上前，将合同抽出来放在周中华面前，"三十个门面，怎么突然变成了六十个？这不是要把我陈家村沿江那块地都占完吗？"

早上凉悠悠的气温不高，可陈平战一边说话一边流汗，额头上的汗珠亮晶晶的。

"你搞个没问题的合同出来！"周中华并不看合同，死盯着陈平战，"不知你这脑子哪根筋扭弯了？三十个、六十个，不能一个地基上建两个？街道是双向的，正面一个，背面一个，看不懂吗？"见陈平战一脸迷茫，周中华又道，"为你陈家村几十号人再就业的事儿，江书记他……"说到这儿，周中华往门口瞄了一眼，确信没人，压低声音道，"连老脸都豁出去了，所有的人都用上了，你还在斤斤计较这些？你陈平战能弄出个更好的合同来，就把这几张当废纸烧了！"说完话，周中华将合同往旁边一扔，看也不看，自顾自点了支烟狠吸起来。

"哎哟我的大镇长喂！"转过大办公桌，陈平战赶紧将周中华按在椅子上坐下，道，"不明白的事儿总要请示请示领导吧？从三十个门面变成六十个，是有疑问嘛，就不许学生问问？"

两个老同学相视一笑。这事儿算是结了。

装好档案袋，陈平战对周中华讲，今年下半年陈家村将大面积垦荒，移植新品种的茶树，需要一批资金。取之于民，用之于民，三百万移民款已拨付到镇里，希望能先拿出五十万，把这件利在千秋的事儿做好。茶园开垦出来后，将是陈家村的一大宝库，江边种蜜橘，半山以上种茶树，这样又可解决一大批人的就业问题。

"做这么大的事，五十万够不够?"周中华没看陈平战，低头喝茶，不经意地问。

"五十万差不多。可以发动群众，让大伙儿一起干。主要是买苗种需要钱，技术员要开工资。开山种树，将灌木毁掉，每家每户可调一个劳力，余下的可以出钱请外援。"陈平战道。

"七十万吧!"周中华道，"是你陈家村的钱，你这个当家人算仔细了用。你先写个申请，包括与鹤江三产公司合作建门面的事，也需要周转经费。比如昨天的晚餐费，你不能吃了人家的，一拍屁股走了不给钱人家，那老百姓还怎么活嘛!"

"申请多少呢?"陈平战被周中华后面几句话弄得丈二和尚摸不着头脑了，刚刚不是明明说与鹤江公司建门面的事，一分钱不用掏，怎么现在又提到费用了?陈平战拿不定主意，问周中华。

"一百万吧!"周中华背过身去加开水，低声道。

"一百万?"陈平战心里一紧，反问道。

"嫌多还是嫌少?你陈平战有特异功能，办任何事都可以不花钱也行，我这里不签批，一身轻松啊!"周中华嘴角向下扯了一下，目光里带着淡淡的讥讽，调侃道。

"大镇长啊!有道理!"陈平战懵懵懂懂递一支烟给周中华，点燃火，心想事情都说到这节骨眼上了，千万不能和领导搞得不愉快，和声道，"明天就把申请送过来，我这时去鹤江公司，请两位老总盖公章。嘿嘿！老同学，还是你脑子好使，我一个大老粗，您多批评指导啊！"陈平战说着话，已将档案袋装进公文包，准备出门去。

"建议把资金弄到账上了再出门办事，呵呵！这个你自己做主！"周中华笑说道。

"好的好的！今天反正已经出来了，前面不远就是魏总他们的办公室，我去瞧瞧！"说完话，陈平战又扔给周中华一支烟，出了门，直奔双排座车。

黄实手里拿了本册子在看，余光中瞄着陈平战大踏步过来了，立即起身打开车门，跳上主驾室发动了车，问："主任！去哪儿？"

"走！去鹤江公司办公室。"陈平战猛吸口烟，心情放松了不少。

清晨的阳光让峡江两岸的群山镀上一层鲜亮的明澈，与浩浩江水一同形成鹤江镇独特的清新景致，一如陈平战此时的心情。

当家人最怕没钱。有钱好办事！

财大气粗的鹤江公司。上游滚滚而来的江水就是他们的印钞机，只要江水不息，他们创造的财富便无可估量。因为他们有钱，件件桩桩事情都办得漂亮，说话也有底气。那才叫财大气粗！

刚进红线区，鹤江公司的有钱就表现出来了。一色刷黑的大道、一排排整齐的绿植、一大团一大团精细的苗圃，还有独立独栋造型优雅的建筑。这些建筑就是鹤江公司员工的办公室，像欧洲别墅区。

走在红线内，让人感到心情明亮。置身于现代化飞速发展的时代前沿，这里与红线外的鹤江镇以及镇周边的村庄是两个完全不同的世界。哎，如果能把红线外的村庄也建成这样该多好啊！

陈平战发自肺腑地想，当然，现在只能想想。

鹤江三产公司很好找，刚到门口便被一个穿着警服的门卫给拦住了："请出示您的证件！"一脸严肃表情，警卫标准化敬礼，问好，拦路。这架势让陈平战一愣。

"是这样，我们是来找夏总的，之前预约过！"黄实机灵，上前与帅帅的警卫轻声解释，连忙示好。

"夏总不在，一大早去市里了！"警卫非常礼貌，笔直地又敬了个礼，操着并不标准的普通话道。

"哦！那我们在门外等一等！"黄实又道。

"三天后才能回来！"警卫笔直地站着，目不斜视答道。像个机器人。

"哦！那……"黄实还准备说什么，被陈平战拦住。"打扰了！"说了这一声，陈平战从小楼里疾步往外走，一直向停车处去。

"主任，不去找魏总了吗？"黄实问。

"不去了！去也白去！"陈平战的脑筋在慢慢打开，他低沉地说了一声，钻进驾驶室，发动了双排座车，狠劲儿一踩油门，向陈家村方向而去。

一边开车，一边想问题。

陈平战总感觉哪个环节没搞明白，但显然一切又都是清晰的。昨天晚宴上说好今天来签章的，这个油滑的夏云帆却不在单位，三天后才回来，是个什么事儿嘛！不过也好，你们这样拖着不见我，你那边建门面的事不也得搁着吗？再说，这一连串的事还是得回家好好儿地再捋一捋才行。

油门踩到底了，陈平战开着快车，双排座车像条老黄牛尽全力向前奔，顺着主人的意思，老命豁出去了！

过了三天，陈平战又去了趟红线内找魏前进和夏云帆，仍没见着踪影。实在有些恼火！村委会天天有村民来访，吵着问什么时候可以再工作。纸厂解散已半年了，这么多大老爷们在家闲着，一个个是农民，这一下全失业，让他们又去哪儿谋生呢？

向周中华要来魏前进和夏云帆的电话号码，发短信留言，问"老总您在办公室吗？"免得打电话尴尬。一开始还回复过两个字"没回"，后来两个字也不回复了，像世上压根儿就没出现过这两人一般，望江楼晚宴这件事就如同做了个梦，梦醒后彻底在两位老总的记忆中消失了。

一想起望江楼就窝心，这是在拿刀子割肉啊！

三月桃花的声音，每一句软绵绵的，像放了蜜糖，而这蜜糖都是要割人肉的刀子，句句带血。陈平战心疼村里的钱，可仍得给。

是啊！一顿饭节约了三百万，有啥划不来呢？

这件事让人头疼。

转眼到了星期五，盖公章的事一点儿头绪也没有，倒是黄实拟的开垦荒山建橘园和茶园的事批下来了。这是一件让人兴奋的事儿。要说自从移民搬迁后，陈平战任了十几年的村主任，吃了不少苦。虽说吃了苦，但事情办得顺利，这与当镇长的同学周中华、当书记的江前程两人分不开，也与他们二人的思想开放分不开。都是本土鹤江镇的人，为建设家乡，只要动脑筋、肯下力的村干部，他们还是蛮支持的。苦也吃了，事情也办不成的，这样的村领导多了去了，那又去哪儿倒苦水呢？

这样想着，陈平战心里又好受了些。为人民工作嘛，要有耐心啊！

下班时间到了，送走了四五个失业的村民，正准备回家吃晚饭，电话铃声响了。屏幕上闪着"镇长周中华"几个字。

"大镇长好，有什么指示啊？到我家来，咱哥俩儿喝一个？"陈平战声音里透着夸张的热情，对着话筒道。

"公章盖好了没？"单刀直入。

"没啊！大镇长啊，找了一个星期，几位老总忙得很啊。还得仰仗您这位大镇长出面啊！"陈平战实话实说。

"扯淡！"电话那边压低着嗓音在说话，"明天中午，是个机会，镇里请几个老总过来看一块地，这样，你去安排一下，把合同带上，明天那块地要签，公章他应该会带过来，到时候一起盖章！"周中华说完，不等陈平战反应，"啪"一下挂了电话。

"安排一下"的意思，陈平战懂。

星期六下起了小雨，这次去望江楼吃饭的人比上次少了许多，周中华叮嘱，参加者只陈平战、江前程、夏云帆、魏前进、黄实、刘畅。

午餐前，黄实和刘畅两个年轻人只做了一件事，而后就走了，没吃午餐。

刘畅将一袋现金交给了黄实，黄实接过后，刘畅说："这是划给陈家村一百万中的六十万，用于为陈家村与鹤江公司共建门面的经费。你们先拿着，后面的等十天后一起转账过来。还要到县城里去转账，挺麻烦的。"刘畅十分灵活，拿着几个公章，"啪哒""啪哒"地把章子盖完后，又将几份合同分别给了陈平战、夏云帆、魏前进。这件事当着四位领导，刘畅和黄实在会议室里办得有条不紊。几乎是三下五除二，把陈平战伤透脑筋的事终于给落实清楚了。末了，刘畅将公章、合同和现金都放在办公桌上，这边四人都看得清清楚楚。陈平战发现夏云帆、魏前进、周中华、江前程一边喝茶，一边聊着天儿，脸上都显露出很温和的笑意。

办完所有的流程，刘畅很有礼貌地向几位领导告了辞，说是要去工地上看看，怕有人闹事。说完话便走了。黄实将合同拿着，一口袋现金沉甸甸的，他不知该怎么办，直向陈平战看。

"会计难得休息一日，这样，刘畅，你把黄会计一并带回去，让他也去看看那块地。年轻人嘛，历练历练，你们两个看完后回来吃饭啊！还早，还早！"周中华让刘畅把黄实带上，黄实拿了档案袋和现金交给陈平战，而后随刘畅走了。

午餐很精致，陈平战感觉自己像贵客，被四人轮番劝酒，四位领导也好像约好似的，对陈平战说了些"基层领导辛苦"的话。陈平战是个豪爽性格，见同学周中华都在劝自己，加上合同、公章、现金全办齐了，他也没太在意，一口一杯，不知不觉就晕乎乎的，意识有些糊涂了，只觉得一双温柔的手把自己扶进了里间，倒在床上便什么也不知道了。

睡到天黑才醒。醒来时大惊，浑身摸了一遍还好，衣服裤子都还整整齐齐地在身上。

他起床用冷水浇了浇头，发现外面沙发上还歪躺着一人，是周中华。桌子上一袋钱不知哪儿去了，合同还在。

见陈平战走了出来，周中华像猴子般弹跳起来，扶着陈平战往外走，说双排座车先扔这儿，你这模样了还能开车？陈平战不往外走，硬是把周中华拉进厕所，小声问："我的钱呢？"

周中华说，什么你的钱？明明是用于与鹤江公司开发旅游门面的钱，人家早提走了，放这儿干什么？

这句话像炸弹，陈平战的脑子一下子被炸晕了，半天才回过神来。周中华拍了拍陈平战："行了，三百万弄成了六十万，你该知足了，这里的单全买了，你不用操心。"说完，扯了陈平战的耳朵放在嘴边，声音低得像蚊子叫，"回去把账做平了！"

两个人而后不再说什么，向门外走去。

酒劲儿太厉害，直到夜里十二点后，陈平战才完全清醒过来。

躺在床上又将合同拿出来反复看了看，从头到尾没有一个漏洞，大红的公章就像是陈家村三十几个村民的就业通行证，又像在对着他笑。笑容里暗藏着讽刺，甚至带一种诡异，令陈平战的心脏有些受不了。

天哪！六十万现金，那可是六十万哪！自己也是发昏啦，喝什么酒嘛！餐后钱不翼而飞了，只剩下这几张合同。

应该报警！

陈平战刚一想到"报警"二字就觉得自己变得像三岁孩童一般，幼稚可笑嘛！合同上清清楚楚、明明白白写着与鹤江公司门面建设位于陈家村田地两亩以内，且承担一定经费。而这次向镇里申请的资金，在解决移民下岗后再就业申请上明明写着六十万用途就在与鹤江公司门面上。这时候去报警，你陈平战是在自寻死路啊，不想干了吧？

想到这儿，陈平战努力说服自己，这六十万现金是让鹤江公司的财务当场签收了，签完合同就签收了。

接下来的事办得顺风顺水，两亩地，下地基、跑手续，包括建设，还不到两个月，门面就已粗具雏形。自从鹤江公司下基脚，陈家村三十几个下岗劳力再也没到村委会闹上访了，他们都在家乖乖地等着这一批门面的分配。村民也都会看风向，生怕自己有一丁点儿言行的不慎，导致自己丢了门面的使用资格。

筹建门面的同时，鹤江公司的会计小吴送来了几份规范的融资金额书。每个门面一万的费用，一共是六十万。这一下，陈平战的心彻底放下了。

接下来，垦荒费用两个月内陆续抵达了陈家村的公用账户上，包括门面建设费合计一百多万，都以公对公的账户做得天衣无缝。陈平战私下不得不佩服几个领导的手段，每一笔账都做得有条有理，每一个账务从表面上看都是清清楚楚、不含半点猫腻的。心存侥幸的同时，每到深夜，陈平战还是会惊醒，吓出一身冷汗。

陈家村垦荒种植茶树和橘树的事热火朝天，鹤江镇将陈平战当成先进青年干部的典范进行大规模宣传，陈平战又一次被鹤启县评为劳动模范。就在这时候，给他介绍对象的媒婆一个接一个，镇书记江前程也把成家当成他破格晋升公务员的一条硬性条件。

二〇〇七年九月，陈平战与江前程的亲侄女儿江夏结婚了。这相当于闪婚，在鹤江镇传为一段佳话。十月，陈平战顺利考上了公务员，成为陈家村驻村第一书记。

第十九章

张湾村的绣厂像模像样地办起来了。

一开始杨静秀靠自己一人，里里外外收拾，包括大门口锄草、平整地面、墙面补平。女人的活儿她干，男人的活儿她也干，为了减少开支，她用背笼从江边背沙，自己和水泥浆，把老鼠钻的地洞补上，地面凹凸不平的地方也一一修整。干了一个星期，整个人累垮了，住了半个月的院。出院时，恰好碰见了苏保佑，一看杨静秀瘦黑瘦黑，为办绣厂累病了，他联系上鹤江镇一个早期跟他一起做劳务的小包工头，让他带人踏踏实实在仓库里干了一个星期，杨静秀管一日三餐，还管几个民工的住宿。这一下，张卜仁过去给杨静秀卜的凶卦彻底破了。

一个星期的修修补补后，杨静秀在大门口竖起了一块醒目的标牌：静秀青花合作社。

这段时间，张小楷外出学习了。走时他叮嘱杨静秀，若需要劳力，可以找村里帮忙，万万不能一个人做这么多事儿。

一个月后，杨静秀的绣厂开张了，张小楷也回村了。

苏保佑找了几个人，给杨静秀干了一个多星期的活儿，一分钱没要，说眼下钱不好挣，这些农民兄弟挣个一日三餐的饱饭就行了。

张小楷回到村里后，见自家屋旁原先破败的仓库只一个月完全变了样，窗明几净，进门有大操作间，最里面隔成了办公室、专绣区、检样区、储物室，这派头完全成了一个加工绣件的大厂。在张小楷的提议下，"静秀青花合作社"改了几个字，变成"青花竞绣合作社"。

一开始，苗兴翠每天都来合作社里，起先见没什么人来报名，苗兴翠利用村委会的喇叭，在广播里播报："村里的妇女同志们，晚上有时间的来合作社里开个会，商量个事儿啊。"

苗兴翠又担心村民不信任，连哄带逼地让张卜仁在广播里发了话。

晚上，合作社里来了七八十个妇女，年纪最大的是村尾八十五岁的张婆婆，最小年纪的，是杨静秀对门住的不愿再读高中的杨家小女儿杨玉。

"张湾村在鹤江镇一带，文艺方面一直走在最前面，前不久，还在县里拿了一等奖，这是咱张湾村的骄傲啊，也足以证明张湾村娘儿们是有实力的。"一开场，苗兴翠就给女人们戴高帽子，引得下面掌声一片响，"杨静秀带大家跳舞，她更想带大家致富。鹤江人有鹤江人的骨气，不能像个叫花子提篮子在旅游人群中叫卖。不雅观！"

"那你说什么才叫雅观？我们移民搬迁到这里，又没有多余的田，更没什么收入，你说我们靠什么生活？哼！"田龙家的胖女人崔宝琴眼睛一斜嘴一翻，扭着胖身子大声道。

"就是！说得好听！"

"有本事让我们不再去卖那些小零货啊,别在这儿说什么雅观不雅观的!"

……

一阵沸议。农村的女人可不管什么纪律不纪律,一旦触到她们的伤心处,天王老子她也敢抢白几句,再惹火了,娘老子的骂翻天,动手动脚擂拳头踢脚地乱打,这都是有可能的。

在农村干了一辈子的苗兴翠岂会不知这个道理,她拍了两下巴掌,提高了声音道:"姐妹们想想,雨天淋雨,东西打湿了,连个坐处都没有,大热天儿的,晒得皮肤越来越黑,白白嫩嫩的美娇娘们成了孙二娘不是?"苗兴翠这几句话又说到大伙儿的心坎上,会场上爆发出一阵大笑,大家慢慢安静下来,仔细听下文。

"明明我们的东西是好的,比如,新鲜鸭蛋、卤土鸡蛋、山笋、豆腐干,还有!"说到这儿,苗兴翠手一挥,拿出一双鞋垫,在头顶上晃了晃,大声道,"鹤江人千年的文化传承青花绣,这是多么美的艺术作品啊!结果呢,你们提着篮子卖到游客手里,第一,不值什么钱;第二,我们的姐妹们被看成是游街的小混混、骗子,还被人看不起。姐妹们,你们说,亏不亏?"

"亏!亏!可又有什么办法?"崔宝琴高声大嗓地道。

"再给大伙儿看一样东西!"苗兴翠手一抖,一个比她人还长的绣品抖了出来,只见红的花、绿的叶、美丽的人儿、翩飞的蝴蝶,色泽亮丽,花样别致,就像是一个漂亮的姑娘穿一条花裙子展示在大家面前一样。苗兴翠这一抖,人群中立马发出一阵赞叹声。

"不错不错！这是绣品啊！"

"电脑上有，好像这不是咱鹤江的青花绣！"

"对呀，这个应该叫十字绣！"

……

会场上又是一片议论声。

苗兴翠从前走到后，举着绣作挨个展示了一遍，大声道："你们说得对，它是十字绣，它不是青花绣。青花绣绣出来，将会比这种绣图精美一百倍。青花绣是优秀的文化传承，在我们鹤江这一代人手里，可不能弄丢了。这幅绣品，就是你们的健美操老师杨静秀的作品。"

苗兴翠刚说完，台下又响起了一阵热烈的掌声。

"我们女人们要自强、自立、自尊、自爱！张湾村成立这个绣厂，杨静秀是发起者。这段时间，为办这个绣厂，她累病了，自己的积蓄也花了不少。姐妹们！现在台都搭好了，就差大家伙儿报名了。我希望大家每天都把闲下来的时间用在学绣青花绣上，张湾村争取再创一个奇迹！"大嗓门的话极具号召性，苗兴翠话音刚落，付家大姐说话了。

"站长，这么多人绣这么多绣品，谁去卖？"

"放心！我找路子，我们成立一个绣品展示平台！"苗兴翠答道。

"那好，苗站长，我家里还有一百多双鞋垫，您若按八十一双帮我卖掉，明天一大早就来报到。"付春喜说得斩钉截铁。

"我家也有！"

"我家也有！"

……

会场上响起了许许多多妇女的声音，大家都说自己家里有绣品。

"好！这样，明天早上，我来帮着收绣品，大家一起来报名，行不行？"苗兴翠道。

一片叫好声中，号召动员大会结束了。没想到事情这样顺利，苗兴翠和杨静秀心中充满了喜悦。

张湾村青花竞绣合作社就这样，在热闹之中拉开了序幕。

第二天一早，苗兴翠和杨静秀到了仓库。一共有五十个凳子，五十架绣架，都是杨静秀自己出钱买的。

二人先是兴致勃勃地聊着，畅想着以后绣厂办好，绣品多了怎么办，左等右等，到了九点，才见一人远远地跑来了，是付春喜。付春喜提了一大篓子鞋垫，额头上都是汗水，她说，这些鞋垫都是她没日没夜抽时间绣的。

付春喜人长得壮实，言语不多，可绣鞋垫的功夫算是到了家。鞋垫上各种花纹都有，绣线均匀、色泽饱满，绣品上的花鸟虫鱼就像活生生要蹦出来一样。

一篓子鞋垫交给了苗兴翠，一一清了数目，付春喜转身就要走。苗兴翠问她："不是说今天就报名的吗？"

付春喜说："你们得把钱给我了，我才信你们。"说完真的转身就走了。

后面，丁一个卯一个，一共才来了八九个婆娘，都是提着自家鞋垫清了数就走的。

要到中午时，八十五岁的张婆婆来了，她行动非常缓慢，到了大门口，右手撑在门上歇了几分钟，老远就叫："苗丫头，你看这，是我那几年绣的，看还中用不？"

杨静秀赶紧上前去扶，张婆婆笑眯眯地道："你们把它卖了，这钱留给我重孙子，他读书在城里要花钱。"

有四五双鞋垫，做工都很精细，针线都没的说，一针一针，又细又密，只是因年代久了，颜色有些发黄。苗兴翠看后，说："张婆婆，这几双鞋垫您放家里留个纪念，年轻时绣出来也不容易啊。"

"咋的啦？看不中我的？"张婆婆往一把矮椅子一坐，板了脸道，"看不起我们老家伙啦？"

"不是！不是！您别多心，我是担心这年代久了，现代人要图个新鲜呢。"苗兴翠与杨静秀对望一眼，表情有点儿尴尬地说。

"哼！你们这……哪里是做事的人？"张婆婆很失望，一把从苗兴翠手中拽过鞋垫，嘴里咕咕叽叽道，"嘴上无毛，办事不牢！"一边说，一边站起身就要走。

"婆婆！给我！"搀住张婆婆，杨静秀看着她笑，柔声道，"给我。"

"给你做什么？干部都说了不行！"张婆婆斜着眼睛瞪了一眼苗兴翠，问。

"您给我，我帮您去卖！"杨静秀小声道。

"你去卖？能卖掉？"张婆婆更加疑惑，又问。

"嗯！"杨静秀点点头。

"不许唬我啊！"半信半疑的，把鞋垫交给杨静秀，张婆婆又道，"卖不掉不要扔了，这可是我的宝贝！"说完，她又盯了苗兴翠一眼，一拐一拐地走到门口，还嘀咕着，"到底不是张湾村的人，靠不得！"

张婆婆走后，崔宝琴扭着胖身体也来了，胖脸像充了气的红气球般饱满，脸上淌着大汗，一进大门，高声道："还是这仓库里凉快!主任就是偏心,去年我家男人说要办个养猪场,找张主任去说要个地方,张主任硬是不干,这下好,却给你们了。哎哟,人哪,还是要长得好看哟!"说完风凉话,转身变脸一样地一笑,从裤兜里摸出一方锦帕,对杨静秀道,"静秀,看看这能卖几个钱儿?"

杨静秀接过锦帕,针脚很细密,虽然有点儿稚嫩,但的确是上好的青花绣。图案是一对鸳鸯在水里游着,颜色也特别新,虽然没有付春喜绣鞋垫的功底强,可也是地地道道的青花绣。

"很好!"杨静秀端详着,脸上放出红光,说了两个字后又问,"谁绣的?"

"呃!这个!这个!不能卖!"崔宝琴一把抢过去,神秘地道,"丫头回来了,我让她来找你们。"说完,将锦帕细细叠好,又揣进裤兜里。

歪着身子看了前面交来的鞋垫,崔宝琴大声道:"也就这样儿嘛。"坐了一会儿,又起身在仓库里转了转,道,"你们这啊,要办起来,难!"

说完话,她无所事事地这儿看看,那儿看看,说了句"热",便又走了。

一整天,没一个人报名,来交鞋垫的人倒不少。杨静秀写得一手好字,一一做了记录,到了下午六点时,总共收了一百五十双鞋垫,无一人报名。

"怎么办?农村人,就是边看边问的。"苗兴翠送杨静秀回家的路上,边走边说,"哪怕在屋里嚼是非,也是不愿学习的。"

带着情绪,苗兴翠边走边抱怨。

"站长，不要紧！"杨静秀倒不觉得什么，安慰苗兴翠道，"她们没尝到创业的甜头，一直生活在农村，起先难免会犹豫，等过几天，估计就有人来了。"杨静秀笑着搭话，眨了眨眼睛。

"过几天。过几天？"苗兴翠不解杨静秀的意思，问。

"过几天我卖掉一些，她们觉得绣品有价值，能赚钱了，自然会来合作社的。"杨静秀答。

"你卖？"苗兴翠道。

"不是我去卖。是我托人卖。"说话时，杨静秀脑海出现了苏珍的影子。

"那你自己要小心些啊！这些绣品都是娘们儿的宝，一分钱一分货，不能弄丢了，更不能你自己赔钱，明白吗？"苗兴翠好心地提醒杨静秀。

"知道的。"杨静秀答道。

苗兴翠轻叹了口气，朝租车处摩的走去。杨静秀留她吃晚饭，她说受了一天气，吃不下，走了。

回到家，煮了碗面条，杨静秀吃得津津有味。

绣厂总算是办起来了，虽然没人报名，但收了不少鞋垫，说明张湾村女人们是想赚钱的。这就够了！吃过饭，收拾好屋子，杨静秀拿出电话，给苏珍发信息。

"小妹，在商店吗？"

发完信息，杨静秀打开电脑，查看河南一家十字绣连锁文化工艺绣品公司的情况，地点，品牌，人员，投资成本等。看了看这些必备条件，现在张湾村青花竞绣合作社有自己的峡江品牌，这个花色绣样传承了千年不衰，这一条是完全没问题的。选的厂址也不错，工厂在农村，安静，远离闹市，山明水秀，是个适宜创作绣品的地方。投资成本不大，从开始接手仓库到现在用了一万四千多元，后续就是再买一些绣架、一些绣线，用不了多少钱。最后是人工。人工应该不成问题，张湾村常年住着的女性就有上百号人，上次跳健美操时，想参加的都可参加。村里女人爱美，记得当时的服装、道具以及鞋袜头饰，她们都是自己掏钱买的。这次杨静秀办绣厂，有群众基础，先前她不开口说话，爱帮助人，是整个村里唯一一个没有是非、不吵架的女人。

现在先招人学习，再怎么着也应该有五十人参加吧，这个不难。待小妹苏珍帮忙把鞋垫卖掉后，自然就会有人报名了。杨静秀美美地想着，心里充满了希望。

在电脑上看了很多视频，又看了一些办绣厂的要领，时间一下子到了晚上九点多，杨静秀拿起手机，见苏珍一个字也没回复。

睡了吗？不会呀，发信息时才七点不到呢。估计是在忙，没看见吧。

这样想着，杨静秀拨通了苏珍的电话。嘀嘀的音乐声一直在响，就是没人接。

自从苏珍从她这儿走后，从没主动给杨静秀发过信息，更别提打电话了。只一次，杨静秀为了问一个网址，打了她电话，大白天的，苏珍说得含混不清，似还在睡觉一般，杨静秀没多说什么，便挂了电话。

她难道回城里去了吗？电话也许掉在店里也未可知。干脆明天去找她好了。

虽然这样想，杨静秀还是放心不下，在留言里写了几句话："小妹，如果方便，想放点东西在你商店里出售可以吗？"

发完这个信息，看了一遍又补上两个字："保重！"

做完所有的事儿，杨静秀开始洗澡了。

忙了一天，虽没招到一个员工，但杨静秀觉得很充实，心里也很喜悦。天气有点热，她用温水简单地冲了个澡，冲澡时看见镜子里映出自己的身体，突地又想起张小楷温柔的眼神，就像镜子里站着张小楷一样。她心里突突乱跳，赶紧擦拭了身子，穿上睡衣，到了卧室。

打开窗户，浓烈的花香潜进屋内，是橘子花的香气。

床边有一本诗集，是张小楷拿给自己的，他说用这个来训练普通话。

"轻轻地我走了

正如我轻轻地来

我挥一挥衣袖

不带走一片云彩

……"

口里轻轻念着诗歌，杨静秀心里充满了甜蜜。内页上还有张小楷的留言：为什么我们还活着，是相信明天会更美好！

啊！天哪！他是多么博学又是多么善良的一个人啊，如果自己能和小楷在一起……刚想到这儿，又想起张卜仁，算了，不想了，小楷怎么会要我呢？

第二天依旧是晴天，温度上升到盛夏气温的顶点。峡江两岸一向不太受夏季的影响，成天凉幽幽的，可今天出奇地热。

穿一条薄黑长裤、一件普通的碎花衬衣，杨静秀早上七点半就到了青花竞绣合作社，洒水、打扫、抹凳子和绣架，麻利地把这些事做完，又将一小筐一小筐的线放在每一台绣架下。腰酸背痛，浑身汗直冒，从家里搬来的小电扇呼呼地吹一阵后，感觉凉爽了许多。

"静秀！"苗兴翠一声大叫，脸上喜气洋洋，"我去县里开个会，一顺把你办绣厂的事报一下儿，争取点儿扶持资金回来！"苗兴翠热心快肠，声若洪钟，高门大嗓，人又豁达，对村民冲撞她的事丝毫不往心里去，她走到哪儿阳光就跟到哪儿。这几年，杨静秀也正是在苗兴翠的带动下走出了阴影，变得好学，而且活泼爱美，在张湾村带出了一大群爱跳舞、爱臭美的娘子军。

"别！别！"杨静秀一把拉过苗兴翠，往里走了走，小声道，"事还没做呢，不好往县里去说。"虽已经会说话了，但过去多年习惯用手势比画改不了，杨静秀一边比画着一边讲。

"哎呀！呆脑筋啊！"苗兴翠也压低了声音，拉过杨静秀背着大门往里走了走，说，"文化文艺是一边做，一边国家扶持的呀，你现在已把架子搭起来了，就差学员来报名，再努点力，绣厂就开张了呀！我去申报，你负责弄人来！"说完慈爱地一拍杨静秀，挎起她那个已掉了皮的黑色挎包，匆匆走了。

是呀！万事俱备，只欠东风！

看了看电话，苏珍仍未回信息，她很焦急，决定去江那边走一趟。她要将鞋垫都带着，若能找到苏珍，就与她谈妥，鞋垫都放她商店里卖，如果她回城里了，自己就在截流园外游人最多的地方卖。

就这么定了！

杨静秀将鞋垫十双一捆，而后挎了个大挎包，还带了比床单还大一倍的灰白色布，准备摆地摊用，试一试嘛，看看有没有人需要。

叫了一辆摩托车，送到江对岸有点儿远，要五元钱，是邻村的二憨子。

阳光明晃晃的，像挂在头顶上的浴霸，空气都是热乎乎的。杨静秀挎着一大包鞋垫，不太重，但着实也不轻，不一会儿，到了截流园平日游人最旺的地方，远远儿地便见着苏珍的商店小房。

那是个用简易木板搭起来的淡绿色房子，上面很洋气地盖着个红色顶棚，看上去有点儿像大城市里的便民图书屋。面积大约三十几平方米，可想而知这不是一般人能弄到的地盘儿。顺着小房子再往里看，一色的简易蓝色帐篷，那是卖货的小摊位，那儿应该也是鹤江三产公司的地皮，是要收费才能在此经营的。

到了小房子处，付了摩的费，杨静秀将一大袋鞋垫挂在右肩上，走近小房子。

小房子的门紧闭着，门店也没开。看了看时间，还早，九点。该不会是没起床吧？这样想着，又看了看四周，人很少，有一个没一个的，远处的小摊有的已将物品摆出来准备卖了，有的才打开帆布帐篷。

"咚咚咚"，对着门连敲了三下，门里一点儿动静也没有。难道苏珍真的回城了？杨静秀这样想着，索性将袋子放在地上，从里面抽出白布，摊平后垫在地上，将一沓一沓鞋垫拿出来，依次排开，摆在地上。还别说，这样一摆，各种花色大小不一的鞋垫在灰白色背景上，显得整齐、又美又亮，真是一道风景呢！

气温真有点高，不一会儿太阳就升到头顶了。不过旁边有一棵大树，可以挡阳光，杨静秀站在阴凉处看着鞋垫，总算有个栖身的地方了。到了十点后，游客陆陆续续多起来，有些游客看一眼鞋垫就走了，还有些人看样子是从北京来的，操一口京腔，问鞋垫多少钱一双，杨静秀恨不能二十元一双全卖掉算了，但这些鞋垫又不是她个人的，卖亏了她是要自己掏钱赔的。这样一想，鼓起勇气说了"八十"。

"这么便宜?"京腔老太太问。

杨静秀羞涩不答。老太太挑了三双，仔细看看，而后又用手摸了又摸，道："拿五双。"杨静秀有点儿不相信自己的耳朵，也操着普通话大声问："您要多少?"老太太伸出一个巴掌，道："五双!"说完话老太太也不客气，大大小小，挑了又挑，最后选了五双鞋垫，从大包里拿出钱包，数了四张一百的人民币，给了杨静秀。

"谢谢!"杨静秀高兴地笑了，露出一口洁白的牙齿。老太太似乎很满意。一边走一边还在看手里的鞋垫，口里不住地夸赞："精巧! 精巧!"

因为老太太的选购，吸引了大批的游客，凡是走来的顾客都要过来瞧一瞧，有个年纪十分大的老爷爷一左一右被两个小年轻扶着，满头银发，颤颤巍巍地选了两双，爱不释手，让一旁的年轻人付给杨静秀两百元。杨静秀从裤子口袋里掏，要找零钱给老爷爷。

"不用找了! 多好的工艺呀!"在两个小辈的搀扶下，老爷爷正准备往前走，想了想，停下来，对杨静秀道，"还绣了别的东西吗?"杨静秀摇了摇头。老爷爷轻叹口气，道，"这么好的手艺，要绣些大家都用得着的，比如枕头、裙花什么的。丫头啊! 这么好的艺术，摆这儿卖可惜啦，降了身价啊!"老爷爷说完后,拿着两双鞋垫看了又看,而后让身旁的人收着了。

两位老人买走了几双鞋垫后,又有些人围着看,年轻人只瞄了瞄就走了,中年人有的买一双,还价,杨静秀摇头,人便走了。但有的干脆给一百元,也不让找零,拿着反复看。就这样,一上午即将过去了,到了中午,日头更毒了,杨静秀数数钱,居然卖掉了二十双鞋垫,手里有了足足两千元。

心里甜滋滋的。杨静秀心想:为什么付春喜她们平时提个小篮子卖不出去呢?今天在这地上一摆,估计是鞋垫多,看着显眼了些,看的人多,买的人也就多了些。

下午一点,游玩的人越来越少,估计都去吃饭了。这时杨静秀感觉肚子咕咕叫,正对面的马路上,有一个推着小车卖快餐的,一边推一边在叫卖。

四顾无人,又正值午时,杨静秀快速走到路对面,点了一个米饭、两个小菜,一共五元钱。正在付钱,隐隐听见嘈杂叫嚷声传来,声音竟是从卖鞋垫的方向传来的。杨静秀往对面一看,有个身影像苏珍,还有一个男的、两个女的,拉拉扯扯,歇斯底里地追着娇小的女子吵。杨静秀抓过找的零钱,没数,赶紧往鞋垫摊这边走。

走到近处,只见一个高个子女的揪住小个子的长发,嘴里骂一些不干不净的话。

杨静秀急了,赶紧走到鞋垫摊边,放下饭菜,朝拥挤人群处跑。看清了,那个小个子果真是苏珍。只见两个妇女揪着苏珍打,一旁的矮个子男人拉也拉不开,只在一边干着急,大声呵斥两个女的:"回去!回去!"

看热闹的很多人,也有卖货物的老板,有两个女人悄声道："活该，不务正业，专门勾引别家的男人，就是这个下场。"

走近人群，又听个男的说，"哪有一个女人成天打牌不顾家的，估计她店子里的货都长霉了。不是活该是什么？"

"住手！"挤进人群，杨静秀大喝一声。因她的声音又清脆又响亮，竟把撕扯苏珍的女人吓了一跳，手里暂时停下了，愣神间见打扮朴素的杨静秀不过也是个地地道道的农村人，并不把她放眼里，竟又要撕扯苏珍，口里骂的脏话难以入耳。

"我报警了！"杨静秀举起电话，大声道。

"你是谁？管什么闲事？"高个子女的推了一把苏珍，苏珍便像个断线的风筝，倒坐在地上。

细看苏珍，她脸上青了一大块，鼻子在出血。

杨静秀上前几大步将苏珍扶起来，用身体护着她，从裤子口袋掏出餐巾纸，给苏珍擦鼻子上的血，大声道："我是她二姐，你们有事给我讲！不许打人！"

"怪不得也是个妖里妖气的狐狸精，一样的货色，打！"两个女的出言不逊，又走上前，准备继续打人。只见一旁的男人死死拽住其中一个女的，大声道："今天若再闹下去，婚离了，你什么也没有，走哇走哇！"那男的像疯了一样拖着矮个子女的就走。高个子女的见男人和矮个子女的走远了，指着杨静秀的鼻子大声骂道："狐狸精，管好你妹妹，她成天赌博，欠一屁股债，又来打我妹夫的主意，小心以后让我碰见，揍死她！"高个子女的说完，狠狠瞪了苏珍一眼，扬长而去了。

搂着苏珍，杨静秀很明显感觉她浑身在发抖。小屋里又闷又热，苏珍身上散发出一股臭气。杨静秀收了鞋垫摊，又叫了摩托车，提了盒饭，搂了苏珍，好不容易将苏珍弄到自己家，锁上铁门，将苏珍带到浴室，让她洗澡、换衣服。

杨静秀什么都没说，煮了一碗鸡蛋挂面，让苏珍吃，苏珍直摇头，一个劲儿掉眼泪，哭得伤心万分。

"怎么啦？几天都联系不上，还以为你回县城去了。"杨静秀柔声问，拿个毛巾给她擦眼泪，"上次二哥让你不再去那种地方了，还去？唉！"杨静秀在自己家里，语言变得特别流畅，道，"我没问你，可我多少知道一些。那种地方是去不得的，以前输的钱就算了，以后把小卖部做好，不怕不赚钱。"

说起钱，杨静秀从裤兜里掏出今天卖鞋垫的钱，一数，共有两千八百多元，她高兴得心花怒放，将钱装入钱夹子里，顺手放在柜子上。

"我不甘心，二姐，对你说实话吧，我家的积蓄全输掉了，还有二哥帮我还的两万元，这段时间，又输了三万元，全是借的，一共快三十万了。我快崩溃了。家里人若知道了，会打死我的。"苏珍说完呜呜地号啕大哭起来。

"你要好好儿地做事，做事才能赚钱，才能养活自己，以后再也不要去那种地方了，好吗？"杨静秀一边比画，一边劝说苏珍。

虽然觉得自己的劝说很苍白，但杨静秀仍在劝苏珍。作为结拜的姊妹，她们之间是有情义的，现在苏珍误入歧途，她这个做二姐的还是要管的。安慰着苏珍，见苏珍一个劲儿地哭，杨静秀看了看钱夹子，又看了看泪人儿一样的苏珍，小声道："二姐帮不上你什么，以后你若来绣厂，我们一起做，凭你的灵巧，一定可以的。鞋垫卖了可以赚钱，你把剩下的鞋垫拿回去好好卖，一双给我八十，卖多了的钱归你！"

杨静秀说着，将钱夹子拿过来，数了数，连自己原先放在夹子里的钱一共三千块，"把这个先拿去，做生活费，再不能去那种地方了。"

在杨静秀家住了一夜，第二天苏珍回去了，拿着剩下的鞋垫和杨静秀给她的三千元钱。

第二十章

用农村的话说，这次鹤江镇村换届选举有点儿像裙子里捉跳蚤——一褶一褶地来。

二十五个村，从上游依次往下，到张湾村这儿时，已是十月底了。峡江两岸起了冷风，气温急转直下，有点儿大踏步入冬的感觉。

张卜仁冷眼看儿子准备资料，大沓大沓的，成天窝书房不出来，一定是忙着准备竞选了吧？

心里带着点儿看不起的讥笑。

都是屎娃娃兜花尿布，装样子的。想我张卜仁为移民做事的时候，十五年呐，从苏河移民搬过来的时候，一穷二白啊！移民情绪不稳定，哭的哭，闹的闹，还有的要上吊，是谁苦口婆心做好了移民的工作？是谁把不毛之地的张湾村建设成如今的辉煌？还不是我张卜仁嘛！

这么多年，上靠党的好政策，下靠基层领导的正确引领，再靠？靠谁？不是靠你们这群乳臭未干办事不牢的毛娃娃！

一想起过去撸起袖子大干快上的时候，张卜仁心中是有底气的，自豪又辛酸啊。切！你这小家伙张小楷想竞争当村委会主任，等着撞墙吧！

虽是自己的儿子，谁当村委会主任不都是老张家的荣耀？可张卜仁就是不甘心。自己身体还硬朗嘛，为什么要挪位子呢？再说你这牛崽子，放着城市里好好的工作不干，竟回来夺你老子的位子了，这次不给你个教训，还不知锅是铁打的吧？

张卜仁很笃定，干脆抽起了旱烟。新烟叶，吧嗒吧嗒有滋有味儿，从村头走到村尾，挨家挨户地瞄了一遍。每户人家现在是个什么状况，留在张湾村的有几人，有些什么人在外面闯荡，经济是个什么状况，都在心里过了一遍。入冬后雨少，张卜仁发动群众背沙填路，用木槌夯实。大路平整了，走在上面也利索。前段时间村民打土的打土，种地的种地，一派祥和。村民这日子过得甜甜的，看你张小楷个臭小子，用啥办法竞争？哼！

父子俩铆着劲儿了！

这几日，张小楷早出晚归。将张湾村未来的规划及改造写成厚厚的报告书，从土质分析、气候解剖，到人员配置以及张湾村未来的产业发展，一一做了科学的预判和分析，并制定了一套详细方案。研究生毕业的张小楷知道在演讲上如何打败对手，尤其对文本熟练度和对技术上的分析，以及就职后的规划，能说得头头是道。

眼下缺的就是群众基础。

自七月底出门学习一趟回家后，张小楷更多时间参与了几个村的耕种收割。田间地头，坡界沟岭，湾田坝堤，都是他的身影。几个月下来，他了解到在峡江温润的气候条件下，水果种植乃是收益大、见效快、成本低的最大产业。另一项收入应该来自茶叶。峡江一带土质肥沃，气温偏低，空气干净，处于零污染状态，在这一带种植茶叶也应该会有好的获益。

发小金先贵原先在县城一家园林花卉公司做临时工，这个工作是张小楷推荐的。金先贵这人不是太聪明，个子矮小，但人做事实在、靠得住。现在，张小楷辞去城里的工作要回乡创业，金先贵也辞了工作，跟着张小楷回到了张湾村。

起先，张小楷不同意金先贵辞工作，意思是等他回乡稳定后，村里有适合金先贵做的事儿，再通知他回乡。金先贵不干，意思是你张小楷读书比我强，脑袋瓜子比我灵活，你混得好，你走到哪儿，我也跟到哪儿。

这样，鹤江镇各个村村落落，只要有张小楷的地方，就有金先贵的身影。

转眼到了十月下旬，镇里的通知已到各家各户了，十一月二号，星期六，张湾村举行村委会领导班子的换届选举。

村广播通知一出，张湾村村民就炸开了锅。好比是久盼放假的学生突闻明天就散学的消息，皆大欢喜。

冬天的峡江农村，该收割的已收割完，该摘果子的已入筐，在鹤江镇，到一年农忙的尾声了，农民几乎没什么事情可做，而且各个村陆续都已完成了换届，唯独张湾村还没开始。

农村的娱乐活动少，欢聚的时间更屈指可数，加上张湾村由原苏河、覃坨、蓬涟与老张湾村，四个村的村民合在一起，常住人口超过了四千人，下设小组三十几个，召集一次大型的集会必须精心筹备，否则会引发骚乱，不利于好政策的顺利推行。

终于要换届选举了。村民们心中都各自有打算。

星期六一大早，往村委会的路上晃动着各种颜色的身形，快入冬了，气温很有点儿低，年纪稍大些的干脆穿上了棉袄。

"早该下台了！咱们都不选他！"有两个中年男人口里叼着旱烟，一双胳膊抱在胸前，边走边小声说。

"张主任人也还不错，就是年纪大了，该年轻人上了嘛！"一堆婆娘嘻嘻哈哈地过来了，捂着厚围巾，衣服看上去都是大半新的料子，脸上涂了白白的粉，嘴巴上抹了深浅不一的口红，脸上好像有柿饼上那层细薄的白霜。

看样子，这些峡江婆娘为选举大会做了精心准备。她们边走边说："选个年轻的，也像陈家村那样，该多好啊！"

"这次选也白选，听说他儿子是候选人哪！"两个老头儿低声道。

"懂个啥？公平竞争！"有个老婆婆胳膊肘一拐，瞪了老头子们一眼，快步上前去，大声道，"谁有能力，谁先上！"

村委会广场上飘着《欢迎峡江来做客》的曲儿，歌声嘹亮动听，喇叭声很大，声音传得很远，选举场上的气氛很热烈。主席台上已摆了一排长桌，各个位置上贴着镇领导的名牌，旁边有个主持人的位子，台下按顺序摆着长条板凳，就像一层一层梯田的样式。村民们来一个就往上坐一个，不分远近，先到的先坐。

才八点不到，大广场上就已聚满了群众。

张卜仁今天特意穿了一身蓝，是崭新的衣服，看得出来胡子刮了，白头发也染成了黑色，乍看起来，像五十岁的样子。

"老张啊！今天的候选人可都是年轻人，实力不小，你做好心理准备哟!"江前程一边往台上走,一边看拿个话筒的张卜仁,笑眯了眼,低声说。

"江书记啊,我这头老牛,你们看着办吧!不要我干了,我还是党的人。"张卜仁大声回答道,一边说话,一边帮江前程挪凳子,方便书记坐下。

话筒没关,漏了些到话筒里,传向远方,广场上的群众都笑了。

"你呀!"江前程示意张卜仁把手里的话筒关了,道,"什么年龄的人了,不想回家享清福啊?若竞不过年轻人就好好儿地回家,找个伴儿,过几天安稳日子。再说,这是竞争上岗,不是指定谁当谁就能当的。你看!"江前程指着周中华手里攥着的一沓选票,"干部都是人民选出来的,不是他说了算,也不是我说了算,更不是你说了算。对不?"

张卜仁口里答"知道,知道",心里想:怎么,你这算是在为我下台做心理辅导了?哼!我老张偏不信,十五年的恩情,张湾村的群众对我张卜仁是有深厚感情的。再怎么着,群众基础比那几个毛娃娃强吧?

脑子里想着,手里忙前忙后。张卜仁将领导们一一都请上了台,而后缓缓走到台下,坐到了人群中间。

主持人是韩苗苗,她用清脆的声音播报了大会的主题,周中华宣读了选举文件,江前程很严肃地讲了公平竞争的合理性、重要性以及选举的深刻含义。

主持人提示,候选人依次上台演讲。

最先上台演讲的是来自县政府的一名组织部干事,看样子三十五岁上下,个子不高,声音浑厚,操一口流利的普通话。他先是自我介绍,说:"我姓姜,叫姜声音。"他介绍完自己后便讲张湾村的现状及改革浪潮冲击下移民如何再就业，以及张湾村的发展规划，总计四十分钟的演讲，字正腔圆，有理有据，听来完全是一种享受。他讲完后台下响起一阵又一阵的掌声。他最后激情澎湃地说："若有幸能到张湾村工作，我将用我的声音，向祖国四面八方推广张湾村人民的创业实干精神，将张湾村打造成坝头第一富美村。"

第二个发言的是原张湾村的副书记刘浩。刘浩四十岁，他从实际出发，具体到点点滴滴，比如如何提高村民的医疗福利，如何发展产业经济，再如何把外面的先进经验引进张湾村，未来发展的蓝图被他描绘一新。刘浩有八年张湾村的工作经验，为人实在，群众基础好，发言完毕，台下也响起一阵不小的掌声。

第三个发言的是张小楷。介绍张小楷上台时，韩苗苗刻意编了约五十字的简介。他学问最高，是在国家获得农产品技术指导大奖的青年。长达半小时的演讲结束后，台下掌声雷动，将会场的气氛推向了高潮。

最后轮到张卜仁了。

张卜仁不慌不忙上台，手里也没稿子，声音始终很平缓，像是在搞回忆录。从 1993 年搬迁开始说起，如何做村民的思想工作，如何排除万难组织全村搬迁到张湾村，还讲到几次山洪，为了人民群众的生命财产安全，他不顾个人安危，三天三夜不睡觉抗洪抢险，最后，又讲到为了村的工作，个人一直单身，全心全意扑在张湾村的发展建设上，说到最后，几乎哽咽着要流泪的样子，意思是如果能继续任村主任，蜡炬成灰泪始干，如果不能当选，也将永远是张湾村的守护者，是遵纪守法的好公民。

张卜仁的演讲自始至终没有豪言壮语，没有预先准备的台词，有的只是真情实感。当说到动情处，台下竟有很多人在偷偷抹眼泪。发言完毕，广场上安静了很久很久，直到张卜仁弯腰鞠躬往台下走的时候，台下才爆发出一片雷鸣般的掌声。

四位竞选者演讲完毕，工作人员开始依次发选票。选票上有一栏备注着，姜声音为上级委派的驻村第一书记，他不占村委会主任的名额，选票收拢后举手表决，占比百分之八十就算通过。那么，张湾村真正的村委会主任是从三人中选一人。

收完选票，韩苗苗在话筒里宣布对县委组织部干事姜声音同志进行民意投票，举手表决。话音刚落，只见广场上的村民全部举起了手，姜声音顺利当选。而真正的张湾村村委会主任人选，还在紧张地统计选票中。这中间的空当时间，姜声音在台上用标准圆润的普通话回答着台下农民提出的问题。

"姜书记，现在刘塘村、陈家村的道路铺得那么好，你来驻村了修路不？"

"修，一定修！"

"姜书记，其他村都不种橘树，改种橙树了，你怎么看？"

"红橙价值高于红橘，我会让专业人员检测土壤，如果这里的土壤合适，我们可以改种红橙，甚至大力发展红橙。"

"姜书记，我……我……我没老婆怎么办？"丁大力坐在第一排，嘴一歪，大声道。

"哈哈哈、哈哈哈哈……"全广场上的人都笑得前仰后合。姜声音年轻，完全没经验，一时间愣在台上竟不知该如何回答了。

正在这时，韩苗苗解了围。

"大家安静！大家安静！"韩苗苗示意姜声音退往一边，道，"激动人心的时刻到了，有请镇长周中华同志宣读竞选者获得选票数。有请三位候选人上场！"

刘浩、张卜仁、张小楷上台站稳后，周中华用平稳的声音宣读："张卜仁同志两千一百票，刘浩同志两千六百八十票，张小楷同志三千八百票。"

票数一念完，广场上爆发出一阵热烈的掌声。

"选举程序清明，选举合格有效，下面，有请鹤江镇党委书记江前程同志宣读委任书。"韩苗苗持着话筒道。她这一说，将台下的议论声给压下去了。

江前程从台上站起身，手里拿着工作人员刚刚填好的委任书，高声宣布："张小楷同志获得选票最多，人品优秀，众望所归，当选为张湾村村委会主任，任副书记。按顺延程序，刘浩同志担任副主任、党委委员。"停顿了两秒，江前程道，"张卜仁同志因已过国家法定退休年龄，还是安安心心回家养老吧！呵呵！"江前程的话刚说完，只见张卜仁怒目圆睁，对着张小楷大声道："以后我要叫你老子啦！"话刚说完，一个急转身，气冲冲便往台下走去。因声音太大，离话筒又近，这句话一下子传了出去，很显然村民们都听见了，广场上又爆发出一阵大笑声。

就在大家笑得前仰后合时，只听主席台边沿"嘭"的一声重响，张卜仁栽倒在地上了。

到了十一月中旬，鹤江镇尖山顶上已飘了第一场雪。张卜仁还住在鹤启县第一人民医院心脑血管治疗科里。原本也只是急火攻心，高血压诱发了脑缺氧，突然晕倒，没什么大事，可他住在医院里就是不想回家。

大儿子张大楷听闻父亲生病的消息，回了一趟老家，少不得将张小楷一顿狠批。一是怪他异想天开，辞了县城那么好的工作回乡搞个什么创业；二是与老父亲竞争当村主任，为大不孝，是他活活把父亲气成那样子的；三是人说三十而立，他读了那么多书，学了那么多知识，不知知识都学到哪里去了，不好好地谈个女朋友快成家，却回个什么农村？"农村的女孩没受过高等教育，她们和你有共同语言吗？三十岁了，还不打算成个家，老爸完全是被你气病了的，现在好了，待在医院连家也不想回了，你说怎么办吧？"

父亲不在身边，张大楷长兄如父，一顿数落，张小楷嗯嗯着，手里还在整理明天要去镇里汇报的材料，勉强听了大概，微笑着道："大哥，你，要不你也回来？"说完调皮地眨眼睛，道，"你坐会儿，我去打个东西，马上回来！"

不等张大楷反应，张小楷一路小跑下楼，骑上摩托车，往鹤江镇大街而去了。张大楷看着这个小弟弟的背影，心里莫名生出一种欣慰。已经成年了，多好啊！三十岁了，正是干事业的大好时机，他想干，想闯，由他去吧。当下之计，只好劝说老父到自己家去住一段时间了。上海是中国发展最前沿的城市之一，去那儿住段时间，看看外面世界的发展，说不准思想开通了，回来会支持小楷呢。

第二日，张卜仁终于出院了，不过，他没回家，径直与大儿子去了上海。他心中始终觉得张湾村的村民背弃了他，他要离开这个令他伤心的地方。

一周后，张卜仁主动给儿子张小楷打了一次电话，意思是："之前有些错怪儿子了，自己确实老啦，你不来竞争，还有别人要来竞争，你想回乡创业，是对的！我在大城市看见了国家的发展速度，你说得对，终有一日，农村和城市将会互通互融，而我们的鹤江、张湾村，未来就是城市人去向农村的旅居地，是世外桃源。好好干吧，儿子，我住你大哥这儿都好，不要牵挂！"

一大通动情又感人的话，有点儿像开悟后的真情告白，张卜仁满心以为儿子也会来点儿真情流露，不料张小楷只一句："爸，我知道了，在开会。"啪一下电话挂断了。张卜仁一阵失落，对着电话狠狠地说了句："狗崽子！"

然后笑了！

作为坝首第一村，二〇〇八年，张湾村领导班子几乎大换血，村委会工作人员的平均年龄只有三十三岁。这支力量雄厚的队伍，在整个鹤江镇成为换届后最年轻的生力军。驻村挂职的第一书记姜声音一开始还经常留驻张湾村，走村串户，以先进的思想指导村民，临近十二月，他要外出学习半年，地点是上海。这一下，村里的担子都在张小楷、刘浩两个人身上了。

金先贵被聘为村里种植瓜果的技术员，三十一岁的他干得热火朝天。

进入十二月，峡江两岸的气温急转直下，张湾村这儿也开始飘雪了。

愁煞了陈家村的书记陈平战。

垦荒种植的新品脐橙树伦晚，小树苗若被冰雪一冻，上百亩伦晚可就遭殃了，农民一年的心血就白费了。

自从成立新的领导班子后，张湾村还在制定产业发展的方案，没来得及开展伦晚种植。到了冬天，人们怕冷，都躲在家里烤火，不愿意出门，下了雪，更没人愿意动了。

陈平战与张小楷经常碰头，早在陈平战开发果树新品种时，张小楷就提出了质疑，如果冬天下雪，伦晚脐橙结的小果将会抵不住低温，得想个两全的法子。对农业技术有很深研究的张小楷，与陈平战成了事业上的知音。

买来薄膜，准备给伦晚披一层冬衣。但一天内要把所有的果树铺完扎紧，这么短的时间，需要几百人的劳力。陈平战找到了张小楷，希望张湾村的村民能助力。张小楷二话没说，与副主任刘浩一同，号召大家报名。结果村里只有二十几人报名。陈平战又联系了刘塘村，刘塘村村主任刘先武是当了十几年村主任的人，一呼百应。三个村两百多号人，一整天为陈家村的伦晚树、九月红树、茶树，全都穿上了冬衣。

一天紧张地为果树、茶树穿上冬衣后，三个主任又从头到尾检查了一遍，确保大风吹不翻薄膜才回家。

回到家后，张小楷看了看时间，已是凌晨两点多了。

第二十一章

　　一百五十二双鞋垫，总计一万两千多元钱，这些钱都是杨静秀要支付给张湾村那些会青花绣的女人们的钱。

　　第一次去苏珍的小卖部那儿卖鞋垫是八月底，竞绣合作社也是那时候办起来的，那次卖鞋垫的钱全给了苏珍，剩下的鞋垫也都给她了。给她时就说好了，让她好好销售，八十一双鞋垫杨静秀只收成本，多卖一分钱都是她的。

　　一开始，苏珍还断断续续地回杨静秀信息，说，鞋垫卖得不错，天天有人光顾，有时候卖得多，有时候卖得少。后来，信息也不回复，电话也不接了。而杨静秀的绣厂这边，报名的有付春喜、崔宝琴、崔宝琴的女儿龚叶子、辍学的杨玉、村头的崔香、邻居张腊梅、黄小、陈月、周凤琴，加上杨静秀，一共才十多个人。有十几个学员也很好了，总算绣厂有了生机。过去杨静秀只会绣十字绣，苗兴翠要求张湾村的学员都绣青花绣，意思是只有青花绣才能成为峡江绣品的一个标志，青花绣才是千年传承的正宗峡江非遗文化，是地域性文化的标识。如果大家一窝蜂跟着绣十字绣，只会让十字绣绣品的价格越来越低，而绣十字绣所花费的精力与时间也并不比绣青花绣少。

杨静秀不得不从零开始学，而且要虚心拜付家大姐为师，必须带头练习。刺绣是一件高深的工艺，除了心要安静、人要坐得下来，还需有耐心，再就是人要勤劳，不怕吃苦多加练习。杨静秀不怕苦，她每天起得最早，睡得最晚。因为对技艺的热爱，之前又有很好的刺绣底子，对创办绣厂有着特别的执着，只半个月，她就能独立完整地绣青花绣作品了。

苗兴翠经常来绣厂看学员的学习进展。现在的文化站站长变得最有发言权了，为什么呢？因为她才在县政府宣传部里切切实实为竞绣合作社争取到了一笔资金，这笔扶持资金的文件已经下发了，钱还没到，是两万元。

这可不是个小数字！

正因为给大伙儿看了文件，又加上杨静秀时不时支付一些钱给交鞋垫的女人们，张湾村的女人们看到了希望，后来每天都有来绣厂报到的。村民还算朴实，每天早上虽来得迟些，甚至张腊梅、崔宝琴几个有时来，有时又不来，但总归更多女人都还记得家务事做完后要来合作社，听付家大姐讲一些关于刺绣的要领和知识，尽量多学习青花绣。

现在张湾村的娘儿们和过去不一样了。从前菜园子里、果树下的活儿干完后，妇女们扎在一块儿讲闲话，说着说着，是非就起来了，说不准哪天东家的和西家的就吵起来了，发恶了还会动手，闹到村委会里去，揪着张卜仁评理。战火一闹起来就无休无止，张卜仁觉着头疼，很多时候就只好躲着了。自从绣厂办起来，这个隐患看样子消除了。女人们闲暇时都有地方去了，到了青花竞绣合作社，大家都在认真听付家大姐讲课，学着怎样绣花。某一个人爱嚼舌头，没人搭话也没意思。更重要的是，新任村委会主任和书记有时候就在人群后面听着呢，被一个娃娃领导说两句总不是个体面的事儿不是？

苗兴翠还在县城请人打了些简笔画儿的样式，回来让绣娘们照着绣，有峡江女人洗衣的场景，有村民一起采茶的场景，还有江边垂钓的场景，更有峡江烟雨朦胧的景色，甚至有果树开花结果的场景。这些花样打开了众人的思路，绣品的样式多起来，大伙儿就更感兴趣了。

付家大姐每天下班后都会去杨静秀家坐一会儿。杨静秀耐心地给她泡茶，又留她吃晚饭。付家大姐喝完茶，说不吃晚饭了，两个老人还在家里，要赶紧回家做饭他们吃。杨静秀便问："二老身体还好吧，这段时间晚上没听大妈叫身上疼了，她的腿好些了吗？"

付家大姐便直抹眼泪，父母都是快九十的人了，生了她们姊妹六个，其他姐妹都出嫁了，唯留付家大姐在家，她是二老的终身之靠。付家大姐的丈夫常年在外打工，屋里就她一个人支撑着，还有一个上高中的儿子，每年都要钱用，学费、住宿费、吃饭的钱，加起来上万元。唉！

每次说到这儿，付家大姐的脸庞再无光泽，仿佛整个人正在地狱边缘，心里做着拼杀式的斗争与挣扎。杨静秀感同身受，明白付家大姐的心思。一百双鞋垫，一共价值八千元钱，第一次卖了两千八百元，都给苏珍了，第二天杨静秀跑了一趟镇里，取了三千元，自己留了两百，给了付家大姐两千八百元钱。后来一次给六百，给了三次。这样，一共给了她四千多元钱，都是杨静秀自个儿的钱。还剩三千多元钱，杨静秀不能再支取了。另一个存折是刁段明死后给儿子存的定期，用于孩子读书的，如果要取出来，还要上县城去银行办解约。而这个钱，是万万不能动的。

付家大姐是个守信的人，她答应只要杨静秀帮她卖完一百双鞋垫，她就会留在绣厂，教大家学习青花绣的技法。杨静秀也承认，整个张湾村，甚至鹤江镇几十个村子，绣青花技艺能赶上付家大姐的人太少了。第一是她性格文静，沉得住气，坐得住，绣花的技艺那是万里挑一的。第二是她有绣花的天分，绣出来的针法又细又密，还有绘画构图的天分。天分是上天给的，勤劳是后天养成的优秀品质，张湾村有这样一个人才，等于有了个宝。对于办绣厂的杨静秀来说，这是再好不过的事儿了。

张湾村其他女人的鞋垫加起来也只几十双，丁一双卯一双，杨静秀时不时支付点儿现金。这种能时常进钱的状态令女人们兴奋，有盼头，现在感觉希望就在眼前了，都能安心留在绣厂学习绣花。鞋垫的售卖，使大家觉得传承上千年的青花绣是有价值的，而且青花绣在市场上是大受欢迎的，那么换言之，如果大家联合起来办这样一个绣厂，也应该是大有前途的呀！

这天晚上，天气特别冷，付家大姐又来杨静秀家里坐。忙碌了一天的两个女人坐下喝杯茶，围在烧热的火垄前烤烤火，说着知心话。

"大姐，你的钱还有两千元，年底给你，行吗？"杨静秀道，"现在入冬了，旅游的人少了，鞋垫不好卖！"她一边给付家大姐续茶水，一边小声道。

"静秀啊！你……唉！"付家大姐欲言又止。

"付家大姐，喝茶！"杨静秀现在话说得已特别流畅了，她见付春喜想说什么又不说，便递上茶水，静静地看着这个为一家老小奔波劳碌的女人。四十不到的年纪，眼角已像饺子皮的边沿，一褶一褶地皱叠出黝黑的纹路，一双粗糙、皲裂的手，简直就是农田干最粗陋活儿的汉子的手啊。

"静秀，你说实话，你付我鞋垫的钱是从哪儿来的？"突然，付春喜一把抓住杨静秀的手，表情特别严肃地问。

"卖鞋垫的钱啊！"杨静秀不明白付春喜为何会突然问这样的话，强作镇静地道。

"静秀啊！你想把绣厂办起来的心情我们都知道，可……"付春喜不再往下说，紧紧盯着杨静秀，仿佛要从她脸上看到事情始料未及的真相。

"付家大姐，怎么啦？"杨静秀仍装糊涂地问付春喜。

"二憨子说，十月底便再没看见苏珍了！"付春喜一下子放下杨静秀的手，恨铁不成钢地道，"她的那家小卖部，已被她丈夫黄爱学给卖掉了！"

"啊？"杨静秀的心直往下坠，脖子处感觉风凉飕飕地往腹部灌，脊背也在渐渐变硬，整个人像突然掉进冰天雪地里去了。杨静秀"啊"了一声，便不再言语了，神情呆呆的，眼神飘过付家大姐的头，看向黑漆漆的夜。

"静秀，这么多钱，都是你一个人从家里往外掏，你这……你！唉！"付春喜"唉"了一声站起，边走边说，"二憨子说，过去他经常开摩托送苏珍去一个地方打牌，后来说有一次，三个男的找她要账还打了她，打得她鼻青脸肿血流了一地，说是借了他们的钱没还。后来，她就不见人影了。再后来，苏珍的丈夫黄爱学来卖掉了商店，还了苏珍欠下的钱，就再也没见到过他们了！"

屋外的风呜呜地刮着，像是要下大雪了。

杨静秀沉默不语。她感觉自己被风雪层层裹住，要往地狱里去了。

自从办了绣厂，成天忙碌，偶尔打苏珍的电话，她也不接，发信息苏珍也没回复，时间久了，杨静秀又忙得厉害，每天又是购买绣线，又是添置绣架，又是协助付春喜教学员学绣艺，她压根儿就没想到去找苏珍。心想年底后再去找她把钱拿回来，可没想到，她人居然不见了。

"静秀！静秀！"付春喜见杨静秀默不作声，目光忧郁，连喊了两声，道，"估计你的苏珍小妹压根儿没卖鞋垫，卖掉的还是一开始你卖掉的那几十双，其余的鞋垫呢？她人跑了，可不能把我们的鞋垫都糟蹋了，我们得去找回来啊！"

"付家大姐！"杨静秀眼里有泪光，哽咽道，"这件事，不要告诉任何人了，好吗？"

"好！静秀啊！我是心疼你啊！你为了办个绣厂，引导张湾村的娘们儿做点正经事儿，费了那么大的心思，可不能让你一人掏钱呐！静秀，那些鞋垫一定要找回来，找回来了卖掉，凭你的能力，变成钱不成问题呀！你一个人支撑着家，孩子要上学，身边又没人照顾你，难啊！"付春喜与杨静秀讲了许久的话，深夜才散。

付春喜走时就是夜里十点了，此时劳作一天的人们早已睡下了，与城市不一样。杨静秀抓着睡衣去浴房，突感前所未有的疲惫袭来，放了一桶热水，整个人浸在里面，泪水奔涌而下。

事情为什么会变成这样呢？

苏珍是从小玩到大的伙伴，又是结拜的异姓兄妹四人中的一个，从小她聪慧、好学，不知为何长大嫁人后竟变成了这样。上次她欠了钱，在自己家里一住就是一个月，自己待她那样好啊！后来她被几人围殴，又是自己为她解围，并把卖鞋垫的钱给她，助她渡过难关。不明白为何，苏珍竟如此背信弃义，将姊妹对她最后的一点儿希望也给毁灭了呢。

这不是一百多双鞋垫啊，这是自己对她几十年的感情，是彻头彻尾的信任。

怎么办？怎么办呢？

小妹真的跑了吗？她该不会有危险吧？

泡在浴桶里哭了一阵，想了想，杨静秀决定找苏珍的丈夫黄爱学。穿好衣服，她在手机里翻通话记录，没有黄爱学的名字，干脆打苏珍的电话。

"嘟嘟……唧唧……您所拨打的电话不存在。"电话里传来自动回复，而后就是一阵忙音。

苏珍到哪儿去了呢？

呆呆地想着，心里堵得慌。小妹可别出什么事儿啊！忽然，杨静秀心中一亮，干脆问二哥苏保佑吧！他经常在县城，说不定碰见过她。

苏保佑接电话的速度很快，几乎是秒接。

"二妹，这么晚打电话有什么事儿吗？"苏保佑那边特别安静，声音也很柔和。

"二哥，您在县城里见过苏珍吗？"杨静秀小心翼翼地问。

"怎么啦？她不是在鹤江大坝外开小卖部吗？你们之间……"电话那边引起了警觉，苏保佑话没说完。

"张湾村绣坊里有一百多双绣花鞋垫请她代卖，现在她的人已不在鹤江了，据说小卖部也给卖掉了。"杨静秀转述着付春喜的话。

"她这个人哪！唉！静秀啊！你太信任她了！这样，我明天去实验中学找找她丈夫，问问情况。你先别急。嗯，万一有困难，再给我打电话。哦，对了，绣厂办得怎么样了？"苏保佑语速快，一串话说了几个内容。

"还好！谢谢二哥关心！这么晚了，不打扰您了，先挂啊！"杨静秀眼里已蓄满了泪水，她挂断电话，泪水顺着脸颊流了满脸。

定期存款只有四万元了，这个钱怎么也不能再动了，是刁子远的全部学费。眼看活期存折上只有一千多元了，杨静秀思考着，如果苏珍不能把卖鞋垫的钱给自己，那么意味着还要支付五千多元的鞋垫费用，这钱从哪儿出呢？

过了一天，苏保佑没消息，杨静秀不好再问。吃过晚饭后，杨静秀在整理绣线，苏保佑打电话来了。

电话里说，苏珍失踪了，很多人都在找她。之前有人要债，找到她丈夫的学校，黄爱学知道她在外面赌博输掉了家中所有的积蓄，一气之下和她离婚了，把她的小卖部也卖掉了，里面的货物全都扔了，货物因为长时间没出售，都发霉变质了。再问看见鞋垫了没，黄爱学说确实没看见鞋垫，商店里一双也没有。苏保佑还问杨静秀："二妹你现在是不是遇见困难了？若需要钱，我可以支援你。"杨静秀说："谢谢，不用了，我还有。"

挂断电话，虽结果都在意料中，杨静秀仍觉凉飕飕的，心里的悲凉无以言表。钱虽然重要，但小妹她去哪儿了呢？背负那么多的债务，一个结过婚的女人，家人都抛弃了她，她还能去哪儿呢？

心被狗咬了一样，滴着鲜血。

另外又想到钱。虽然绣厂是办起来了，但用钱的地方还太多太多，毕竟在创业初期啊！需要想办法挣钱，不然积蓄都被自己花掉了，过年怎么办，这么多绣娘如此信任自己，鞋垫也是她们的心血，若不能给钱她们过年，她们还有什么指望呢？

怎么办？怎么办呢？

第二天去绣厂上班，杨静秀感觉腿上有千钧重，一步一挪，心里慌得厉害。正走到仓库大门口那儿，见一辆货车拖了很多木柴，停在路边，正有村民在往货车上架木柴。杨静秀走上前去问这是干什么。

村民叫王元明，六十来岁的样子，身强力壮的，高个子，硬身板。他说，到了冬天，城郊有些人家烧柴火垄需要柴，他家山上有一些，卖了也是一笔收入。杨静秀问多少钱一斤，王元明说，是四十元一百斤，如果帮他们劈成小段，价格高些，五十元一百斤，这儿的柴是栗树柴，卖得比别处贵些。村里换届选举就说了，明年张湾村的所有高山都要垦荒种果树，这柴不卖也可惜了。

听了王元明的话，杨静秀看到了曙光。她想，如果把自己家山上的木柴砍下来卖些钱，过年就能把债还了，卖一万斤柴，就有五千元钱了。这样想着，她加快脚步朝绣厂赶去，白天好好绣花儿，晚上可以早点下班，上山砍柴。

冬天的夜黑得早，杨静秀要先顾着绣厂，督促女人们按时按质按量完成作品，又要去山上砍柴，怎么办呢？天黑得早，自己上山砍柴有些不现实，还不如找王元明帮忙，付给他砍柴的工钱。

一万斤木柴能卖五千元钱。杨静秀与王元明谈好，请他帮忙从山上弄回来柴，负责找人卖出去，结算时给一千元劳务报酬。原本是想谈少一点，给八百，王元明说他的老婆得癌症刚死了，还欠了债，儿子没有工作，家里老人又病着，里里外外只他一人，少于一千元他不干。往年他给别人做事也是这个价。

对王元明此人，杨静秀并不熟悉，没搬迁时他就是原张湾村的村民，住在山顶上，离村委会这里远着。据说他擅长打野兽，家里收入全靠他捕捉野兽得来。政府为了保护野生动物，明确规定不能上山捕捉野兽，他又说山上的野猪到他田里刨庄稼，把地里的农作物给刨出来，吃的都没了。加上他一家人都病着，那时他老婆得了癌症，在家里哭天喊地的，山下的人都听得见。村领导睁一眼闭一眼，也不太去管他，只要他不闯大乱子就是了。王元明有个儿子，天生的智障，话都说不全，没读小学就在家里闲着，成天手里拿根细软棍子，山上山下地来回走，嘴角永远挂着笑容，一边走，口里一边说着旁人无法听懂的话，所以人称王疯子。不知王元明的老婆是何时死的，张湾村也没个动静儿，自去年春上后，山上再没听见人的哭喊声，后来便听说王元明的老婆已经死了。

看长相，王元明应该是六十多岁的人了，精瘦精瘦，个子很高，颧骨凸起，双目深凹，除了看人时目露精光外，其他时候满脸麻木，看不出在想什么。他做起事来麻利，小桶粗的木料他扛着也不费劲。他穿一条膝盖破了的长裤，上衣衣领破了，整个人显露出无人照顾的悲凉。

与他谈工钱时，他毫不含糊，只说一百斤柴收十元，一千斤柴收一百元，一万斤柴收一千元的工钱。杨静秀问，八百元行不行？王元明说，不行。

既然他说不行也就算了，王元明也挺可怜的，他说一千元就一千元吧！后来到绣厂去，杨静秀又问了崔宝琴。崔宝琴说，现在的人哪个还愿意下那个憨力呀，王元明说的这个价不贵，差不多吧，他是用苦力卖钱。

这样，杨静秀释然了。就依王元明，请他砍一万五千斤柴，可以收入七千五百元钱，给他一千五百元，自己还留六千元，过年时可以把姐妹们的鞋垫钱给了，自己留一点儿和儿子过年。

有王元明在山上伐柴，杨静秀很安静地打理着绣厂。

腊月份天气冷，仓库里先是放了电暖器。苗兴翠说电暖器是明火，不安全，于是用扶持的钱买了两台落地空调。这一下，仓库里暖暖的，像春天一样，村里的女人们在家取暖又担心烧了柴不划算，开电灯又用了电费，于是陆陆续续来到绣厂参加学习。

苗兴翠帮忙解决了取暖问题，对杨静秀说："大件儿解决了，电费你可得自己出啊！"杨静秀点点头答应了。

一想起电费的问题，杨静秀又犯难了。

自从办起绣厂后，电费一个月比一个月高。当然，电费多少与季节变化有关，也与学员的报名数有关，电费高也是好事呀！但说实话，从办厂到现在，像样的绣品没绣多少，除了付春喜、杨静秀、杨玉、龚叶子几人的绣品让人赏心悦目外，其他人的绣品因脱离了鞋垫制作的程序，女人们有些不适应，难以绣好。另外，来绣厂的日子久了，村里婆娘们陋习又起来了。她们和城里人上班不一样，因没有约束，她们更没工作规矩，绣作品时叽叽喳喳、东家长西家短的，有时候头都攒到一起去了，讲闲话讲得可带劲儿了。这样，绣作品的手艺没学着，讲是非的功夫倒是长进了。

为了此事，苗兴翠带着张小楷来仓库现场办公，把规矩狠狠地讲了一遍。末了，苗兴翠说："绣厂不是哪一个人的，是咱张湾村的，杵在村口，立在坝首，这是坝头的第一村，是第一个做文化的厂子，如果办砸了，过来过往的人看着不像个样子，传出去，丢的是咱张湾村大家的脸。"

苗兴翠的一通话，女人们都噤若寒蝉。张小楷是新上任的村委会主任，是村里的党支部副书记，刘浩也一起过来了，张小楷让刘浩先讲。刘浩到底是张湾村的老领导，虽然年龄不满四十，可说话有他的一套。

"人人都有尊严，我想大家都愿意被尊重，怎样才能被尊重，那就是自己赚钱养活自己。一个女同志，又懒又笨又不爱学，还爱说是非，你们说，这样的人会有人尊重她吗？张湾村地理条件是坝区最好的，你们若好好儿地学技术，好好儿地把作品创作出来，不怕没人买单。几年后，你们都是青花绣的大师，将会有很多人来拜你们为师，你们说，到那时你有没有尊严，能不能挣到钱？"

"有！"女人们被说得心潮澎湃，对刘浩佩服得五体投地。这一席话，完全击中了要害，令她们深刻认识到，只有技艺在手，自己养活自己，才能出人头地，才能获得应有的尊重。

张小楷很斯文，他说："苗站长这样支持我们张湾村，咱张湾村就要干出个样子给大家看看。等有一天你一个月能挣两千、三千了，看还有谁敢瞧不起咱们？"张小楷说完，又正式聘请了苗兴翠为顾问，杨静秀为厂长，付春喜为技师，崔宝琴为后勤主任。

领导就是领导，一个上午，就把绣厂的风气整顿下来了。

虽说之后绣厂内仍有蛐蛐般微小的说话声音，但闲话显然少了很多，更多的是抽丝剥线、引线走花的轻音。到了十二月中旬，竞绣青花合作社已达到了五十人。杨静秀数了数成品绣作的数量，非常可观，一共三十幅。有花鸟虫鱼、峡江风情、老人垂钓、田间劳作，还有女人带娃等，全都是西部山区楚地一带农村的生活图，绣出了峡江边上众多移民热爱生活、勤耕劳作的精神风貌。

一件件绣品在阳光下散发出灵秀的光芒，这些绣品要放在什么地方才能被当作商品出售呢？总不能一张布就让人买回去吧？

为了这，杨静秀和苗兴翠又煞费了一番苦心。

"静秀，你聪明，在网上查查，看看绣品可以做成什么样的实用品才能逗人买？"苗兴翠爱惜地抚摸着这些绣品，对杨静秀道。

"站长，我看了，主要是荷包、香袋，还有枕头。大件的、特别美的可以装裱后挂在墙上当装饰品，和十字绣的功能一样，但很明显青花绣比十字绣精致很多，当屏风也行！但需要更大件儿的。"杨静秀道。

"好！这样，我们先尝试着用土棉布绣，就做成枕头或车饰，小幅的，就做成荷包，有几幅大的，我们买来屏风架子，将它们张起来！"苗兴翠眼里放着光，对杨静秀说。

两个人的观点不谋而合。

当晚，杨静秀就精心挑选了样张，而后布局大小，看哪些绣品适合做什么，一一挑选。当看见杨玉绣的一朵兰花时，杨静秀灵机一动，见大门上还挂着的艾草，计上心来。

三个小时，把艾草在电锅里煸茶叶一样煸干，而后放入装了棉花的布包，将绣品布包在外面，做成了一个青粽子的形状。剪、裁、缝，夜里十二点，终于完工了。拿在鼻子前嗅了嗅，一股艾草的清香沁人心脾，令人心旷神怡。

这个物件儿既可以随身带着，又可以当作礼品赠送，比市面上昂贵的香水还好闻，作为定情之礼送给情郎那是再好不过啦！

一想起情郎，杨静秀感觉心突突地跳得厉害。她的脑海里浮现了一个身影，斯文、含蓄、彬彬有礼，他就是才上任不久的村委会主任，三岁就定了娃娃亲的张小楷呀。但只想了一下，杨静秀又放弃了，自己已非小时候的杨静秀，如今一个人带着个孩子，还被张卜仁说成大凶之女，不能去想他，更不能害他。这样想着，杨静秀将做好的粽子荷包放在枕边，看着它就像看见张小楷一样，然后安然睡去了。

一万五千斤柴火弄完了，不仅要从山上砍下来，更要锯成段，这样才能卖出好价钱。王元明的家在山顶上，起先在山上伐柴时，王元明并没提什么要求，后来柴火搬到杨静秀家院子里，王元明要求劈柴分段的日子，中午要在她家吃午饭。原本吃午饭也没什么问题，只是杨静秀不喜欢王元明的眼神，每次和他说话时，王元明目光里就像伸出爪子来，一副要生吞活剥杨静秀一样。旁边要是有绣女们在，大白天的，还不担心什么。可若让他在自己家里吃午饭，孤男寡女，再说这人的眼神总有那么点儿邪气，杨静秀发自内心地不愿意，但一个下苦力的男人，他在山下人生地不熟，去哪儿吃中饭呢？

想过给钱让王元明去街上点炒饭吃，但上街太远了，他一个农民又没有交通工具，加上一去一回耽误工夫，而且一个盒饭少说也得八元钱啊！这八元钱放在有钱人家里当然不算什么，但放在杨静秀这儿，就是一笔大开销。绣品没变成钱，自己又不停地往外掏钱，再不赚钱，孩子的学费没有了，自己可怎么对得起死去的刁段明啊？

杨静秀想了一个办法，每天早上五点起床，起床后把要炒的菜都择好，有的还切好，中午回来事先预定好时间的电饭煲已把饭煮好了，预先洗好的菜三下两下炒完，杨静秀拿上饭盒，夹了菜就带到绣厂里吃，说是要加班。

这样，与王元明见面的时间最多不过半小时，而且不同桌用餐，杨静秀压根不用看见他那怕人的眼神。

将饭盒带到绣厂吃饭的事让绣娘们知道后，大家都夸杨静秀检点，意思是这个村有几个老光棍，那眼神就能把你的衣服剥了，怪可怕的。尤其是崔宝琴抖着一身肥肉，一边说话还一边扭着粗笨的腰身，说："那尖山半山腰的黄瘸子，每次从我身边过，就故意撞我一下，还直往我身上扑，天哪！吓得我没命地跑。这些男人啊，他家里没个女人，有的连婚都没结，还不是想和女人那个，哈哈哈哈！"

崔宝琴说起男女之事，毫不以为意。

杨静秀是真害怕。她不言不语，每天回家也特别迟，直到看见一个高个身影从仓库边穿过时，她才关了仓库的灯，向家里走去。

转眼半个月过去了，王元明做事利索，一万五千斤柴剁得整整齐齐的，订购的人用货车拉走时，把七千五百元给了杨静秀。

任村委会主任之职快两个月了，事情千头万绪的，张小楷忙得每晚回家都已过了十二点。今天周五，总算可以早点回家了，对！今天一定要去杨静秀家里一趟。

父亲担心自己与杨静秀在一起，给自己介绍了苗艾蝶。郑桃英又把女儿韩苗苗推荐给自己，韩苗苗好像对自己真有那么一层意思了。村里刘浩的读大学的侄女刘小轩也经常给自己发信息。张小楷一来是忙，二来真的不想与这几个女孩谈恋爱。她们外形条件都还不错，品质也很好，但杨静秀的身影在脑海里总挥之不去。她懂事，有思想，还有一股子韧劲儿。她一个人带个小孩，生活这样艰难，但她和别的农村女性完全不一样。几个村都有这种情况的女人，她们动辄找村里要补助，还用生命威胁村领导，达不到要求就寻死觅活。

但杨静秀不是这样的人，她一直在寻求一种科学的方法拯救自己，不！她不仅是在拯救自己，更是在拯救农村的广大女性。张小楷喜欢她，是从骨子里的喜欢，是发自肺腑的喜欢。

天黑了，从村委会往家走，家里黑漆漆的，老爸还在大哥张大楷家，还打电话让自己今年也去上海过年。正好父亲不在家，这段时间可以甩开膀子理一理村里的事儿。没人在身边嘀嘀咕咕，张小楷心理上没负担，工作起来利索多了。

回家洗了个澡，放下所有担子，张小楷想起在网上买的一本书，是关于绣花的，这时去杨静秀家，正好可以蹭顿饭吃。不知刁子远回来了没，开会时发的笔记本有多的，正好给他拿一本过去。

卖完最后一货车柴，杨静秀已汗流浃背，点好了钞，车走了，院子里四处都是柴末儿。杨静秀计划明天整理院子，数了一千五百元，递给王元明。王元明说，天黑了，肚子饿了，想在她家吃饭了再走。杨静秀觉得很尴尬，说："您先把钱收好，我去厨房做饭，您吃了赶快回家，山上还远，您若迟了也不安全了。"

将钱给了王元明，王元明接了，兀自去喝茶，坐在一楼客厅里烤火。

杨静秀将灯全部打开，进厨房开始炒菜。只炒了三个菜，最后一道炒土豆起锅时，关了火刚转身，只见王元明幽灵般不知什么时候已站在身后，咧开嘴嘻嘻笑看着自己。

"嘿嘿！好看！好看！"王元明嘴里说着话，手里捏了张一百元的钞票，对杨静秀道，"这个，给你！"

"干什么？"杨静秀完全没反应过来，愣神的时候，只见王元明已扑了上来，抱住了杨静秀，道，"全给你，今天我就在你家过夜了！"

"放开！放开！"杨静秀大声道，"再不放开，我叫人了！"

不料王元明不仅不松手，反而将嘴巴追到杨静秀的脖子上，杨静秀左手一盘土豆呼啦啦一下扣到王元明的头上，不想他还不松手，还将杨静秀推到墙角处，用胸部使劲压住她。

"来人哪！来人哪！救命！救命！"纤弱的杨静秀大呼救命，并用脚猛劲儿地踹着王元明。王元明像疯子一样并不松手，用一只手搂住杨静秀，另一只手就去拉她的裤子。

杨静秀尖锐的呼喊声早已传了出去。

张腊梅正吃完饭来稻场边散步，猛地听得呼叫救命声，心想大事不好，莫不是小偷进门了？慌慌地脱了一只鞋擎在手中往院子里跑，这时，付家大姐飞奔般也到了门外，远远地看见个男人往这边来，是张小楷在往这边走，大声道："主任！主任快来啊！杀人啦！杀人啦！"

不明就里的付家大姐只听见杨静秀喊救命声，以为有贼人在行凶，便说了"杀人"这个词。

原本心情畅快的张小楷大脑嗡的一声，冲刺一样往这边奔，跨进院子，见张腊梅朝后屋厨房走去，杨静秀叫救命的声音是从里面传来，他也直奔厨房。

张腊梅已在骂人了！

"哪里来的狗强盗，竟然对自己村的人下手，你个黑良心的！"张腊梅见是王元明，丢了鞋拿着门边的扫帚就朝王元明的头上扫了过去，声音就像高音喇叭。

听见有人来了，还不止一人，王元明只好松开杨静秀，嘴里还挂着涎水，头上还有土豆片，满身的油污就要往外跑。付家大姐一把拖住他，大声吼道："不许走！干的什么缺德事儿！"

"静秀！静秀！"张小楷几大步进屋，到了杨静秀身边，急急地呼唤道。

只见杨静秀脸色煞白，呼吸急促，衣领子已被扯破，扣子也掉了两颗，张小楷也不管许多，将自己的袄子脱下来给她披上，怒目对王元明道："不要跑，若不老老实实的，我就报警，抓你去坐个十年八年的！张湾村没你这种畜生！"

"扑通"一声，王元明跪下了，结结巴巴道："我……我……我……我不是人，我混账！我……"王元明一个劲儿地叩头，求杨静秀原谅。

"你走！你走！"杨静秀泪流满面，指着王元明吼道，"我永远不想再看见你！"

张腊梅上前搂住杨静秀，把她抱在怀里，劝道："别哭！

别哭！还是得早点找个人嫁了！"

付春喜踢了王元明一脚，捡起地上的钱，塞进他口袋，啐了一口："快滚回去！"王元明揣了钱，连滚带爬走了。

张小楷见两个女人扶着杨静秀进浴室了，站在院子里好一阵思想斗争，想了想，觉得此时自己不好再待在她家，免得静秀尴尬。

他叫出了张腊梅，叮嘱了她几句，而后便回家去了。

关在浴室里，杨静秀任凭水花冲刷着身体，奔涌而下的泪和淋下来的水一道，如江水的愤怒，倾泻而下。

哭了很久很久，直到张腊梅在外不停地拍门："静秀！秀丫头，可别想不开啊！那狗日的王元明，赶明儿咱妇女同志们去一人踢他一脚，给你报仇啊！"张腊梅这段时间跟着在绣厂，也学了不少文雅的话，劝杨静秀时，她居然用到了"同志"两个字。

"静秀！开门啊。冲一下算了，他个狗日的王元明是癞蛤蟆想吃天鹅肉啊！还好有我们。你不怕！以后谅他不敢再往这条路上走了！"付家大姐也在门外劝道。

淋水的声音停了，杨静秀穿好衣服从浴室里走了出来，头发还是湿的，两个好心的绣娘将杨静秀弄到一楼客厅里。有点儿冷，付家大姐找来电暖器插了，三人围着火炉子。付家大姐去厨房端了饭菜让杨静秀吃，杨静秀摇摇头表示不饿，付家大姐叹了口气，将饭菜又端了放回厨房里去了。

"个天杀的王元明！"张腊梅狠狠地道，"别让我再撞见他，哪日再落到我手里，看我不踢破他卵子！"张腊梅爆着粗口骂道。

两个女人陪杨静秀坐到十一点，眼见杨静秀开朗了些，又见她锁了大铁门，走的时候张腊梅还说了句，早点睡啊！
二人才放心地回去了。

农村的夜特别静，黑得也早。

一个人呆坐在客厅里，想着想着泪如雨下，过了半个小
时，背凉如水，关了电暖器，又关了所有的灯，往卧室里走
去。躺在床上，泪水又决堤而下。

正在这时，电话"嘀"了一声，是短信的声音。没力气
看，也不想看，这段时间在网上买了些绣线，有很多骚扰信
息，杨静秀很多时候都不看信息。

一连三声，"嘀嘀"个不停。杨静秀拿起电话，见到"张
小楷"三个字，泪水又来了。

"吃了点儿没？"

"静秀！"

"还好吗？"

看着这些文字，杨静秀的泪扑簌簌往下落，见这些温
暖的信息更加难过了。她把电话放在床头柜上，调成了震动。

"嗡嗡……嗡嗡……"还没到一分钟，张小楷打电话来
了。他是真的担心了。

杨静秀挂了电话，坐起身子，回了两个字："没事"。

"静秀，别怕，有我保护你！"张小楷又来一条信息，接
着又道，"一定要吃点饭知道吗？"

见没回复，又发一条："这个狼心狗肺的，明天村委会要
好好地治他的罪！"

一条又一条信息让杨静秀内心的伤痛暂时缓和了一点儿，
看见最后一条时，杨静秀禁不住破涕为笑。"治他的罪"这话
有点儿像古时候皇上的口吻，喜欢看古装剧的杨静秀见了这

话，又想起张小楷英俊而斯文的模样，心里暖暖的，随即回了一条消息。

"不要紧。不用治他的罪。"

张小楷几乎秒回："为何？他这叫非礼女性，在发达国家是要判刑的。"

"一个穷苦的农民，算了！"杨静秀想起王元明这么多天卖命地下力弄柴火，挣了一点儿钱，家里还有病在床上的双亲、智障的儿子，心里一软，回复了这句话。

"静秀！你真善良！只要你放过他，我也就不再追究了。"

"不用了！怪就怪我们这里太穷，农民没读过书，更没见过世面。他又穷又累，家里的老婆死了，他……正常的！只要以后不犯，饶了他！若真抓了他，他家人怎么办？"冷静后的杨静秀发了一长段话。

"静秀，没想到你这样通情达理，更没想到你一下子找出了问题的关键。是啊！我们张湾村过去太保守，没跟上时代，所以思想还停留在旧时期。农村还是太穷。其实张湾村在峡江边上，地理位置最好，应该也是块商机颇丰之地啊！"张小楷称赞了杨静秀，和她聊起天来。

"对呀！我认为咱张湾村是可以大发展的。"杨静秀似乎完全忘记了刚刚的不快，干脆坐起来，开了免提，和张小楷语音。

"谈一谈你的想法。"张小楷也用语音回复道。

"农产品全部改良。峡江气候温润，脐橙卖得贵，就种这个品种。另外，最大的经济支柱还有茶叶，把茶园连成片，一同加工一同售卖，就像绣品一样，个人单独去卖，卖不出好价，大家合作做出个大品牌，一起经营，保证能赚大钱。"

杨静秀干脆用语音讲普通话,讲得特别流畅。

"好!好!静秀,明天我就联系北京。我在那里读过书,将绣品拍过去,看有没有人订购,能出什么价。对了,快去吃点饭填饱肚子,只有肚子饱了,才有力气做事呀。"张小楷像哄小孩子一样哄着杨静秀,特别有耐心。

杨静秀听得心里甜滋滋的。

"嗯,好呢。"发了个晚安的表情,电话才放下。

杨静秀果然听张小楷的话,收拾了厨房,吃了一碗面条,打开电脑,在电脑上搜索绣品的价格,心里充满了希望。

第二十二章

　　三十七岁的陈平战终于结婚了。

　　与鹤江镇党委书记江前程的亲侄女江夏结为夫妻。随之而来，笔试、面试后，陈平战成为鹤启县首批年轻村委会主任转为公务员的人。一顺百顺，陈家村垦荒培育的脐橙树已全部存活。一百亩树苗种下去，冒了多大风险啊！

　　得道者多助！

　　隆冬时节，各村村民都来帮陈家村，大家一起动手，让果树穿上冬衣，顺利地度过了酷寒的严冬。

　　陈平战笑了。

　　现在的陈平战已是江前程的侄女婿。过去不是亲戚时，十里八乡都知道陈平战能干，现在成了亲戚，江前程在工作上支持陈平战更变得义不容辞。由镇上报到县里的新闻对陈家村大书特书，尤其另一桩事儿，令其他村都羡慕不已：造纸厂下岗的三十几号汉子开春后每人将会得到一个门面，且不用交费，免费使用三十年啊！

　　鹤江三产公司将陈家村一角切断后，似乎并不急于动工。先是有一下没一下地挖地基，后又建防水槽，最后才下基脚。

陈平战万分着急，可他又不能自己接过来做，只能任其慢慢建设。还好现在是下大雪的冬天，农村人都没什么事儿了，更多时候在家烤火聊天，然后便等着杀猪宰羊过大年。

江夏是江前程的亲侄女，原本和江前程一样是鹤江镇人，据说她父亲读完大学就留在上海工作，她从小跟父母在上海念书，家境十分优越。道听途说，不知怎的，江夏的双亲前几年亡故，只留下她一人。不知她在上海结过婚没有，她三十五岁还孤身一人，回到鹤江镇后便跟着么爹江前程住。江前程只有一个儿子，这江夏回到鹤江后，江前程自然将她当女儿看待。

一直在鹤江镇工作的江前程十分看好陈平战。

农村娃陈平战勤劳，脑袋瓜子灵活，人又刻苦又本分，与周中华完全不同。陈平战与侄女江夏的婚姻是他一手促成的。江前程在江夏面前说尽了陈平战的好话，江夏才同意嫁给陈平战。

回到鹤江镇后，江夏算得上一无所有，么爹江前程就是江夏全部的依靠。江前程为她联系了鹤启县银行的工作，江夏不愿意做，她说她是为艺术而生的，是艺术家，艺术家需要自由的灵魂。平日里她除了画画、四处采风，余下用大把大把的时间构思人生。

嫁给陈平战后，江夏觉得自己是下嫁了。起初陈平战对这门姻缘也是完全不同意的，江前程苦口婆心晓以利害，说："你三十七了，这辈子打算结婚还是不结婚呢？你当村委会主任一个月几文钱？养活你自己就成问题，一旦转成公务员，这可就解决了你一辈子的衣食问题。江夏是我亲侄女，我大哥大嫂留给她的，不瞒你，你们结婚后几辈子都用不完，你还在挑选什么？告诉你啊！过了这村儿可就没那个店了啊！过几年我一退下来，你再想转成公务员，那就别想了！"

陈平战不是小孩子，更不是才毕业的大学生，他是在农村泥巴堆里滚爬了足足近四十年的农民，没有那么多彩色的梦，更没有太多对爱情的幻想，只想找个老实本分的人过日子。原本心里一直惦着杨静秀，可杨静秀对他压根没这心思，而且两人还是结拜的兄妹，讲出去也不妥。思来想去，与江夏认识了两个月，这婚就结了。

与陈平战结婚之前，江夏在鹤启县县城就有一套房子，一百六十七平方米，宽敞又明亮。计划结婚时，江前程做主，找了专门的工程队，大刀阔斧装修，结婚那天，陈平战宛如进了皇宫一般。一辈子住在农村的陈平战做梦也没想到自己一夜之间住进了豪宅，还娶了个大城市的女孩做老婆。心里虽有些不太踏实，但毕竟是老领导牵线搭桥的姻缘，不会错到哪里去。先结婚，而后身份转为公务员，一应大事只几个月全定下来了，这是很多人羡慕的事。用苏保佑调侃陈平战的话是："大哥，你是会做事的不忙，姜太公拉线，稳坐钓鱼台啊！"

与江夏婚后有一段恋爱式的婚姻生活。

因之前二人还不太了解，彼此处于新鲜、触碰、试图靠近的阶段，日子也算浪漫温馨。更多时候是陈平战处处让着江夏，护着她，这样，二人倒也甜蜜。有点儿像古时候的婚姻，媒人出面一撮合，先成亲，再慢慢处。

许是在大城市里待的日子久，江夏与陈平战婚后，江夏更多时候喜欢待在鹤启县县城。江夏自己有一辆崭新的红色宝马小轿车，来去自由。读过大学艺术系的江夏最喜欢和陈平战书信往来，用手机发短消息比见面频繁许多。江夏不会做饭，平时的穿戴跟城里的大小姐一样，洁白的长裤、真丝的上衣、套头毛衫，戴着洋气的帽子，烫着大波浪卷儿的长发，十足的大小姐派头。

江夏偶尔跟着陈平战来到乡村，细细的高跟鞋会将乡村小道上的土泥巴路踩出一个又一个的窝来。每当看见这些小窝，陈家村的人都知道，这是村支书夫人到乡村采风来了。

江夏足有一米七的个子，比陈平战只矮那么一点点，冬天穿一件火红的裘皮大衣，雪白的长围巾上点缀着猩红，气场不输电影里的阔千金。

每次到鹤江镇，江夏先要去看她的幺爹江前程，而后来陈家村找陈平战，极少到陈平战住的那间又低又矮的一层平房里去，与陈平战的妈妈交流就更少了。江夏唯一的爱好是画画，有时候画一幅画要很多天，画完后，会在画的旁边写上一行字，那应该是一首诗里的两句话，比如，画完一枝荷花，她就会写上"清水出芙蓉"几个字；画完峡江的江景，画的右下角会写上"巫山云雨"几个字。每次画完一幅画，江夏都会很欣喜地让陈平战回县城，告诉他这幅画的意境与精髓。

起先陈平战很感兴趣，和她一同看画儿，听江夏讲画上的内容及自己的心境，还听她讲读大学时的一些趣事。

随着时间的推移，村里的事太多，农村产业改革箭在弦上，陈平战便很少回应江夏的要求了，有时甚至半个月也不回城一趟。起先江夏还像个孩子黏黏糊糊地往鹤江跑，来找农村夫君陈平战，可到了陈家村，水冷山寒，婆婆火垄里的烟熏得江夏身上的名牌衣服一股腊肉味儿，陈平战又在田间地头忙，久而久之，江夏也跑倦了。到了隆冬，江夏再也不想奔波，干脆待在城里家中享受温暖，每天睡到自然醒，起床后煮一碗面条吃，而后画画。

江夏不会做饭，这在农村人的陈平战看来，起先觉得有些不可思议。在鹤江这地方，土生土长的农村娃只十岁便会烧火做饭，女子长大后嫁人时，如果不会上灶做一手好茶饭，是会被婆家瞧不起的，甚至被婆家退回来。

江前程说，江夏原先和父母住在上海，家里请了几个保姆，收拾屋子的是一个，洗衣做饭的是一个，采购的是一个。他们住的是一大栋花园别墅，家里还请有专门的园丁师傅，你让人家一个富家千金现在来烧火做饭，这怎么可能呢？

陈平战很想知道江夏过去的家是经营什么的，为什么如此富有？但他一直不好意思开口问江夏。现在的江夏只三十几岁，父母充其量只六十多岁，而江前程称江夏的父亲为大哥，那么，她父亲可能超过了六十。六十岁的年纪也不大，为什么都不在世了呢？看样子江夏是个独生女，如果她父母不在了，现在她嫁给了自己，那么自己就是她最亲的人了。不会做饭没关系，以后自己有时间了慢慢教她，她自然就会了。陈平战善待着江夏，而江夏也回应着这个农村汉子纯洁朴素的情感，总是在手机中嗲声嗲气地说"亲爱的，今天回来吗？""哦宝贝，我想你呢！""是不是很累？村里的活儿干完了吗亲爱的？"……

男人对甜言蜜语没有免疫力。这些话让辛苦了大半辈子的陈平战感到温暖，电话短信里经常有江夏的留言："宝贝战，今天累不累，累了要注意休息哦，你回家呀，回来了给你惊喜哟……"

这几个月，陈平战过上了过去几十年都没有的温馨甜蜜日子。他想回城里，尽管城里的那个大房子没有他一分一毫的功劳，也没有他的产权，可又有什么关系呢？他想回去，因为那儿有江夏在，江夏的温柔、才情，以及善良的心，让他这个铁打的汉子也变得温柔起来了。

十二月到了，峡江边的寒风嚣张地大行其道。气温急转直下，实在太冷了！

江夏仍每天坚持作画，每天晚上都要与陈平战煲电话粥，甜蜜蜜的温言软语令陈平战只想飞奔回县城。就在这时候，江夏提出家里要请个保姆，做家务和做饭，不然她会饿死的。陈平战觉得太奇怪了，你一个人在家，煮点饭炒个菜就可以吃啊，为何还要请个外人在家里呢？再说，还要花那么多钱啊！江夏说："钱你不用担心啊！爸爸妈妈留给我的钱几辈子也花不完，我只想请个踏实的保姆在家照顾我，不行吗？"

"让妈妈来照顾你，好吗？妈妈做的饭菜很香。请保姆那么大的开支，要不，我不工作了，回家给你当保姆吧！"陈平战自从与江夏结婚后，变得口齿灵活了许多，对嗲声嗲气的娇妻，还是懂得哄的。尤其是江夏提出要请个保姆，这件事可不能生硬地拒绝她，只能慢慢说服才行。唉！自己一个月工资才一千不到，再去请个保姆，会让村里人指着脊梁骨骂。虽然请保姆用的不是他陈平战的钱，但江夏的钱也是钱，是钱总要省着点儿的。

"那怎么行呢？妈妈是长辈，是老人，她如果愿意来住在县城里，就让她回来和我一起住，让保姆伺候她老人家，怎么能让她这么大年纪了还来照顾我。亲爱的战，这是不行的啊！你说你辞掉工作回来和我一起住，那好呀！对了，干脆我们移民欧洲吧，那儿的风景可美呢!"

江夏在电话里回绝了让妈妈来照顾她的提议，又调侃陈平战，让他辞职，意思是他们俩可以一起去欧洲居住。

无语了!

这不食人间烟火的。

陈平战日渐感觉他和江夏之间有道难以逾越的鸿沟。江夏只为爱好而活，还像个孩子，她说她几辈子都不用做事，爱画画爱打球，这都随她。江前程并没告诉自己过去江夏的家里是经营什么的，到底手里掌握着多大的财富，但陈平战确实不想有个外人横在家里，这与他共产党员的身份不符，更与他这个从小苦里出身的农民娃身份不相符。

他压根也不想知道江夏有多少存款，她父母到底给她留下了多少财富。陈平战从来都没问过她，更不想知道。在陈平战看来，他应该肩负起养老婆的责任，而不是一味地让江夏自己养活自己。

"亲爱的夏啊，我只能在山野里采一束野菊花给你，你会拒绝吗?"陈平战不再说什么，用了江夏称呼他的口气称呼着江夏，用野菊花来暗喻他没有钱，但他有心。在他心中，江夏就是个宝，即使没钱，也会尽量满足她的要求，为她赴汤蹈火。

这句话把热爱艺术的江夏彻底打动了，好好地流了一场泪的江夏终于答应不请保姆，而陈平战也答应江夏，接下来他会年休十天，陪一陪江夏，为江夏当一当保姆。

两个大龄青年还像初恋的情人，电话里你一句我一句，很快沟通好了。陈平战积极准备着请年休假的手续，村里年底没什么大事，副主任龚华和黄实有担当，自己不在时他们也可以独当一面。

这段时间就好好儿地陪陪江夏吧。

黄实原本是陈家村的会计，这次换届选举，民意呼声很高，加上他吃苦耐劳，被提升为副主任，只是新会计还没有合适的人选，他又当副主任又兼着会计的职务。龚华原本是跟着陈平战一直干的副主任，这次他仍担着副主任还兼了治保主任。陈家村在鹤江镇是数一数二的明星村，即使拿到整个鹤启县也是响当当的，能发展成现今的良好局面，与陈平战这一套年轻的班子很有关。

当初与江夏结婚时，他只简单地休息了三天，因又转为公务员，还有村里农产品的转型、失业移民再就业的问题，陈平战一天没多休息。现在到了年底，村里的事儿不多，大家都要忙过年，地里的农活也都差不多干完了，村里的重点就是抓安全、防火。到镇里交了公休申请，报告很快批下来了，年休假连着春节，快一个月的假期了。这中间，镇书记江前程藏了私心，陈平战现在是自己的亲侄女婿，半个儿子一样，他还能不促成此事吗？

江夏欢天喜地的，开着她那辆红色的小宝马上来接陈平战，意思是想利用这个假期，带他去上海转一转。上海是她长大的地方，也是令她伤心和怀念的地方，陈平战现在作为她最亲的人，她想让他去看一看。

"我们峡江啊有个风俗，到了腊月都要忙年，如果这时候往外面跑，一来会让村民觉得不顾家，不孝敬长辈；二来有伤家风，毕竟要过年了嘛，当家人还往外面跑什么呢？江夏，要不，待春暖花开时，行不？"陈平战握住江夏软绵绵的手，温言相劝。

"不啊！我们可以把妈妈带着一起去嘛，上海还有房子，去了也不用住酒店的。"靠在陈平战怀里，江夏撒娇道。

"上海的风土人情你都熟悉。峡江的人文风情在过年时最能体现出来，这是多好的贴近人民的机会呀。哎哟，有一位大艺术家还想放弃这难得的机会呢！"陈平战拗不过江夏，只得用计谋，用激将法让她自己放弃。

"过年时峡江有些什么呢？"果然，峡江年节的风情令江夏很感兴趣，她头靠在陈平战肩上，眨巴着眼睛问。

"比如杀年猪，四个壮汉嗨嗬嗨嗬地抬着一头猪到稻场上，周围有许多被请来吃年猪的客人，还有年猪宴，成百上千人啊，那情景，可真是活的艺术啊！"陈平战道。

"真的吗？还有什么？"眼睛里涌动着清泉，江夏又问。

"还有包饺子，敬财神，还有卜卦，还有，哦！对了，我们这儿还有一群绣娘，绣娘你知道吗？"陈平战突然想起江夏是学美术的，正好！二妹杨静秀新办的青花竞绣合作社估计能合江夏的胃口，于是说道。

"绣娘？"江夏将头抬起来，双手箍住陈平战的脖子，道，"哪样的绣娘？"

"绣花的绣娘啊！还有哪样的绣娘？"陈平战被问糊涂了，解释道。

"小时候，记得父母带我去苏杭看见过那种能绣出水纹的绣娘，那样的功夫，国内几乎是罕见的。纤细的巧手，雅致的韵味，就连她们自己，都是一幅被巧手绣出来的画儿。"回忆着小时候，江夏对绣娘充满了神往，"没想到几十年后，在这样偏远的楚地峡江，也有绣娘吗？"

"对啊！也许她们并没你说得那样好，但手绣的功夫也非常不错。可别小看了这些种田的农民，农闲时绣花也是很了不起的哟。"陈平战说到这儿，脑海里突然浮现出了杨静秀健谈又善解人意的笑，但只一晃就消失了，都过去了，二妹以后还要嫁人，自己也结婚了，以后就别再想着了，希望她有一个更幸福的未来。

"平战，如你所言，这段时间，我就待在这里了！"江夏天真地说道。

"峡江的隆冬还能看见下大雪，再过十来天，可能就要大雪纷飞了呢，江水静静、群山素白的农村，可真美啊。"陈平战又道。

"哎呀！过去可从未听你说起过的。"江夏又一撒娇，用唇贴住陈平战的脸道。她又温暖又可人，浑身散发出好闻的香味。

心被暖了，一切都变得不是问题。

在那栋简陋的一层平房里，陈平战温柔地将江夏抱起来放在腿上，道："江夏，峡江是个极美的地方，这里的人们又勤劳又朴实，你可知，上面的刘塘村、我们陈家村、下面的张湾村，这些村民原先的家现已沉入江底，十几年前大家从那儿搬到这里，经历了多大的坎坷才有了如今的生活。如果你一直待在江边，和人们一起劳动，相信你的创作将会上更高的台阶呢。"

"好！平战，我，明天，哦！不！后天，我想去看看绣娘们绣花儿，好吗？"江夏搂着陈平战的脖子说，"明天要去城里拿画板、颜料，哦对了，我要将日常所需都带上来，我想住在这儿！"

"好！好！好！就知道我的江夏是最懂事最优秀的女孩。"

陈平战毫不吝啬地夸着江夏，亲了亲她的双唇，江夏心里甜滋滋的，二人紧紧拥抱在了一起。

江夏并不是那种一看上去就能吸引住人的女孩。从五官上看，额头短促，下巴也短，脸颊有点下凹，眼睛也狭窄平平，嘴皮有点薄，整张脸平淡无奇。若不是皮肤胜雪，加上年轻，皮肤有些弹性，衣服穿得考究，头发烫成大波浪卷，身高一米七，她可能就算姿容平平之辈吧。或许是她善于打扮，从小生长在大城市，受过良好的艺术熏陶，骨子里与生俱来透出贵气，一举手投足间，带着浓厚的大家闺秀风范。江夏十指修长光洁，尤其是酷爱艺术，热爱生活中美的事物，平添了她身上的艺术风骨，在农村人陈平战眼中，她也是倾国倾城的。

既然已彻底放下了二妹杨静秀，娶了富家女江夏，而江夏又是这样一个不愁吃穿、娇嗔贵气的女子，陈平战的心也便有了归宿。江夏不会做饭又有什么关系呢？她不工作又有何不可？她不是热爱画画吗？工作从更大意义上说是谋生的手段，江夏富可养三代，有没有工作、做不做饭又有何要紧呢？只要她热爱生活，过得充实，即使画一辈子画也是可以的呀。

处处让着江夏，更大原因是江夏的父母已不在了，她如一片浮萍飘落在自己掌心，自己是她的依靠，也是她最亲的人，必是要哄着她、让着她的。

好不容易年底有一个月可休息，正好趁这段时间陪一陪江夏。陈平战做了多年的村委会主任，驭人之术他是从来不缺的，几句话点到了江夏的心头所好，她很快打消了回上海的念头。

陪江夏回县城收拾了衣物，又搬来了画架，在陈平战宽广的胸怀里，江夏服服帖帖，做了他怀中善解人意的依人小鸟儿。

江夏首先是要去看绣娘们刺绣。这件事儿，陈平战要与张小楷先沟通，再与二妹杨静秀商量好，既然去看绣娘们刺绣，就不能让来自上海的画家、自己的老婆江夏失望啊！

张湾村那时已在筹备青花绣展了。

张小楷叫来苗兴翠，征得了书记江前程的同意，决定在十二月二十八日，以庆祝元旦为名，在张湾村举办青花绣展，并现场让几十名绣娘表演刺绣技艺。这种精心筹备的大型庆祝活动，还要邀请市里县里的领导来参观。

陈平战联系了张小楷，又打了杨静秀的电话，听说时间定在一星期后的二十八号，陈平战只好陪着江夏先乘船，在江面上上下下地逛了几圈，再回到陈家村，等待参观张湾村的绣娘们展示技艺。

第二十三章

忙碌是让人从阴影中走出来的最好办法。

赶跑王元明后，张小楷为了抚平杨静秀心中的创伤，将文艺团队交给杨静秀负责，让她把注意力全部转移到编排节目及绣展中。

十二月二十八号，张湾村将举办大型庆元旦活动——峡江青花绣展。

想起王元明心中就有气。别看他一副老实模样，骨子里却憋着坏，竟然色胆包天打起杨静秀的主意。杨静秀好心好意把活儿给他干，再怎么着也能赚个一千多。一个农村人，到了五六十岁的年纪，外出务工没人要，能在本地找着活儿干已是不易了。这次砍柴火能挣这么多钱，王元明该知足了，可没想这该死的，吃了熊心豹子胆，打起歪主意，趁着杨静秀炒菜的当口非礼她。

幸好杨静秀人年轻，反抗起来有力，又大声呼救，左邻右舍挨得近，张腊梅和付家大姐出现得及时才没让王元明得逞。若杨静秀一人单着了，还不定出什么祸事呢。

越想心里越有气，张小楷后悔自己考虑不周，没好好保护杨静秀。没为一个单身女性思量人身安全问题。可，现在她和自己的这种局面，很尴尬，张小楷一时也找不到更好的法子来保护杨静秀。更何况，自己才当选，如果急着表白，条件都不成熟，可能会弄巧成拙，还是先把事业做扎实了再说吧。

要让杨静秀快速从阴影中走出来，只有让她投入到更充实、忙碌的事业中去，找到成就感就会忘记不快。至于该死的王元明，他跑了就让他跑吧，杨静秀说得对，把他拘留到派出所或告他猥亵判他的刑，他家里的人怎么办呢？生病的老人、智障的孩子都需要他养活，若他被关起来，谁去养他的家呢？再说，目前农村人的素质提升是关键，脱贫是关键，只要把大家的素质提高了，能赚到钱了，一切问题都迎刃而解了。

苗兴翠不愧是做了多年基层文化的文化站长，去县里找到文化局，又找到了县委宣传部部长翁千里，凭铺天盖地的热情、扎实肯干的精神，与领导们进行了很好的沟通，终于把张湾村文化品牌青花绣推进了县领导的心间，县领导拍板确定了十二月二十八日在张湾村举行推广峡江文化庆元旦活动。

在张小楷、苗兴翠等人的努力下，庆元旦活动终于可以引到坝头第一村张湾村来做了。

刚上任不久的张小楷感到压力很大。

办这么大的活动需要资金。找到镇里，镇长周中华笑眯眯地说，这是大事，一定会全力支持，派宣传委员韩苗苗来协助张小楷，先拨资金三万元。

后来，据韩苗苗透露，县里早打电话提要求了，庆元旦活动，张湾村搭一个高台，还要准备三个节目，一是三句半，二是健美操，三是大合唱。另外，青花竞绣合作社要准备五十人的绣花现场，包括一百幅绣作的展览。

时间不足一个月，任务重，经费少，专业人员短缺，还好张湾村有个得力干将金先贵，他人机灵又吃得苦，前前后后跑腿没问题。杨静秀负责文艺节目以及绣厂所有事务，其中健美操的复训是一大项。

金先贵个子不高，不爱多话，和陌生人几乎不说话，对张小楷却例外。每次和张小楷在一起，他就有说不完的知心话。

自从张小楷从城里辞职回村，金先贵也辞去了农业技术公司的活儿，他一心一意跟着张小楷干。张小楷叮嘱过金先贵："我自己的饭碗都端不牢，你跟着我回村里，饿死了可别怪我啊！"

这些话讲了不知多少遍，可金先贵一根筋，他就跟定张小楷了。张小楷当了村委会主任后，先前也没给金先贵安排什么活儿，后来镇里拨了个进村委会的名额。上头发话了，可安排本村人就业，工作就是录入每家每户人均收入、常住人口、人员去向。这个职位没人干，薪酬少得可怜，一天才二十元，金先贵不嫌弃，张小楷只好让他先干着。

过去在县城里做事，金先贵一天再怎么也能挣个百把元，现在回村了，一天二十，还不如一个砍柴的小工。张小楷打心里觉得对不起金先贵，扔给他一个旧电脑，金先贵乐呵呵的，这就算成了张湾村村委会的人了。既然金先贵如此乐意待在张小楷身边，张小楷也认了，先让他干着，把金先贵的名字也当工作人员报到镇里入了档，算是村里的正式工作人员了。

元旦要搞大型庆祝活动，地点定在张湾村，这是好事。搞好了，说不准能给张湾村引来金凤凰，下一窝金蛋；搞不好，劳碌一个月下来，挨批不说，上上下下都得做检讨。

张小楷一个劲儿埋头做事，不管别人提醒的金玉良言。张湾村路不好，没钱修，这是事实；张湾村地理条件好，也是事实。处在库区坝首的第一条主干道上，旅游的人来到鹤江镇看完大坝，附近有村庄，都要进乡看一看。遥望远山，品一品久违的乡愁，饮一碗山泉水，回味有烟火气的乡村生活，张湾村是首选。趁这个机会，张小楷要向县里、镇里的领导好好儿地汇报，讲一讲五年规划，张湾村可以大发展，成为旅游村，不一定发展农副产品，不一定像陈家村一样大力发展瓜果茶叶，张湾村要巧中取胜，不能再走别人走过的老路了。

为二十八号的庆元旦活动，张小楷在打腹稿。前前后后一大摊子事儿，让金先贵去弄。金先贵肯吃苦，爱动脑筋，他先从杨静秀的绣厂开始布置，给绣娘们鼓干劲儿，还自己掏钱给大伙儿买暖炉焐手，又联系了五个人排演三句半，还将上游两个组的三十人组织起来排大合唱。金先贵排兵布阵，杨静秀做艺术指导。这样一来，事情都安排到人了，大家每天按时排练，一切有序进行着，场子仍搭在张湾村的大广场上。没几天，张小楷向上汇报的材料也写完了。

一切都在有条不紊地推进中。

离元旦展演只差一个星期了，台上演出的节目，张湾村与县文化馆的演员们已经合了两遍，县委宣传部干事来看了几次后表示，还要加紧训练，尤其是张湾村村民们的合唱，高声都像鸭子叫一样，嘎嘎地拉不动，低声部有点儿像炊壶里的水烧开了一样咕咕咚咚，闷葫芦。

干事小姚说这话时，逗得大伙儿笑得不行。

正在这当口，陈平战给张小楷打了电话，先是问了张小楷新上任的感受，恭维了几句，后说想带夫人江夏来张湾村看绣娘们刺绣。张小楷当然一口答应，他脑筋灵活、情商高，短短时间已经与陈平战结成了攻守同盟，互相帮助，取长补短，两个村共同发展、共同富裕，张湾村是沾了光的。

电话中，张小楷灵机一动，说："嫂子是学国画的大画家，如果她有现成的画儿，这次大型庆祝活动，也想邀请她来参加，作品可与刺绣放在一起展出，一来推广了嫂子的佳作，二来张湾村的绣品也跟着国画添了光彩不是！"

张小楷的话说得谦虚委婉。

陈平战有些犹豫，没想到江夏却热情地答应了。她个人的画作有二十幅，还有收藏的同学、老师们的作品，总共有四十幅不止，即使办个个人画展也足够了，更不要说这次与张湾村绣娘们的作品一起展出。江夏对这件事特别感兴趣，她将县城里的画全部进行了装裱，陈平战又请货车运至陈家村，放在他的平房里。为防止画受潮，地上垫了厚厚的防水木板，在江夏的指导下，保护画作的方法他也学到了一些。

原先留存的画作与来鹤江镇后创作的峡江风情画，足足四十幅作品。裱装大气，中国画显得雅致浪漫。人物、山水、民众生活，尤其是五幅峡江人民的日常劳作画，令人倍感亲切。

江夏觉得特别满意，她期待着十二月二十八日的到来。

杨静秀这段时间忙得没时间看手机。

女子健美操复训全靠夜晚九点后的排练。早上七点至晚上八点，张湾村五十个婆娘们都窝在绣厂里专心绣作品。有一人独绣的，比如付春喜大姐、杨静秀、杨玉、龚叶子，她们都能一个人完成一幅独立作品，勤劳、细腻，更因天生的艺术感觉以及对针线的驾驭能力，使得她们都能独立创作出精美的绣品。此外，还有三人合绣的作品，更有五人合绣的大屏风画面。

这段时间，镇里给每位绣娘每天二十元的补助，另外，食堂安在杨静秀家里，由苗兴翠、郑桃英两位镇领导负责准备大伙儿的一日三餐。苗兴翠的重心放在督促文娱演出上，郑桃英全力做起了后勤工作。金先贵忙里忙外，跑进跑出，总算将参加三句半、大合唱的人都稳住了。眼看日子只有三天了，天气还阴着，张小楷的心有些毛躁，急得不行，生怕开庆元旦会的那天下雨。

不过，峡江两岸冬天雨夹雪是常有的，下雨的可能性倒不太大。

高台都搭好了，二十七号县文化馆的演员们又来合了一次节目，整体来看情况都还好，唯独对绣品放在哪儿展览，上级领导的意见和张湾村群众的意见产生了分歧。宣传部干事小姚要求连夜把绣品布展在场外，免得二十八日一大早来不及。结果这件事引起了所有绣娘的反对，大家七嘴八舌，意思是一天中夜里温度最低，结了冰凌，这些作品就全毁了。小姚还要坚持，张腊梅站出来，大声道："你要把绣品放在外面冻，今晚你别回城里，就守在绣品旁一夜，你能坚持守一夜，我们就让绣品放在外面过夜。"

张歌师的声音又亮又高，而且也不讲什么客气，直把这个三十几岁的胖小伙子说得脸白一阵红一阵，绣娘们跟着起哄，大家全都哈哈大笑起来。端着个架子的宣传部干事小姚这才觉得这些农村的大娘大婶不好惹，木着个脸勉强答应了大家。

"明日一早，大家四点起床到岗，确保八点半领导们来了能看见这些作品，一个都不许迟了啊。"小姚的话没半点温度，比冰还冷。

"领导们不吃早饭不屙屎啵！"胖女人崔宝琴冷不丁地来这么一句，绣厂的娘儿们都笑得前仰后合。小姚赶紧走了，他觉得自己是秀才碰到兵，有理说不清。不好多说了，临走又不放心，憋着气，拐往村委会和张小楷沟通了一番，走了。

那时，陈平战带着江夏站在绣厂外，绣娘们和宣传部干事小姚的话，他们全听见了。后来江夏悄悄地对陈平战说："艺术是需要尊重的。绣娘们一针一线绣出来的绣品，如同她们的孩儿，又怎能放在黑夜里冻着，不要说娇气的绣线冻一夜会变形，就是我这些用笔绘出来的画儿，也是冻不得的呀。"

陈平战一拥江夏道："那我们要好好保护咱们的孩子啦！"一语双关，只说得江夏脸飞红云，二人手牵着手，甜甜蜜蜜地回陈家村准备去了。

杨静秀一夜没怎么合眼，张小楷也是。

五十幅绣品，每一幅都凝聚着绣娘们的心血，还有，大型的健美操表演经过改良，融进了峡江人民的劳动元素。衣服换成了一色的淡绿，荷叶边、宽脚裤，很薄，就像夏天池塘的荷叶轻舞，胸前有一大朵绣娘自己绣的荷花，是淡红色的。

这个创意是杨静秀设计的。

张湾村的女人们跳完健美操后又要赶紧到绣厂，坐在绣椅上开始绣作品，满足电视台拍摄小视频的需求。

晚上，杨静秀还写了一份报告，写了又删，删了又写。她想争取资金，但又觉得不妥。这个绣厂开办以来到现在不足半年，已经用去杨静秀三万多元，如果过年时再支付绣娘们的鞋垫钱，自己就过不了年了。想了想，还是算了。杨静秀思考着，看这次元旦庆祝后绣品能不能得到领导的重视，能不能卖出去一批获得点收益吧。

夜很静，张小楷拟好了明天庆祝元旦要向镇、县领导汇报的稿子，又在心里默诵了一遍，便让思维信步漫游。

想起汇报书上的一段：如果别人干什么我张湾村就干什么，始终跟着他人的脚步走，张湾村很难走出一条致富路。现在唯一的办法是利用地理优势，借助坝区旅游的大平台，让张湾村留住游客。一是这个村从硬件设施上要建成样板村，让游人赏心悦目，来了就不想走。要达到这样的效果，张湾村要有过硬的条件，道路要硬化，老百姓家家户户搞得干净明朗，厕所要进行彻底翻新。二是张湾村要有丰厚的文化底蕴，村民在鹤江镇带头搞文化建设，唱歌、跳舞、学刺绣，引领社会新风尚。三是发展餐饮，做民宿，用香喷喷的饭菜留住游客。

张小楷写的这些是他上任后有些已经落到实处的工作，这之前就已经做了一些工作，尤其是农村文化这一块，杨静秀带领的女子健身操表演已取得县里的一等奖，说明人民群众在文化精神这方面是有强烈需要的，另外人民群众的娱乐生活是自发的，也是能提高到一个新层次的。

　　想到这些，张小楷眼前又出现了杨静秀的身影。这段时间大家都忙，只偶尔看见杨静秀，她不是在绣厂领导大家绣作品，就是带着几十个婆娘们在院子里跳舞排练，彼此看见了笑一下就算打招呼了，这让张小楷心里暖暖的。

　　给她发个信息吧！明天很冷，这么低的气温，冻感冒了可不好。

　　信息刚刚发出就后悔了，一看时间，马上十二点了。不过杨静秀很快回复了："谢谢关心，你也是！"

　　看到杨静秀回复的短信，张小楷心里特别暖，本想再说些什么，一想到时间这么晚还是算了。发了个晚安的表情，杨静秀又回复了两个字"晚安"，张小楷就躺下了。

　　第二天凌晨四点，张小楷起床到了村委会，看见金先贵早已到了。这家伙，果然是个干事的料，他正要和金先贵打招呼，就听见汽车过来的声音。

　　"张主任，早得很啊！"是陈平战的声音。

　　"哎呀！是陈、呃、平战大哥，你这么早啊！"原来是陈平战。他将车停稳后，打开车门从车上跳下来。车上还下来了两个人，一个是工人，不认识，另一个是个女的，很利索很洋气的打扮，张小楷叫了声"嫂子"。

　　"张主任你指个地方，我们来帮忙摆好！"陈平战搓着双手，高声对张小楷豪爽地道，"这些作品，希望给你们的这次活动添个彩头！"

　　峡江这一带的农村，都有个好风俗。若哪家有事，每家每户都会去帮忙，这是峡江人的良好传承。村与村之间的关系也和家与家之间一样的。今天张湾村举办大型庆元旦活动，无论人力物力，陈平战作为邻村的书记，都是要鼎力相助的。

绣厂的绣品展出，如果后面再放一排中国画，无疑是大大的锦上添花。陈平战完全和张湾村自家人一样，这么早就来了。

"好！好！来！我们一起来排兵布阵！"张小楷紧紧握住陈平战的双手，大声对金先贵道，"绣品都抬出来了吗？"

"主任，都弄出来了！从进村的路口一直往村委会排。"金先贵亮着嗓门儿道。

"可以！就这样排！"张小楷大声回答着，又对陈平战道，"平战大哥，您说大嫂的画放前面还是放后面呢？"

"绣品放前面，打头阵啊！"陈平战呵呵一笑道。

"好！好！"张小楷打了个手势，金先贵带着人，把陈平战带来的一车画轻轻地往下放。

正在这时，远处杨静秀带着娘子军大部队也往这边来了，彼此寒暄后，一切都有节奏地展开了。

这天的天气很好，既无风又无雪，而且还出了太阳。

干净湛蓝的天幕下，张湾村彩旗招展，广播里高声播着《峡江姐儿迎客忙》的歌儿。鹤江镇各个村都派人来参加庆典活动，整个广场上人头攒动、热闹异常。

一天的活动进行得十分顺利，县里的书记对鹤江镇的这次活动给予了高度赞赏，对张小楷的工作汇报也做了详细记录。

上午半天活动结束后，县里的领导又挨着去参观了陈家村、刘塘村的建设，对江前程给出了很明确的指示："坝首第一村见弱，要力扶！而且这个绣厂也办得非常好，尤其是张湾村还出了个大画家，这是怎么也没想到的，这个村的文化建设抓得好啊，大家都要向他们学习，把峡江文化传扬出去!"

事后江前程把陈平战、江夏叫去狠狠地批了一顿:凑什么热闹嘛!原本是想把你陈平战的陈家村往上抬的,你们俩倒好,把张小楷给抬上去了,你们这是在为他人作嫁衣啊!

江夏可不这样认为,她说艺术是相通的,而祖国的建设,各区域间更是相通的。

繁华过后是久久的平淡与宁静。

二十八日活动结束后就迎来了新年,而后是收拾"战场"。余下的日子波澜不惊,大地显得孤寂。

电视台、各种网媒将峡江绣女捧上了天,艰辛、勤劳、励志,成就了一幅幅峡江移民的壮美画卷,更有甘于吃苦、回乡创业的上海女青年江夏的画,一切一切宣传,将原本贫瘠的张湾村捧成了人间天堂。

接下来的无奈与落寞都需要这部媒体大片中的主人公来承担。

过年前,杨静秀必须将张湾村绣娘们的钱都发到每一个人的手上。苏珍已不知去向了,这些鞋垫钱杨静秀是要承担的,而且一分都不能少。十二月二十八日,县委书记把绣品指给翁千里部长,说:"这些都是文化艺术创作的精品,你们必须高度重视,要对外宣传好,这是我们鹤启县的精神传家宝啊,应给予扶持的,要大力扶持。"

宣传部部长翁千里连连称是。

庆典之后,一切都归于宁静。几十幅绣品像一个个美丽的女孩,孤单单立在青花竞绣合作社里。

将最后一个绣娘的鞋垫钱支付完后,抽屉里只剩下为数不多十元、二十元的零钞。

　　杨静秀将自己关在家中，站在六楼顶上，雪花终于飘落下来了，她仿佛看见丈夫刁段明温热的眼神以及疼爱的表情，他伸出手在抚摸自己的秀发以及疲惫不堪的心。有几片雪飘在脸上，化成水，顺着脸颊流下，杨静秀眼睛里涩涩的，心里隐隐作痛，不知是悲还是忧。

　　酝酿了许久许久，张湾村第一场大雪以铺天盖地之势落下来了，在大年前的一个星期。

　　万籁俱寂，每家每户都飘着饭菜的香味儿，唯独杨静秀家里没有烟火气。刁子远被爷爷接走了。这孩子一放假就只想玩儿，正好父亲来给杨静秀送年猪肉，刁子远要跟着去玩，由他。

　　窗外的雪花如同汹涌的心思，纷纷飘落。

　　鹤江镇文化站站长苗兴翠说，活动结束后，也曾有人电话打到她那儿，问这些绣品能不能两百元一幅卖给他们做教材图。苗兴翠问杨静秀的意思，杨静秀果断地说"不"。想想就觉得屈辱，她的那幅十字绣网上拍的价还值五千元呢，更何况青花绣。青花绣可是峡江传承千年的绣品，每一张绣作都耗费了一个绣娘半年的心血，两百元，哼！两百元让你们来看一眼吧！

　　回完苗兴翠的电话，杨静秀的眼泪就掉下来了。作为一个艺术家，也谈钱，是不是太庸俗了？

　　但现在必须谈钱！没有钱，绣娘们靠什么生活啊！

　　这些绣品就像一个个待嫁的公主，聘礼不是这个价，永远不用谈。但卖不出去的话，它永远就只是一张绣品，当不得饭吃。作为杨静秀而言，她和她的绣娘们这时候需要填饱肚子，孩子要上学，老人要治病，绣厂还要发展，生活得靠真金白银来维系。如果这批绣品不能变为看得见的人民币，接下来绣厂面临的就是春耕时期的解散。

一想到这儿，她的泪水就直往下掉。

张卜仁回村了，他不仅回张湾村了，还带回了大儿子张大楷一家子，还有大媳妇的堂妹丁巧。说起这丁巧，刚大学毕业，正是风华正茂的年纪，对爱情充满着童话般的向往。老家在东北，太冷，跟着堂姐回鄂西北大山里来过年了，峡江的年味儿应该别有一番风情。

临近年关，过年的气氛愈来愈浓。

村里除了慰问贫困户、五保户、退伍军人及参军家属，送对联外，基本没什么事儿了。张小楷每天仍"两点一线"，去村委会上班，而后回家与家人在一起。家里变得十分热闹，小侄子、小侄女，龙凤胎，今年刚刚十岁，天真活泼，生性好动，给安静了许久的家增添了生机与活力。更有贵客稀客光临，嫂子的堂妹丁巧到了，家里更加热闹了。

张卜仁张罗着过年的一应物件儿，买了头年猪杀了，该烟熏的烟熏，其他都切成一块一块的冻着了。郑桃英时不时来帮忙，韩苗苗更是家里的常客。张家热闹起来了，而张小楷却不太愿意回家。回家后爸爸要唠叨，大哥要叮嘱，大嫂还一个劲儿地撮合他与丁巧，弄得张小楷十分尴尬。每天只推说村里有事儿，碗筷一放便从家里逃出来，到村委会的办公室里看书写文，有时给杨静秀发个信息问好、报平安。计划二○○八年参加全国公务员招考，张小楷每天处理完村里的事儿，复习是必须要做的事情。

很久没见杨静秀了，一想起杨静秀，张小楷心中感到特别温暖。

　　杨静秀和很多女性不一样。为了把绣厂办起来，她一个人承受着巨大的压力，付家大姐忍不住，终于将苏珍骗了杨静秀、弄丢了全村一百多双鞋垫的事告诉了张小楷。张小楷心疼得不行，也恨苏珍，不学好去赌博，还骗自己结拜的姊妹，这人心不知坏到什么程度了。

　　但张小楷能怎样呢？虽然自己现在是村主任，月薪并不高，一个月一千多元，还不如从前的五分之一，连自己的日常开销都不够。过去几年存的钱被父亲张卜仁管着，说是他结婚时才能取出来。一个男人，经济上不能帮自己喜欢的女子，还谈什么呢？明明知道杨静秀现在可能连过年的钱都没了，但他张小楷不知用什么方式可以帮到她。

　　目前，张小楷能猜到杨静秀心心念念的事情。她最挂心的应该是几十幅绣品的前途，如果能卖出去该多好啊！张小楷在网上挂出图片，不厌其烦地写了介绍，还做了一些小视频放在网上。上海、北京都有人出价购买，但都只是问了问，价格都不高，一千元以下。张小楷问杨静秀时，杨静秀拒绝了。几十人，花近半年的心血，这绣品一幅再怎么也得两千元往上去，才对得起这么多人辛勤的劳动，贱价卖了绣品，杨静秀觉得对不起张湾村的绣娘们。

　　杨静秀在心里琢磨着：过完年后，很快就到春耕了。春天是最忙的季节。女人们除了要在菜园子里侍弄，更有橘树要剪枝施肥。每家每户有茶园，茶叶要长出来了，要预备着收新茶了。虽然每家也许还有劳力，但如果绣厂不能切切实实带给绣娘们好处，不能解决吃饭的问题，那么很有可能到了春季，这个凝聚了杨静秀心血的绣厂就要关门大吉了。

　　张小楷也想到了这一点。但目前他感到毫无办法，现在除了能将绣品卖出个好价钱，给绣娘们一点钱，再贴补些用于绣厂的继续运营外，其他都不能解决绣厂要关门的危机。

怎么办呢？

春天到后，他就要号召大家做好春耕播种、兴修扩建。对于张小楷来说，这是义不容辞的责任。在没有更多收入之前，他不能领着村里的婆娘们不种农田了，去绣那一文钱也不能兑现的花花朵朵吧？更何况，开年了村里就要修路，每家每户都要出硬劳动力，如果不能出劳力的，就要自己拿钱请人修。别的村都是这么干的，现在张湾村的道路要硬化，又有什么别的办法呢？

庆元旦时，无论是县委书记，还是镇里的书记，都认同了张小楷的观点，坝首的第一村地理位置最好，而且旅游观光的客人要留下来，首要问题是吃住。如果开年后张湾村要办民宿，又是一个大动作，那么杨静秀的绣厂还能继续办下去吗？

想得头疼！

深夜张小楷还在办公室里发呆，直到张卜仁打着电筒在外面叫他，才把他的思绪唤回到现实中来。

"再忙的人一年也得歇几天不是？工作能当饭吃啊？"张卜仁语言里都是疼爱，对正在锁办公室门的张小楷道。

"爸爸，这么晚，不用来接我，外面冷！"张小楷有些歉疚地道。

"儿子，尝到苦头了没有呀？呵呵，作为一个村主任，职位虽小，可不是你想的那么简单，干得有些头疼了吧，是不是？"张卜仁打着手电筒给张小楷引路，沉着声音，有些调侃地道。

"爸爸，万事开头难！没您说的这么不好做，人民群众是有觉悟的。"那些为难事，张小楷当然得瞒着父亲，内心煎熬的感觉现在不能说。既然是自己选择的路，一定得坚持走下去。

"硬扛，呵呵！硬扛着，你那几个花架子，看能撑到几时？当初要办绣厂，现如今这绣品有人买没？要搞旅游，去哪儿找钱去？你呀！不明白一个道理，明哲保身，官场哲学。宁愿不做，别多做。多做多错哟！"手电筒一晃一晃的，像探照灯般摇摆不定，张卜仁又在语重心长地教育张小楷。

"爸爸，都什么时候了？像您说的这样，国家能进步吗？绣品卖不出去只是暂时的，您别操心了。儿子不是小孩子了！"张小楷温声对张卜仁道。

几个月不见，父亲老了。经历了几个月的村主任生活，张小楷渐渐懂得了父亲曾经做事的不易，他对张卜仁的态度改变了许多，话也特别温和。

"好！好！你干你的事业，我不拦你，但有一样，跨过年，必须得谈女朋友，这么大个人了，不结婚，就是最大的不孝！你不结婚，怎么服众？"黑夜中张卜仁站住，紧盯着张小楷又一顿嘱咐。

张小楷只得连连说好，这么晚了，又不好反驳血压很高的父亲，万一又气病了，大过年的，真成了不孝子了。

回到家里，见大家都睡了，唯独自己房里还亮着灯，张卜仁也没什么话说了，一下子溜进了他一楼的卧室，好像瞌睡突然来猛了一样去睡了。

张小楷觉得很奇怪，自己房里为何还有灯呢？

家里静悄悄的。张小楷在一楼洗澡间冲了澡，只穿一件大睡袍，便往楼上卧房里去，刚一推门，便见丁巧坐在他的书桌前看书。

没穿长裤的张小楷扭转身就要退出去，却被丁巧拉住胳膊，娇声娇气地道："小楷哥哥，这是你自己的房间，跑什么，我出去就是啊。"丁巧说完，虚掩了房门，站在门外又道："小楷哥哥，你把裤子穿好，我一会儿进来向你请教个问题啊。"

张小楷觉得特别尴尬，但又不好拒绝，赶紧穿上厚裤子，又穿上毛衣，再套了外套，这才将门打开，笑着道："丁巧妹妹，这么晚了，怎么还在看书啊？"

"是呀！小楷哥哥，我是在等你回来呀！"丁巧完全不含蓄，笑意盈盈地道，"小楷哥哥，村里的事很忙是吗？"

"哦！也不是很忙，只不过有些明年要考试的书要复习。"张小楷不经意地一答，打了哈欠，意思是困了，就像古时候端茶送客一样，潜台词是在家有人会打扰他看书，这时他要休息了。

可丁巧跟没看见一样，拿起一本农业技术的书，便问："小楷哥哥，农产品的价格为什么一直不能提高呢？"

"这样，丁巧，你看现在已快十二点了，明天，明天我带你四处去转转，就明白了，好吗？"张小楷又故意打了个哈欠，道。

"好吧！"丁巧合上书，答话的一瞬间，竟拥上来抱了一下张小楷，将脑袋贴在张小楷的脖颈处好一会儿，而后给张小楷一个甜甜的笑，转身轻轻地带上门走了。

这一下，真把张小楷给蒙住了，他简直有些晕头转向。

一个二十三岁的大女孩，不知哪儿学的，这般开放，主动上前抱男生。张小楷感觉丁巧身上有一股清香，一时间竟有些神思恍惚，不过，他只顿了一下，便上了床，熄了灯，躺着休息了。

躺在床上，杨静秀的身影在脑海中挥之不去。

杨静秀比自己大三岁，再过几天，两个人都又大一岁了。刁段明死后，杨静秀一个人带个孩子，日子很艰难。但她并没像其他农村女性一样快速找个男人过日子，她把自己彻底封闭起来了，一直沉浸在学习中。她钻研电脑，从网络世界里搜索自己想要的知识。在网上学了健美操、十字绣，估计现在在农村办绣厂创业，也是从网上获取的信息。这是一个怎样的女性啊！她的心思都用在学习上，生活在农村，从不甘于落后，她正在用自己的力量改变着家乡张湾村。办了梦寐以求的绣厂后，这个厂给她带来了什么？据付家大姐所说，她用去了很多积蓄，又被结拜的妹妹骗了，自己要拿出这么多钱支付张湾村婆娘们的鞋垫钱。唉！如果绣厂的绣品卖不到好价钱，以后她该怎么过日子啊！

翻来覆去，张小楷睡不着，他感觉很难，太难了。

过年的钱，他可以资助杨静秀，但年后呢？年后就开春了，张湾村要修路，农民都要投入到修路上来，家里还有园子要种，茶叶要摘，鹤江镇要帮张湾村先把旅游村的规划做起来，这个事一旦落实，绣厂的女人们拿不到收益，这个绣厂还办得下去吗？

算了，不想了，先把眼下要过年的事儿稳住再说。

直到天亮，他才想出个笨办法。

过年以前，在绣厂开个总结动员大会，先让苗兴翠来打个头阵，而后让杨静秀谈一些想法，做个总结，最后由张小楷来做再动员大会。意思是张湾村的绣厂办得好，目前虽还没人高价订购绣品，但开了春，他们联合鹤江镇到截流园办一个商品展示会，这样绣品就能卖掉一些，以后的日子就好过了，只要跨出去了第一步，以后的事儿就好办了。

一大早起床，张小楷和苗兴翠沟通好了。以青花竞绣合作社名义向县里申请的扶持，村里还剩一万元，而健美操得的一万元奖金，也还剩五千元。就是说杨静秀办的这几件事，在村里账上还剩一万五千元。拿出一些钱来，作为绣娘们半年辛勤劳动的奖金。坚持每天签到的，有三十人。这三十人，每人发两百元钱。至于杨静秀个人，她为绣厂自己垫资，应该给予她适当的补贴，补贴费为三千元。张小楷提出后，苗兴翠叹了口气说："应该说给杨静秀这么点钱还少了，但现在就只这个家底，先体现一下组织的关怀吧！"

听说第二天晚上开总结动员大会，杨静秀特别高兴，特别激动。

作为绣厂厂长，她认为有义务给绣娘们做一顿饭吃。广播里出了通知后，张腊梅、崔宝琴、付家大姐早早地来帮忙做饭，杨静秀的院子大，原本就是准备办农家乐的，在一楼餐厅摆了三桌，都是地地道道的农家饭，婆娘们来得早的帮忙下厨，择菜的择菜，煮饭的煮饭，只两个小时，三大桌饭菜就做好了。

也没有什么稀奇的菜，就是地里长的新鲜菜。素菜有土豆丝、大白菜、冻豆腐，在市场上买的西兰花、蒜薹；荤菜有蒸排骨、扣肉、牛肉片，还烧了一盘江鱼，火锅是炖胖头鱼和腊猪蹄儿。一大桌菜色泽明艳，十几个菜荤素搭配。她们用了大木甑子蒸饭，香气飘得远远儿的，三十几个人，包含了苗兴翠、村主任张小楷、副主任刘浩，还有负责后勤服务的金先贵，大家团聚在一起，其乐融融。

聚会有了金先贵，大家不寂寞，都是自己人。金先贵原本就喜欢杨静秀，见大伙儿来吃饭，他帮忙跑腿买菜、劈柴、生火，忙前忙后，最后还在桌上主动端起饮料杯子敬大家，闹得女人们都哈哈大笑，开金先贵的玩笑说："你这个样子，就是杨静秀家里的男主人喽。"

听了玩笑话，杨静秀也不生气。根本就没有的事儿，金先贵这人厚道，不是个品位低下的人。杨静秀不经意间看张小楷，张小楷也看着杨静秀，二人会心地笑了。

饭后晚上的总结动员大会还在绣厂里开。

苗兴翠第一个发言，把县里领导对绣娘的好评都用上了，绣娘们听得腰板儿竖得直直的，信心满满。而后是杨静秀发言，杨静秀说的话很短，讲了纪律要求，以后要更增强技艺，把绣品的质量提高等，绣娘们也都听得认真。最后张小楷做动员报告，说以后大家要持之以恒，风雨无阻，不能想来就来，不想来就不来了。

会议的最后是发奖励红包。金先贵帮忙一一发红包，大家都乐呵呵的，发给杨静秀时，杨静秀激动得泪花都出来了。这一天，杨静秀沉浸在快乐之中。

大雪覆盖了张湾村，过大年了！

杨静秀把刁子远接回家，从早上开始准备，一直忙到中午。

父亲带着后妈，还有一个未成年的弟弟只十八岁，来到杨静秀家过年。弟弟叫杨湍，据说是缺水，便取了这个带水的名字。杨静秀已成家的两个弟弟都在外地，并没回张湾村过年，于是杨静秀家只有五个人过年，一起吃顿团年饭。

后妈比父亲小十五岁，是远村的，不到五十的年龄，瘦细的身材，皮肤黝黑。来到杨静秀家后，她直说这房子宽敞，什么时候他们也搬来一起住。后妈的嘴皮极薄，说起话来也快，平舌与卷舌分不清，大冷的天，把一根锃黄锃黄的金项链露在外面，还戴了一根小指头粗的金手镯，听杨湍说，那些都是假的。

后妈和父亲很少来杨静秀家，记忆中好似只来过一两次。

最初杨静秀搬回张湾村后，后妈嫌他们穷，总是避着他们。她又嫌刁子远不听话，喜欢动家里的东西，所以也从不约杨静秀去她家玩。现在估计杨湍就要上大学了，上大学需要钱，又见新闻上有了杨静秀的事迹和照片，今年便主动来要和他们一起过大年。

"静秀啊，你现在是名人了，又是绣厂的厂长，这一年下来，挣了不少钱吧？"后妈一边帮忙撤碗筷，一边憋着夹舌的本地话投石问路，对杨静秀道。

"姨啊，去哪里挣钱啊？才开始建厂，一切都是向外支出的。"杨静秀小声回答道。

"叫错了！你该叫我妈呢。"后妈用胳膊肘轻碰了杨静秀一下，露出缺了一颗大牙的笑容，薄皮的嘴唇上还沾着一星油光，道，"莫瞒妈了，一个当厂长的人，还没钱，唬谁呢，呵呵！"

"姨，哦，妈！真没挣着钱。半年的绣品还没卖，放在绣厂里，不信您自己去看好了。"杨静秀停下手中的活儿，认真地看着后妈道。

看着后妈这张脸，她突地想起了二〇〇三年刚回张湾村时的情景。破败的一层民房，四处漏水，孩子还不到十岁，她和刁段明背着两大包衣服，带着刁子远，去这位后妈家，希望翻修房子的这段时间能住在他们那儿。后妈很久很久才从后山菜园子里回来，那天晚上炒了一碗莴麻菜，炖了个土豆汤就算是晚餐了。当杨静秀表示要在后妈家住几个月，他们翻修房子没地方住时，她脸上像是突然要下暴雨了，薄嘴皮向下拉，也不看杨静秀他们，沉声道："这么远，来去的车费都不划算，再说我们家也没多的被子，你们来也挤不下，今夜你们先回去，待过几天我把被套制好了再叫你们来吧。"

那天晚上果然下大雨了。刁段明拉着刁子远，一个人扛两个背包，硬走了五十里路，三个人回到了自己漏雨的家。修房子时，杨静秀搭了一个棚在偏院里住着，半年过后，这栋房子才算初步竣工。

后妈是个会审时度势的人，今年她主动来一起过年，恐怕是冲着杨静秀当了绣厂的厂长上了电视，进了新闻，才来的。

"哎哟！我说静秀啊，妈又不找你借，瞒我做什么呢？"后妈对杨静秀没赚到钱的话是绝不相信的，将头低了，一脸神秘地瞅着杨静秀，颇亲热地道，"我说你呀，该成个家了！"

"现在忙得很，也没时间想这个事！"杨静秀将最后一摞碗放入碗柜，柔声回答道。她向一楼客厅里走，后妈就在后面紧紧地跟上来。

"我们村里有个人，和我还是亲戚，四十了也没结过婚，是个电工，给你说啊！他可是个能干人儿呢。静秀啊，看几时你有时间上去一趟，妈给你俩撮合撮合，怎样啊？"到了客厅，后妈的嘴还是在不停地说话。

　　杨静秀给她奉上茶。父亲已带着刁子远和杨湍上二楼看电脑去了。

　　"不了！谢谢您的好意，现在我一个人带着刁子远习惯了。再找一个人怕别人对他不好，给他心里留下阴影。谢谢您！"杨静秀将一盒饼干往后妈面前推了推，很温柔地道。

　　"哎哟我说静秀啊，你现在是名人了，别看不起人呐。今天来也是有事和你说啊！明年杨湍上大学，你这个做姐姐的可不能袖手旁观哪！现在还这么早，我提前和你把话说明白了啊！"后妈有些不悦，对杨静秀道。

　　"嗯。"杨静秀点了点头，便拿过一个竹篓，里面都是彩色的线，她自顾自地择线，而后妈坐着喝茶也无趣，便慢慢走上楼，去找父亲了。

　　后妈走后，杨静秀呆呆地坐着，出神。

第二十四章

庆元旦活动结束后，江前程很不高兴，把陈平战和江夏叫到家里，名义上是吃个过元旦的团圆饭，实则明里暗里把二人教训了一顿。

老宅建在半山腰，离望江楼不远。江前程说这是祖上留下来的地，以后自己老了，叶落归根，就扎根这地方了。过去陈平战从没听过江前程竟在鹤江镇有栋中式四合院的大宅子，不仅他不知，似乎知晓的就没几人。自从与江夏结婚后，去过两次，这是第三次去。

江前程的双亲都健在，九十多岁的年纪，耳不聋、眼不花，待人很和善。去的时候，二老就一直坐在中堂主座上，而江前程和他的老婆则一左一右坐在离他们较近的副座，有一句没一句地和二老说着什么。

陈平战和江夏到了，给整个房子增添了活泼的气息，他们很自然落座宾客的位置。

江夏把孝敬长辈的年礼一一给了，又拉着两位九十几岁的老人叫了爷爷奶奶，颇叙了会儿话，二老才缓缓起身，很礼貌地对陈平战说了客气话，便在江前程老婆的搀扶下往后院去了。

见不着二老影子后，江前程的脸立即晴转多云，看了看陈平战，又看了看江夏，口里一声又一声地"哼!"令原本稍放松的气氛又紧张起来。

"幺爹，爹爹啊!别这样啊!平战他很少来，你这样，怕以后他再不敢来了呀!"江夏像亲闺女，走到江前程面前，挽着江前程的胳膊，撒娇地道。

"两个都是没脑子的!"江前程一抚江夏的肩，佯唬了脸，"你也跟着瞎起哄!若在这鹤江镇待腻了，可以去旅游嘛!"

"江书记，我……我们……"陈平战身子往前探了探，想解释，他刚开口，被江夏打断了话。江夏娇声道："平战，叫爹、幺爹啊!"

"幺爹!"陈平战一笑，看着江前程道，"陈家村与张湾村虽不是一个村，但都属于鹤江镇，我是想，一衣带水的，大家互相帮着，以后有个照应也是好的。"

江夏心想，这鹤江镇风光秀丽，空气清新，自己爱着的人在这儿，以后她哪儿也不去，就在绣厂里一边画画，一边跟着杨静秀学绣花，这样的日子该多好啊!

农历大年过完后，很快到了二月底，峡江的农村人最注重走亲戚拜年，过了正月十五后，一晃就到了阳历三月一号。

鹤江镇镇长周中华挂帅，亲自督导张湾村村级道路的整改。张小楷一再争取，张湾村修路时一家出一个男劳力，半义务半报酬，一个劳力一天给五十元报酬。家里有年龄五十以上的男劳力，几乎都愿意在自己村里干活。离家近，又是为自个儿村里修路，一天还有五十元的报酬，这是很好的工作了。可惜修路不要女民工，家里男人去修路了，女人就在家里种菜，预备着采春茶。

到了三月，春茶比金贵，一天一个价，山上茶园里的茶叶若不采摘会被人骂，那叫不识时节。

正月十五过后，去绣厂报到的女人只有十几个，要么还在外地走亲戚没回来，要么家里有这事那事不得出来。随着日子往三月靠近，每天来上班的人越来越少了，加上村道路整改工程已开工，路上凹凸不平，年纪稍大一点儿、来绣厂路程远一点儿的女人，越发不来了。

苗兴翠说，这都不是主要的，来绣厂主要是学习，又赚不了钱，日子在这儿一天又一天地耗过去，村民们是要吃饭填饱肚子的。女人们不来，是有道理的。如果经常在绣厂里绣花儿，家务事不管，菜园子不种，又赚不到钱，家里的男人是要骂娘的。

眼看着绣厂里的人一天比一天少，杨静秀咬着牙，每天坚持来绣厂报到。无论一人还是几人，她仍然让付家大姐先讲学习绣作的技巧而后再开始绣花。杨静秀想，只要自己和付家大姐在这儿，就不怕没人来学绣艺。

这天早上，杨静秀打开绣厂大门，麻利地将一圈线绣完了还不见付春喜到。过了一会儿，杨玉来了，意思是她奶奶让她今天去摘茶叶卖，说是一天能挣一两百元呢，绣花又不能挣钱，这段时间暂时不来了。杨静秀问杨玉："你看见付家大姐了没？"她说，看见她了，一大早提着个篓子上山采茶叶去了。杨玉说完，目光里有些不好意思和不忍，但只一瞬的光景，马尾辫一甩，人就出去了。

空旷的绣厂只杨静秀一人待着，她感觉眼泪正在从胸腔底部上涌，简直就要喷涌而出了，杨静秀硬是忍着。今天的这个局面，是早就预料到的，如今自然而然地发生了，杨静秀的心仍感一阵又一阵地痛。她扶着绣架慢慢地起身，过度操劳令背部疼得厉害，她躬着腰身，一架又一架细细地抚摸绣布，回忆着去年下半年这个绣厂里那么多女人的欢笑，还有那一幅幅娇艳欲滴的绣作，杨静秀的泪终于如瀑布飞泻而下，直到门外响起了重重的脚步声，杨静秀才擦了擦泪，背对着门，假装在整理绣品的顺序。

"杨静秀，当时我不同意的事，让你别干，你非得干，现在怎么样？哼！"是张卜仁的声音，每一句话的调子都在使劲儿往上扯，"我作为长辈，劝你啊，本分一点儿，别尽想那些歪心思。一个农村人，就实实在在做农村人的活儿，本本分分种田采茶，与土地打交道。尽搞些瞎名堂，你说你！唉！"一副恨铁不成钢的模样，张卜仁理直气壮地边往里走边大声道。

"谢谢您关心，现在时代不同了。"杨静秀缓缓转过身，镇定而礼貌地对张卜仁答道。

原本因绣娘们都没到绣厂正伤心的杨静秀，此时被张卜仁一顿训斥，倒释然了。她从容地直视着这位一直不待见她的长辈，心想，如果不看张小楷的面子，单是这张卜仁，自己连话都不想和他讲，更别提尊重地叫他一声主任了。可一想到张小楷，算了，毕竟自己是小辈，张卜仁是长辈，和他敷衍两句算了。

"什么时代不同了？"张卜仁仍端出他当主任的派头，大声道，"无论时代有多么不同，人总是要吃饭吧？你看你这一折腾，赚到一文钱了吗？"张卜仁一边说话，一边像审犯人一样紧盯着杨静秀，像是杨静秀做了件多么大逆不道的事情，要把她生吞活剥一般。

见杨静秀不语，又道："我劝你啊别害人了，今儿给你说明白啊，这仓库，是要收回的！"张卜仁越发提高了声音，简直就像个泼妇寻了个得胜的理由，高声大嗓地发出命令一般。

"不要听他的！"正在这时，一个娇脆的声音从门外传进来，话音未落，一个扎长辫子的丫头出现在门口，她正是刚读完职高的崔宝琴的女儿龚叶子。年满十八岁的龚叶子一副天不怕地不怕的模样，红扑扑的脸像刚出生婴儿的脸一般饱满而有光泽。

"哟，叶子啊！不好好去上学，来这儿干什么？"张卜仁见是龚叶子，眯了胖眼，问道。

"你管我呢！"龚叶子回以毫不客气地一大声，而后走到杨静秀身边，小声对她道，"姨，别听他胡说八道。农村人又怎么啦？就该和他一样一辈子窝窝囊囊待在村里种田吗？我呀，得告诉你一个天大的好消息。"龚叶子大跨步地迈着双腿，脸一昂，骄傲地说道。

张卜仁听了龚叶子的话，头尽力向她这边伸着，等着听下文。可龚叶子机灵，把杨静秀拉到一旁，说起了悄悄话。

"这绣厂现在没人来有什么要紧的！"龚叶子将嘴附到杨静秀耳边说话，直把杨静秀说得半信半疑、满脸的喜色。而张卜仁侧耳偷听，一句也没听见。

"叶子啊，可不许和你张爷爷我打哑谜啊！快！告诉我，什么天大的好消息？"张卜仁见杨静秀脸上露出高兴的样子，也想知道龚叶子说了什么，对龚叶子道。

龚叶子可不买他的账，一边推一边拉，对张卜仁道："绣厂是女孩子进的地方，您一个当爷爷的，到这儿来才不合适，快走！快走！"龚叶子一边说话，一边将张卜仁拉到大门外才算罢手。

杨静秀看着龚叶子，她的话让杨静秀心中升起无限的希望。

"县里正在办培训班，就是关于咱鹤江青花绣的。"龚叶子兴奋地告诉杨静秀。

这句话令原本忧伤的杨静秀心中升腾起热望。如果真如龚叶子所说，鹤启县县城已开办了青花绣绣艺的讲习班，那么自己原本办绣厂的决定肯定是对的，现在国家大力弘扬地方文化，鼓励传承老祖宗留下来的手艺，我们鹤江镇第一个在县里办起了绣厂，这是符合国家文化传承保护方向的呀！

张卜仁原本还想挤对杨静秀几句，见这个女孩在绣厂里对杨静秀耳语，一副天不怕地不怕的架势，算了，算了。左右又看了看，张卜仁如同老鼠没逮着猎物，悻悻地走了。慢慢往回走的时候，还不甘心地回头看了看仓库，才径直往下去了。

"静秀姐，别灰心！"龚叶子一脸的朝气，杵在杨静秀面前，小声道，"她们不来，咱们把绣厂办到县里，哦！不！市里去，你说呢？"龚叶子的一双眼睛水灵灵地闪着清波，她穿着小黄袄，一条齐脚黑长裤，扎根垂松长辫子，这个十八岁的女孩看起来如晨起的绿芽苞，又新鲜又水润，活力四射。

"不能啊！"杨静秀直起腰，将一大捆绣线放在竹篮里，看着龚叶子道，"青花绣的起源就在咱鹤江，千百年来，鹤江镇以绣品出名，这里是故乡，离开了这儿，它什么也不是了。"杨静秀喃喃地道。

"现在都已经没人来了，怎么办？"龚叶子问道，"这样，我会天天来的。"龚叶子见杨静秀默然，也有点儿为绣厂担心，立即向杨静秀表明心迹，说她每天一定会来学习绣艺的。

"傻丫头，你还要读大学，前途大着呢。"杨静秀一抚龚叶子的头发，柔声道。

"我考不取大学，考取了也不想读。"龚叶子倔强地道。

"为什么？考取了为什么不读？你一定要去读大学，多学点儿知识知道吗？"杨静秀逼视着龚叶子，声音显得有些急促。

"爹残疾，我妈一个人养活我，哪儿有那么多钱读书啊。"龚叶子拿了一个线头，揪成两截在手里搓着，又道，"再说，读完大学不还得自己出来找事做吗？我现在学绣艺，一样可以赚钱，这也是一个工作。"龚叶子目光里充满了憧憬。

杨静秀不再说什么，她默默地整理着每一个绣架，又将绣品一一摆放好，她有自己的打算。

门外人声喧嚣，大车轰鸣，挖掘机的噪声、劳工们的吆喝声，张湾村如同一只结了一年蛹的蝴蝶，终于要破茧而出了。

晚上吃过饭，杨静秀将父亲给自己买来的糕饼一样匀了一些，用个小盒子装了提着，往付家大姐家里走去。

已经三月了，峡江两岸气温不足十摄氏度。还是有很重的寒意。

付家大姐的家也是两层楼房，这是当初移民搬迁时统一规划兴建的房子。许是因为家里一直有老人生病，丈夫在外打工，儿子还在上学，付家大姐几乎家徒四壁，堂屋里有几把摇摇晃晃的木椅子，两侧是卧室，往里走后面是火垄。

杨静秀叫了一声"付姐姐"，便径直往正堂后面去了。

两个老人的卧房就在火垄屋的后面，因常年卧床不起，老人睡在后面杂屋方便些。坐在火垄屋里，杨静秀还能闻见一股浓重的尿臊味儿。

放好饼盒，杨静秀帮付家大姐把火垄里的菜锅提到一边的桌子上，把碗具也收了。付春喜给杨静秀泡了茶，接过茶杯的一瞬，杨静秀看见付家大姐右手几根手指上都如被墨染了一样变成了黑色，杨静秀知道，这是茶叶的青液染的。

"静秀啊，你客气了，这么晚还来我这儿啊？"付春喜声音温柔，对杨静秀道。她头发有些凌乱，白了的一缕掉下来搭在额前，更显出付春喜的辛劳与困苦。她用发黑的手抚了抚发丝，坐在靠墙的椅子上，又将手拢在火垄上，温声对杨静秀道："喝茶。"

"付姐，今天你没去绣厂，我是来看看的，担心家里有什么事。若需要我帮忙，我会来的，给我说一声啊。"杨静秀看着付春喜，轻声道，"老人们怎么样了？"

"唉！还不是天天吃药。这么大岁数的人了，也不指望他们好了，只希望不要恶化。"付春喜声音更低，回道。

"绣厂还去吗？"杨静秀单刀直入。

"静秀啊，我若把原因直说了，对不起你呀；如果我不说，憋在心里也不行啊。唉，你看我这一家人现在是什么样儿，你看得见啊，我们要生活呀！"付家大姐显得有些忧郁，看着火垄里的火苗，低着头说，"如果村里一个月能给八百元钱，我什么也都不想了，一心一意帮助你们把绣厂办起来，可……静秀啊，那么多绣品卖不出去，只一个劲儿地绣，有什么用啊。你不要怪我啊！今天我就把话直说了啊！"付春喜说话时，起身给杨静秀茶杯里添开水。话说得够直白，一点儿不遮遮掩掩，"现在每天摘茶叶卖，也能挣个几十百把元钱，这时节一过，又不知要等到何时才能有进账了，唉！"

付春喜向杨静秀提出了最实际的要求，如果要她付春喜坐镇青花绣厂的话，那么一个月最低要给她八百元的工资。八百元，也许对于一个城里人不算什么，可对于农村一个刚刚起步的小微企业，现在都没有盈利，又哪儿来钱给技术顾问开工资呢？

离开付家大姐家后，杨静秀的心一个劲儿地往下沉，她忍着泪，缓缓地往家的方向走。

短短一条路，感觉特别漫长。无论城市、农村都在大力改革，我们的国家正在飞速发展中，可西部山区的农民依然贫困。过去杨静秀和丈夫在外地打拼，十年后从外地回到家乡张湾村，她想依托家乡有利的地域环境创一番事业。这番事业在外人看来多么光鲜多么荣耀，可其中的艰辛，用语言完全不能表达啊！

一连几天，杨静秀仍旧每天大清早起床，吃过早餐，把自己收拾好后去绣厂。现在的绣厂，真正只有她一人了。为了给自己打气，杨静秀故意将自己好好地收拾整齐，头上夹了一个满三十岁时买的金色发夹，穿了过去只有去县城才穿的杏黄毛衣，外搭一件大红的棉袄，穿着黑色的长筒皮靴。从外观上看，杨静秀就像一个在城市里念书的大学生，很美！

每天凌晨五点，修路的工人们都已到路上了，七点天已大亮。

杨静秀从路上经过，头一两天人们不在意，久而久之，估计她一个人去绣厂上班的事也在张湾村传开了，那些来自各个村的农民工就半开玩笑半当真地调侃杨静秀。

"静秀啊，又上班儿去啊？"

"是啊，大爹，你们这么早啊？"

"对呀，你上班的地方近啊？"

"是啊！近着呢。"

……

又走了几百米，下面做事的是几个年轻小伙子，吊儿郎当的。

"嗨！大美女啊！今儿个怎么又只你一个人啊？上班去啊？"

"是啊！你们也都挺早的嘛。"杨静秀不想和几个小年轻人说话，加快了脚步。

"天天一个人去上班啊，能挣到钱吗？哈哈哈哈！"

"万一没人去，要不，我们都跟着你去绣花吧？"

……

走到村委会那里，有几个开货车的师傅，杨静秀认得，是刘塘村的，他们来帮张湾村修路，讲好了是一天三百元的费用。

"这不是大美女静秀吗？又来上班啊？"

"是啊，刘师傅，您早啊！"

"怎么天天就你一个人啊？"

……

"唉，我说妹儿啊还不如上山采茶叶，好歹也能挣几个钱不是？"

……

"谢谢您费心，好的！"

……

　　杨静秀的泪水在眼眶里打转，她忍住了。给几位好心的师傅报以最美的微笑，而后含着泪自己走进了绣厂。

　　仓库里空荡荡的。

　　杨静秀感到浑身发冷，开了空调，坐在绣架前，她想绣一个荷包。这几天，每晚都会收到张小楷的短信，但她没回复，她知道这世上如果还有一个人真正关心自己、为绣厂操心，这个人就是张小楷。张小楷好学、儒雅，有思想，回家乡张湾村创业，这是他的理想。杨静秀不想因为自己办绣厂的事给他添麻烦，自己的路要自己去走去闯。

　　一针一线，杨静秀入了神，以至于门口站着两个人看了她很久很久，她竟毫无觉察。

　　一个荷包上一朵荷花、一片绿色的荷叶，蕴含的深意是我心如荷，宁静而澄澈，出淤泥而不染。绣荷包的人品性高洁，而收此荷包的人也应如是。收起最后一针，杨静秀抬起头，久久注视着绣样，将绣架松开，取下绣品，拿着剪刀，准备做荷包。这时，两个人从门外走了进来。

　　"二妹！"陈平战温声叫道。

　　"啊！大哥！"杨静秀大喜过望，第一个映入眼帘的便是大哥陈平战，而后是他身旁的女子江夏。"大嫂！"杨静秀十分客气地站起身，准备去泡茶。

　　"静秀，不用泡茶！今天啊，我给你领了一位徒弟来啦！你大嫂江夏，之前你们见过的。"陈平战将江夏往前拉了拉，对杨静秀道，"这个徒弟刚才给你画了几笔，你来看看。"

　　"大哥！"杨静秀不好意思一笑，又看着打扮华贵的江夏，小声道，"大嫂是画家，应该是由她来指导我们绣厂才是，怎么说成是她来当徒弟呢，呵呵。"杨静秀喜欢陈平战，从小到大一起成长的经历，让人难忘，自从她回张湾村后，与陈平战相扶相携，她一直把陈平战当最贴心的长兄看待。虽然早上从家里走来上班的一路上被乡人讥讽调侃，几欲痛哭，但一见到陈平战夫妇二人，杨静秀又开朗起来，在她心中，大嫂江夏的画可飞得上电影银幕了。

"静秀，你来看！"不等陈平战答话，江夏招了招手，让她走出大门。

大门外斜竖着一块简易画板，只见上面一幅素色的画，只寥寥几笔，勾勒出杨静秀刚刚绣荷花图的神态。那每一笔，简直把杨静秀画活了。

"天哪！"杨静秀暗呼一声，仔仔细细地看着这幅画，简直惊呆了，她看看画，又看看江夏，突地道，"大嫂，来绣厂吧，我们要绣的作品，请你帮忙画出来，哦……呃……不过……"

一想到报酬，杨静秀沉默了。人家来上班，连基本的工资都发不出来，怎么说得出口呢？她又怎么可能白干呢？

"不过什么？"江夏睁大眼睛盯着杨静秀，"怕我画不好吗，杨厂长！"

江夏这一声"杨厂长"，直把三人都逗乐了。杨静秀笑了笑道："这小庙里，哪里供得起大嫂您这位活菩萨啊！您和大哥看看，一到春耕，我这儿连个人影儿也没有了呢。"

"静秀，这在农村是正常的。你不妨试试先去县劳动局应聘讲师，若能带出一帮学员，那么，以后你的厂绝不会愁学员来上班呢。"陈平战对杨静秀耐心地道。

江夏自顾自往仓库最里面走去，她细心地一块布一块布掀起来看，而后用手机拍绣品，听陈平战说完话，大声道：

"这些绣品如此精致，就这样放着吗？静秀，不打算出售了吗？"

"大嫂，现在有人买，可不是个价啊！"杨静秀几大步走到江夏身边回答道。

"这个，我来！"江夏一连拍了多张照片，转身对杨静秀说，"你先试着去县里当讲师，以后你所有的产品由我来设计，你们按我画的绣，如何？"

"好！只是……"杨静秀一想到报酬，又面露难色，欲言又止。

"一个企业在起步之初，总是没有收益的。你放心，在绣品没收益之前，我不会收一分钱。静秀，我们一起干！"江夏伸出手，示意杨静秀。

杨静秀愣了一下，看了看陈平战，陈平战的眼里都是鼓励，她伸出手紧紧地握住了江夏的手。江夏的手又细腻又温暖，她把这种暖意，源源不断地传给了几乎已绝望的杨静秀。

之前龚叶子说过，县里劳动就业局在招聘讲师，此时陈平战也给了杨静秀这样一个信号，也就是说，鹤启县劳动就业局有可能在二〇〇八年春天开办关于青花绣的培训班。此消息无论对于青花绣这门技艺的传承，还是对于杨静秀在张湾村办青花竞绣合作社，都是一个天大的好消息。只要自己去看看，一切都明朗了。

下午，苗兴翠来了一趟绣厂，她对绣厂现在很多员工去采茶叶参与春耕的现象完全理解，并视为正常。

苗兴翠对杨静秀说，无论在哪个村哪个厂，无论兴办何种企业，只要是在农村，到了每年三月，厂里的农民都会离开一段时间，多则三个月，少则两个月，一个月也有。待农活儿渐渐干完，后续他们就会慢慢回来。张湾村的绣娘们现在不在绣厂的现象，她让杨静秀要正确对待，千万不能灰心。现在鹤启县劳动就业局正在招聘讲解青花绣的讲师，从另一个方面，县里在这个季节招老师，肯定想到了农村的绣娘们这时节要去农忙，那么厂里的带头人可能有时间去就业局应聘。

苗兴翠让杨静秀准备一下，可以去县劳动就业局暂时当一个月的讲师，教一些职业技术学校十六七、十七八岁的孩子们学绣青花绣。

杨静秀也明白了目前的局势，在绣厂外贴了一个温馨告示，意思是：春耕期间，采茶回家后晚上不要忘记练习技艺，她外出学习两个月，绣厂于五月一日正式开业。

第二天，杨静秀和苗兴翠一起，赶往鹤启县县城。

苗兴翠很快找到了劳动就业局的副局长鹤峰。鹤峰特别欢迎杨静秀，并说了一些"久仰大名"的客气话。上午，人事部计划与杨静秀签两个月的授课合同，杨静秀多了个心眼儿，先签一个月的合同，管吃住，劳动就业局开了一个月三千元的酬劳。三千元对一个农村妇女来说，已经很不错了。但杨静秀并不感到多大的喜悦，她的意图是培养一批热爱青花绣的传承人，希望他们以后能到绣厂去工作，和她一起办大厂。

创办事业的决心有若浩浩长江水，奔腾不息，力敌万钧。

第二十五章

爱上了峡江！完全爱上鹤江镇这个地方了。

不！是江夏彻底地爱上了陈平战这个刚直、纯粹、无一丝一毫修饰的人。一个地地道道的农民，一个踏踏实实、义无反顾为村民办实事的村委会主任。所以她也爱上了鹤江小镇，爱上了陈家村，甚至鹤启县县城。

收拾好东西，江夏与杨静秀一同到了鹤启县县城。

江夏邀请杨静秀住她家里去，杨静秀婉言谢绝了，但答应了一样：每天晚上去江夏家里吃晚饭。哈！与其说吃晚饭，不如说是做晚饭。这是大哥陈平战对杨静秀的托付，大哥心疼大嫂，但他又不能天天陪在县城的家里，只得托付杨静秀对大嫂多"关照关照"。杨静秀没多考虑就答应了，大哥陈平战是个好人，他珍爱的女子必定也是个值得的。

白天，江夏将画好的花样给杨静秀拿去当讲课的教材，晚上下班后，杨静秀只需步行十分钟就到了江夏家。

江夏是个艺术天才，只寥寥几笔，就将要绣的物品勾勒得惟妙惟肖。杨静秀打心眼里佩服江夏，而江夏呢，她也是发自内心喜欢杨静秀这个农村女子。在江夏眼中，杨静秀不是普通的农村女子，她是一块未经雕琢的美玉，她好学、善解人意，而且吃得了苦，在她身上丝毫看不见农村女人身上那些坏毛病，比如爱贪小便宜、爱财如命。杨静秀自律，有远大志向，她也爱美、懂美，最胜于常人的优点是她肯学爱钻研。从杨静秀身上，江夏看见了另一个自己，那个自己可能是只要再努力一点，就完全可以到达的自己：朴素、好学、成功！

正因这样，杨静秀和江夏彼此欣赏，惺惺相惜。杨静秀机灵，深知陈平战大哥的意思，自己在县城的这段时间，不仅要陪伴好大嫂江夏，更要带动她，让她明白农民的不易，让她也能下厨做菜。

起先杨静秀一个人默默地在厨房择菜、洗菜、炒菜，江夏则在一旁拿个画笔画杨静秀的模样。有一天，择菜时，杨静秀突然肚子痛，蹲了下去。江夏急了，扶她在椅子上坐下就要拨120，杨静秀说是例假到了，只要不碰冷的就行。江夏看着灶台上的菜发呆，杨静秀在一旁用手按住小腹，头上的汗直往下滴，吃力地告诉江夏先干什么，再干什么。江夏做得慢，但又不好不做，两个小时，炒了三个菜，炖了一个汤，煮了一锅饭。后来两个女人吃晚饭时，杨静秀又给江夏讲了一个富豪抛弃小三与前妻在一起的故事。末了，杨静秀说，小三再美却衣来伸手、饭来张口，为事业打拼的富豪怀念老婆做的菜、老婆的体贴和温柔，小三什么都不会，只会花钱只会玩，让富豪厌恶。

故事讲完，晚饭也吃完了。

江夏站起身主动收拾碗筷，杨静秀教她系围裙，又嘱咐她晚上问候大哥陈平战。江夏一一照做，后来被陈平战大大地夸了一顿，还说再忙明天也一定会回来看她，一定要尝尝江夏做的饭。

看来杨静秀说得没错。当老婆，温柔贤惠多重要啊，自己要会做菜，更要学会心疼丈夫。那一夜，江夏留杨静秀住在家里，二人讲了很多很多私房话。

劳动就业局的五楼宽敞明亮，每天两节课。上午一节课是成人青花绣，下午一节课是职高学生的课。县城到底是县城，有领导、有组织的劳动就业培训到底是不同。严格规范，学员齐整又听招呼，这让杨静秀在课堂上如鱼得水。负责招聘的副局长对杨静秀说，她的课教得好，人也长得好，无论是成人学员还是学生学员都特别喜欢她上课。副局长还对她说："如果你愿意可一直留下来任教，工资一分不少。"

通过这段时间的教学，杨静秀明白了一个道理，劳动就业局在这里办学堂，培训学员往大城市输送人才，那我何不在张湾村办个学校？一天培训两节课，又有专门的地方上班实践，这不挺好的吗？又何必舍近求远，把辛辛苦苦培养出来的人才送往外省呢？

一个月的课上完后，杨静秀把这种想法告诉了苗兴翠。苗兴翠说："好是好，就是今年春季培训学员肯定搞不成了，县里全部学员已在这儿学习，学完后你只能告诉她们，张湾村可以就业，至于办培训班，可以明年春天再办。再说，今年在县城先把路子摸清楚，再把联系方式告诉学员，对了，你可以先建一个QQ群，群建好后，以后学员要来张湾村的竞绣合作社，可以直接联系你。"

经苗兴翠这么一说，晚上杨静秀又与张小楷沟通，问他的看法。

张小楷完全同意苗兴翠的说法。因为村里的建设要到五月份才大致结束，如果现在就回张湾村办学校，一来环境太吵，学员安不下心来；二来学员已出钱在县劳动就业局里报名了，再去另一个学校还是不合适。张小楷永远是那么有耐心，他一个层次又一个层次地分析，头头是道，杨静秀心里暖暖的，答应在县里授课到六月份，意思是这半年就待在县劳动就业局里了。

半年时间特别顺利，两拨学员与杨静秀建立了深厚的情感。孩子们听说鹤江镇办了绣厂，纷纷要求去她厂里实习，杨静秀说现在绣厂才起步，一没有工资，二没有住处，对不起大家，只能等明年。当时就有二十个职高即将毕业的女孩要到杨静秀家里住，称一分钱不要，还一天出二十元的生活费。

杨静秀说，我需要回张湾村和村委会主任商量一下才能答复大家。

回到张湾村后，感觉家乡变化了不少。道路修好了，家家户户的门口都用水泥铺平了，菜园子也和陈家村一样围上了统一的褐色篱笆，看上去真像是新农村了。

回家那天，韩苗苗主动请客，叫了杨静秀和苗兴翠，还有张卜仁，还有陈平战夫妇，吃饭时韩苗苗和张小楷挨得近，时不时给张小楷夹菜。这些动作让苗兴翠心里不好受，苗艾蝶这丫头算是没戏了！杨静秀心里也乱作一团，但她还是笑盈盈地接受了这顿丰盛的晚餐。

时间如浩浩江水，昼夜向前，奔腾不息。

回到张湾村后，杨静秀只身前往鹤江镇找到周中华，她要求镇里给她划一块地，她要建厂房、办学校。周中华哪里肯接这个茬儿，虽说杨静秀现在办绣厂，去县劳动就业局当讲师已很有些名气了，但那多半是地方文化宣传的需要，落到实处，她杨静秀一分钱没赚到，除了县里扶持的一些资金外，可能更多的钱是由她自己垫付的。绣厂若办不好，和造纸厂一样垮掉了，那镇里划的地可就收不回来，打了水漂，他周中华不蹚这个浑水。

官场打滚十几年的周中华不是个愣头青，他不会对一颗正在升起的农民企业明星严词拒绝，更不会给杨静秀一丁点儿脸色看。相反，又是泡茶又是让座，夸赞的话讲了几大箩筐，而后他叫来了张小楷。

"张主任啊，你们那个来挂职的书记还没回来吗？"周中华问。

"过几天就回来了，学习时间有大半年呢。"张小楷答道。

"哦！也难为你啊，今年上半年，这村里就大变了个样儿，还是你们年轻人厉害啊！哈哈！"周中华燃起一根烟，又扔给张小楷一支，张小楷连连摆手说"不会"，恭恭敬敬地把烟放在了茶几上。

"您也很年轻啊！"张小楷一笑，高情商地答道。

"不说这个，不说这个！"周中华摇摇手道，"静秀是鹤江镇的名人，是我们鹤启县里飞出去的金凤凰，你想想，像她这样的人又有几个？"周中华说这句话时，嘴角一边冒蓝烟，一边斜盯着杨静秀和张小楷，似乎努力想从二人的脸上捕捉到什么信息一样，停顿了一下又道，"你们村啊，有的是闲地和空房子，给她拨一些，至于款项嘛……"周中华看着窗外，思索了很久，道："只要是在合理范围内的，我这儿可以签批，没问题的。但小楷啊，镇里批不出来地，静秀要办青花绣的学堂，理应在张湾村这个青花绣文化的发祥地办嘛，你说呢？"周中华的话弯弯绕绕，似乎在为自己找推脱的理由，最后终于把自己说服了一样，抽了烟，端着茶杯"咕"地喝了一大口，又用开水壶给二人的水杯里加了一点热水。

"是啊，可……"张小楷回了一声"是"，又想说别的，被周中华一挥手打断了。"就这么办啊！你的地盘嘛，你做主！我来配合！二位啊，县里还有个会，我要走了，时间怕来不及了啊！"周中华满脸的笑，一边说话一边夹着包，也不管两位客人还在会议室里，自顾自地走了。

已是下午四点了，骗人的鬼话，哪里还有什么会开？

张小楷在心里嘀咕着，但他脸上不动声色。小会议室里安静极了，只剩下张小楷、杨静秀二人。张小楷偏过头，对着杨静秀一笑，露出一口皓齿，轻声道："怎么，还在怪我吗？"

与张小楷坐得这么近，中间只一张小茶几隔着，杨静秀感到害羞，有些不敢看他，低低地道："哪有嘛！是担心给你添麻烦。"

"我是村主任，你我是创业道路上的同志，何谈麻烦啊？"张小楷将茶杯端起递给杨静秀，又道，"只要是在革命道路上奋勇前进的事，不怕麻烦！"

杨静秀噗嗤一声笑了。

张小楷总会在她感到委屈、无助、忧虑时让她开心，关键时刻总能冒一句幽默的话，令她感觉云开雾散。二人坐在小会议室里聊着，反而比在任何地方聊天都感到安心。马上到下班的点儿了，又是周末，镇政府的人几乎走光了，唯有这小会议室里还有两个年轻人在这儿轻言细语地谈着理想。

"咱们村哪还有地方可以办学校？这周镇长分明是……唉！"杨静秀谈到办学校，欲言又止。

"办法是人想出来的，静秀，放心！"张小楷一抚杨静秀的胳膊，道，"镇尾有个鲜鱼火锅店，请你去尝尝，如何？"

"哪里有鲜鱼呀！"一长声娇脆的声音从门外传了进来，话音还没落，人就到了，是韩苗苗。

只见韩苗苗穿一条嫩黄的长裙，长发披肩，脸上粉嘟嘟的，一进门就笑着大声道："嗨！被我逮个正着！说吧，去哪儿，吃什么？"韩苗苗像个小孩子，大大咧咧地走进会议室，笑眯眯地，"知道你们要来，我一散会赶紧回来了，幸好你们还没走。"

"苗苗，走！去镇尾那家客来鲜鱼馆，我请客！"骤地见到韩苗苗驾到，张小楷也很高兴，赶紧起身，给杨静秀一个鼓励的眼神，大声说着话，三个年轻人一同向镇尾走去。

这段时间，江夏也跟着杨静秀回到了鹤江镇。她变了，一身的雍容华贵不见了，只见她穿着件白衬衣、黑长裤，头上扎着马尾，扛着相机四处拍摄，晚上则在陈平战那栋简陋的平房里忙到深夜。

七月，江夏和陈平战找到张小楷，说是请他帮忙斟酌个事儿。江夏的姨表弟叫吴堪，三十二岁的样子，刚从英国留学回来，他的志向就是学有所成报效祖国。看了江夏拍摄鹤江的这些照片，关于这里的茶业、水果、青花绣，他感到特别有兴趣，想在鹤江这块地方投资做一番事业。

张小楷问江夏，吴堪主要想做哪方面的事？

江夏说，茶种培育及研发，另外还有伦晚的种植培育技术。吴堪觉得峡江一带风水好，又养人又养物，是个好地方。

张小楷的意思是，陈家村也有地方，何不就在陈家村建基地呢？陈平战有些无可奈何地一笑，陈家村已开发成样板村的模式，能种的已种上了，能开发的地也已全部开发了，已经没什么可作为的地方了。"这张湾村原先没开发，原来是给你小楷留着大显身手的呀！"陈平战说完大伙儿都笑了。

到了年底，吴堪从上海来鹤江镇张湾村，来来回回地考察了五次，每一次他都感觉很满意。空气、水质、环境、乡情，用吴堪的话说，这里就是一座自然资源富矿。他买下了村头靠江边最大一块原先堆垃圾的地，准备在那儿建厂房。张小楷和吴堪谈："你多建一个大的厂房，用得着你用，用不着以后村里招商办企业，用来出租，给你租金。"

吴堪是个生意精，听了张小楷的话，便将沿江高坡一带全买下了，做成了鹤江镇著名的工业园区，先入为主，把地盘都占着了。

二〇〇九年，吴堪的茶叶移栽技术正式引入，他要高薪聘请张小楷当顾问。张小楷说，我是村主任，一个共产党员，哪有挖自家墙脚的。你是出国回来报效祖国的英才，我八小时工作以外的时间当你公司的志愿者，一文不要，全力支持你。

挂职书记姜声音回村了，村里的大事他都担着，张小楷一心扑在茶叶幼苗扦插种植技术上。产业园分一、二、三期，二〇一〇年初全部落成，杨静秀以一年五万元的价格租下了产业园一栋靠江边的大楼作为厂房和学校。

春天学员满满，杨静秀一边培训学员，一边大力发展青花绣的延伸产业。抱枕、车载宠物、荷包、香包，以艾蒿为主要材料的各种枕头。江夏也助力杨静秀进行网上销售，从二〇〇七年下半年至二〇〇九年，两年多的时间，一共成交三十七万元。这些资金暂时缓解了杨静秀办新厂的经济压力。

绣厂每年春天招学员、办培训班，有五万元的收入，这些全部用于绣厂的再投资、再生产。从二〇〇八年九月起，青花竞绣合作社有固定的绣娘五十人，每人每月工资六百元，付家大姐是高级顾问，她的工资高些，每月一千元。截至二〇一一年，杨静秀的绣厂已成规模，终于走出了一条属于峡江青花绣的成功之路。

第二十六章

苏保佑变卖了城里另外两个公司，二〇一二年还清所有的债务，将余下三百万元现金全部投入吴堪的湾村云雾茶公司里去了。

吴堪特别看重人才，任苏保佑为销售部经理，专门负责对外拓展市场。

湾村云雾茶买断了鹤江镇峡江沿线两百里的茶叶收购权，只收新叶，将新叶买过来进行加工，做成了独具特色的峡江茶叶品牌。茶叶加工也有不同的工艺，他们以加工绿茶为主。早春有芽茶，芽茶后有毛尖，毛尖后还有大叶茶。一年四季，湾村云雾茶远销二十几个国家，年产值超过了三十亿元。

这天下午比较闲，苏保佑收到了一条短信，来自一个陌生号码，信息内容是：过去因诸多原因欠您钱，一直没还，今天连本带利还给您。晚上七点请您喝杯茶，望江楼听月阁见。

电话号码陌生！再看所属地，北京！是个外地的陌生号码，完全不熟悉。

这么些年，只有自己欠别人钱的。处理掉了三个公司，才将所有债务还清，现在自己名下一个公司也没有了，无债一身轻啊！年逾不惑，还操那么多心干什么呢？吴堪是上海来的投资大亨，自己成为峡江云雾茶的一个小股东，跟着时代的大船乘风破浪，不用担太大的风险，这样的人生也足够了。说实话，在互联网时代，自己的那点儿本事太有限了，一九九几年出来创业的那套老掉牙的本事早被淘汰掉了。自从吴堪在张湾村建了湾村云雾茶厂，那些过去跟着自己干的移民，又都找到了新的工作。

湾村云雾茶集团做成了茶产业链，炒茶、制茶都全自动化，清清的水，绿绿的山，有摘不完的茶叶就有赚不完的钱。峡江这一带的好山好水，就是取之不尽、用之不竭的源头活水啊！

会是谁呢？

苏保佑现在安身立命在家乡，极少回鹤启县县城去，记忆里似乎也没什么人借过自己的钱。至于刚离开鹤江镇去城里创业那会儿，也有村里的老乡找自己借过两百三百的钱，他早说过不用再还了，现在突然来这样一个短信，直让苏保佑摸不着头脑。

峡江已近九月，秋天了，茶叶销售进入淡季，这段时间自己一直待在公司里，比较清闲，事情不太多，闲着也是闲着，去看看是谁也不错啊。

出门时苏保佑不忘在腰中别上他那把德国军用匕首，万一有不测，自保是没问题。一想到这儿，苏保佑又不觉暗自笑了。都什么时代了，扫黑除恶已形成了一股洪流，早已将那些不法分子吓得改邪归正了，更何况自己现在和普通人没什么两样，无财无色的，别人图自己什么呢？笑归笑，一个男人出门带个防身武器还是有必要的。匕首扎在裤腰带上，点燃一支烟，开上奥迪，一边听歌儿，一边向望江楼缓缓驶去。

对于望江楼，苏保佑并不陌生，尤其是听月阁，应该是后山独栋餐厅中最奢华的包房。这么讲究的地方，又如此神秘，会是谁呢？

脑海里搜索着，苏保佑想不起有谁欠了自己的钱现在还能记着还的。

久闯江湖的苏保佑现在年富力强，又没太多牵挂，他不去想太复杂的事，更无须人相陪，单刀赴会的事过去做得多了。现在在这鹤江镇，虽然自己的公司早已关门大吉，但跟着个资本大鳄混，再怎么也是个总经理，独自一人前往赴会，这点底气还是有的。

天还亮着，到望江楼时七点还差十分，车刚停稳，老板娘谢文已花枝乱颤地迎了上来，夸张地柔声道："哎哟苏总啊，盼星星盼月亮，总算把您给盼来了呀。快过来，我给您带路。"

谢文的脸上永远挂着热情的笑，就像这些笑是她固定的招牌菜一样，客人一来，笑容里就盛满了酒香。谢文带着苏保佑七弯八拐，往山上行了五分钟后，到了圆顶的听月阁。谢文识趣地站住，道："苏总，里面请！"而后让着步子，苏保佑推门的一瞬，谢文退下了。

一张阔大的茶几上已温好了茶，是上等的龙井，香气缠缠绕绕，沁人心脾。靠最里面是一个女子的背影，穿着洁白的小西服、阔腿长裤、高跟鞋，一头卷发直垂腰际。听有人进门，她优雅地转过身，墨镜遮住了大半个脸，苏保佑也戴着墨镜，这时他取下墨镜，站在茶几旁，看着这个身材修长、打扮精致的女子，脑海中快速过滤着。

"二哥！"一声细腻的甜叫，女子取下墨镜，唇红齿白，眸若星辰，缓缓上前几步，走到苏保佑面前站定，"是我！二哥！"

"小妹？苏珍？"苏保佑几乎不敢相信自己的眼睛，口里说着话，再次打量面前站着的女子。的确，她就是苏珍，长圆润了，气色特别好，整个气质像模特儿一样，浑身浮动着一股好闻的淡香。

"二哥，五年不见，你还好吗？"苏珍轻扶苏保佑，让他坐在主座上，又将一杯茶捧给苏保佑，温言道，"二嫂和家里人都好吧？"

"我们都好，你……你……这么些年，你去哪儿了呀？起先还四处找你，打你电话，后来一点儿消息也没有，我们就也不找了，唉！你……你现在都好吗？"苏保佑显得非常激动，骤地见到消失多年的二妹苏珍，一口气说了很多话。

"二哥，一言难尽！"苏珍端起茶盏，小啜了一口，慢慢走来走去，时不时看向窗外，道，"那几年我真浑啦！您帮我还了两万元赌债，我住在二姐家里，原本应该痛定思痛，不再去沾染麻将，不再去赌博，可经不起诱惑，我又去了。唉！"苏珍从窗台上拿起一个精致的小铁盒，从里面抽出两支烟，丢给苏保佑一支，自己点燃一支，深吸一口，道："静秀姐救了我，又给了我三千元钱，还把张湾村绣娘们的鞋垫都给了我，让我好好经营，卖鞋垫多的钱都给我，但……唉，恶习难改啊！一口气我又输掉了四万元，全是借的，被老公知道了，他打我、骂我，和我离了婚，把我赶出了家门……"

苏珍说到这儿，泪水滑了下来。

苏保佑抽出纸巾递给她，扶她坐下。苏珍坐在豪华的沙发上，沉默了十几分钟，抽完一支烟，笑了一下，道："那天夜里，我差点儿从长江大桥跳下去了，但就在那一刻，我遇见了我的恩人，也就是我现在的老公。他是北京人，最大的网络开发商，鲁子健。当时他来鹤江旅游观光，正开着车在桥上缓慢滑行，看见我准备跳江，救下了我。"

苏珍很缓慢地讲她和鲁子健相识、相知的过程。她跟着他去了北京，断绝了和鹤启县所有亲人朋友的往来，隐姓埋名，在北京开始了新的生活。

鲁子健比苏珍大二十岁，当时他的夫人刚刚去世，伤心之下，只身一人四处游历，正好碰见了心灰意冷、准备投江的苏珍。万念俱灰的苏珍被救后，就像个贴身定制的导游待在鲁子健的身边。苏珍原本就聪慧过人，离开家乡的她决心重新做人，忘掉过去的一切。鲁子健发现苏珍不仅人长得美，而且心地特别善良，于是把她带到了北京，让她学习新媒体。

苏珍十分珍惜重新做人的机会。在北京的租住屋里，她开始学习电脑，学习营销，把鲁子健当亲人看待。

与苏珍一样，鲁子健刚刚经历了一段痛苦的日子，苏珍的出现，无疑给他的生活带来了一道亮光。鲁子健有三个孩子，都在国外求学，北京只有他和一个保姆。回到北京后，鲁子健全身心投入公司的运营，聪明好学的苏珍参与了公司的管理。因为将过去的一切都抛却了，苏珍学习起来也特别用心。两年后她嫁给了鲁子健，成为北京传媒网络公司的内当家。这次，她是回来看女儿的。

不远千里回到鹤江，她打算先看望父母，再看看几个兄长和静秀。

听着苏珍讲述过去五年的经历，慨叹之余，苏保佑不禁想到了自己。人生长河，谁没个起伏，谁人生路上没个坎儿呢，只要都活着，比什么都好啊！苏保佑抽了几张纸巾递给苏珍，不知用什么话才能安慰她，把兜里的烟递给她一支，帮她点燃。

"小妹，一切都过去了，一切不都好了吗？"苏保佑安慰地拍了拍苏珍的肩，轻声道，"这几年都有大变化，那时你找我，哦对！就是那天晚上，若不是你死劲儿地打电话给我，说不准现在我苏保佑已在阎王爷那儿当差了呢。"苏保佑一笑，对苏珍道。

苏珍不解地看着苏保佑，难以相信坐在自己面前这个过去被自己视为顶梁柱的二哥。自己向他求救的那个晚上，他居然要自杀，这怎么可能呢？

见苏珍这般疑惑地看着自己，苏保佑头一甩，呼出口淡烟，一笑，道："小妹，咱不说那些了。你看，现在不都好了吗？哦，吃什么？我看你这搞的这个地方挺隆重啊，和二哥吃个饭，用得着这样？"

正说话间，听见外面有脚步声，苏珍面带微笑，赶紧起了身。

"哎呀！哎哎呀！"陈平战的声音打雷一般。进屋一见是苏珍、苏保佑，他大惊地道着"哎呀"，上前一把抱住了苏珍，几秒后松开，看向身后的杨静秀，杨静秀惊奇地一愣神，只一秒，便与苏珍拥在了一起，泪水顺着脸颊肆意流淌着。

"小妹，你去哪儿了，几年了，都以为……"杨静秀声音哽咽地道。

"这不都好好儿的吗?"苏珍松开杨静秀,双手一张,道,"你看我们四个,现在一个都不少,这不都过得好好儿的吗?"

"是啊!你这鬼丫头,在咱鹤江,吓得我们不轻。不管你去了哪儿,干了什么,总之现在还活着,又回来了,这就是最大的好事儿!"陈平战看了看几人,又道,"这么好的地儿,我很少来,这次啊,我做一回东,谁都不许和我抢,我呀,庆祝我们四个团圆。"

说着话时,服务员走马灯似的上菜。苏珍拿过一个手提箱,从里面拿出两瓶红酒,亲自给三位斟上。这四个从小一起长大的兄妹,在二〇一二年的秋天,终于又团聚到了一起。

大家很关心苏珍什么时候走,苏珍说,以后网络会更发达,亲人之间几乎没有距离,她到了北京,可以和大家远程视频,并将鹤江的产业拓展到世界各地。

二〇一三年,江夏通过在上海创办的女子文艺创作团,成功销售了张湾村青花竞绣合作社的所有绣品,并与杨静秀一同设计了家用沙发靠垫、车载抱枕、车载小装饰、书房绣装、荷包艾香等系列产品,通过网络销售,年营收额达到了三百万元。

二〇一四年,鹤江镇坝区旅游迎来了新的机遇。

陈家村、刘塘村的峡江蜜橘、培育种植的伦晚受到了大众喜爱,张湾村开发了旅游接待前站,乡村民宿达到了八百家。青花竞绣合作社不仅拥有了一百多个绣娘,更开发了研学、绣品一条龙服务,将绣框、绣线、绣布,绣样装成一个绣作材料包,还联系到国内三十几个省市上万所学校购买。

二〇一五年至二〇二一年,杨静秀开办了网上授课与线下培训两种模式,全方位进行学员培训。绣厂通过网络销售产品，快递发往世界各地。截至二〇二二上半年，青花绣合作社解决了张湾村十八至五十五岁妇女的再就业，鹤江镇共用工一千六百人。民宿、乡村游观光、采摘园的年营收超过了上亿元。

二〇二二年，六月十八日。

"爸爸！爸爸!"一个七八岁大的小男孩大声呼唤着张小楷。

夕阳西下，张湾村四合院式的村委会广场上，一个西瓜皮发式的小男孩背着书包，飞快地往村委会办公室奔跑，一边跑一边大声叫着："爸爸，今天考试又得了第一，老师让我当班长啦!"

"哦哟!"一个健壮的男人从村委会主任办公室走了出来，此人正是张小楷。他一把抱起男孩道："垒子，走！向妈妈报告好消息去!"小男孩仰起红扑扑的脸问道："爸爸，你的作业写完了吗?"

张小楷一愣，随即一笑，指着村委会的围墙，高兴地道："请班长检查作业!"张小楷做了个立正的姿势，逗得小男孩哈哈大笑。

张湾村村委会办公室四面的围墙上，最醒目的地方写着几个大字："幸福是奋斗出来的!"下面是一溜排的村发展大事记，从一九九三年移民搬迁，至二〇〇六年暴雨冲垮移民宅基地，移民村家园二次重建，至二〇〇九年下岗移民再就业，一直到二〇一二年，张湾村联合湾村云雾茶公司输送移民就业通道，二〇一五年全面建成乡村旅游示范村。

一张张照片，一段段文字，生动地讲述着近三十年张湾村的再生、发展与兴起。

展示牌一直延伸到村委会的入口处。大门口，竖着一大块标识牌，八个大字熠熠生辉：三约三引，凝心聚力。下面的内容标注得十分详细，给张湾村的党员制定了党员公约，带头、正义、先锋，下面是村规民约，详细地写明了村民要遵守的规章制度，鼓励村民有为国为家的奉献精神。

走出村委会，路边也竖着一大块标识牌，上面几个大字："张湾村欢迎您！"下面有二十七字："坝头库首，观峡江美景；金橘茶香，品湾村美食；江水汤汤，游万里长江。"

小家伙一边看，嘴里一边轻声念叨着，很多字不认识，就跳过去了，看到最后，一蹦老高，跳起来说："爸爸，不错，满分！100分，走！去找妈妈，报喜去咯！"二人往大路上走，正在这时，不远处驶来一辆白色的小轿车，小家伙高声叫着："妈妈！妈妈！"

白色小轿车缓缓开进村委会，稳稳地停在了泊车区。下来一个端庄的女性。

"静秀，今天下班儿有点儿早啊！"张小楷迎上前去，柔声道。

"今天是周末，早点回家陪你和孩子！走，回家去！"杨静秀拉着小男孩，问，"今天又有什么好消息呢？"

"妈妈，你是怎么知道的，为什么每次都瞒不住你呀！"名叫"垒子"的小男孩淘气地一噘嘴，奶声奶气地道。

"啊哟，娘身上掉下来的肉哟，还不知道你呀！走，快回家，妈妈还要做饭，待会儿迟了，爷爷又饿了哟！"

杨静秀和张小楷拉着垒子，往张卜仁老宅快活地走去。

峡江的水越发清澈了，浩浩荡荡，奔腾不息。